豆田麦
Illustration しろ46
給食のおばちゃん異世界を行く
2

目次

小清水和葉(45)、ごくごく普通の給食のおばちゃんがなぜか突然異世界に召喚。

たどり着いた先は中世ヨーロッパ的な世界観の「カザルナ王国」。

魔族と戦ってほしいと乞われるも、
カズハが顕現させたハンマーは実戦には不向きで、戦力外とみなされる。

他メンバーが戦闘訓練を積んでいく一方、
食堂で芋を剥いていたカズハだったが、訓練中に魔族モルダモーデが出現。

礼を守りたい一心でその秘めていた戦闘能力を一気に開花させる。

以降、カズハの持つ魔法適性は「重力」にかかわるものだと明らかになり、
戦闘訓練と食事作り(圧力鍋の制御など)に勤しむ毎日。

しかしカズハは、カザルナ王国と敵対する南方勢力の策略により拉致監禁されてしまう。

桁外れの魔力量と戦闘力でどうにかこの危機を切り抜けるが……


「絶望を思い出せ」——

モルダモーデの残した言葉と、勇者の成熟とはいったい?

～日本から召喚された勇者～

カズハ
（小清水和葉・45）

転移後、なぜか身体の年齢だけ14歳になってしまった、給食のおばちゃん。勇者陣の中でもその魔力量は最強を誇る。武器は○○tハンマー。

レイ
（長谷礼・10）

転移後、カズハとは逆に身体だけ成人男性化してしまった小学生の男の子。その純真さで周囲を癒す。武器は大剣。

～カザルナ王国～

ザザ

カザルナ王国騎士団長。グッドルッキングガイなのに未だに独身。勇者陣のチートぶりを除けばほぼ最強の部類を誇る。

エルネス

カザルナ王国、神官長。勇者召喚の責任者であり、彼らの導き手でもある。年齢不詳だがまだまだ現役……。

ザギル

オブシリスタ出身。カズハ拉致事件の実行犯の一人だったが、その有能さと一握りの温情？を買われ、カズハが雇うことに……。

ユキヒロ（上総幸宏・22）

転移後も見た目と中身は変わらず。元自衛官だけあって常に冷静沈着。武器はクロスボウ・ガントレット。

ショータ（巽翔太・16）

見た目通りの実年齢、初心でピュアな男子高校生。特技はピアノ。武器はフレイルの亜種。

アヤメ（結城あやめ・19）

見た目は派手だが割と奥手な女子大生。治癒魔法が得意。武器はメイス。

冬がはじまるよ

一度滅んだ文明があるらしい。らしい、というのは、大陸各地に存在する遺跡や長命種族が語る伝承から、あったということは間違いないとわかるけれども、それがどんなものだったのかも、どんなレベルだったのかも不明なのでかなり神話に近い状態だからとのこと。

ゴーストが城に現れたら捕獲するか壊してほしいとお願いした。

これまで姿は見せども悪さもせず、ただそこに存在するだけだったゴーストが、やるにことかいて他国の策略に関与していたというのは王城にかなりの衝撃をもたらした。

城中におかれているミルクや菓子を撤去すべき、いや、今まで通り置いておいて捕獲のための餌とするべき、などとちょっと小耳に挟んだ程度ならなんだかほのぼのとした会話のようにすら思えることで激論があったりしたそうだ。

あれは、ロストテクノロジーといえるものなのだと思う。ぜんまい仕掛けの音をさせてはいるが、その行動は『からくり人形』におさまらない。私たちの世界での科学文明を超えているものが、この世界では得体が知れなくなるほどはるか昔に存在していた。

エルネスをはじめ、研究所員が「滾《たぎ》る！」と叫ぶのも無理からぬこと。


「ふざけるな！」

ザザさんの怒声に、ドアノブへ伸ばした手が思わず止まる。びっくりしたぁ。

執務室のドアの向こうから、どうやらザザさんをなだめているようなセトさんの声もする。

出直したほうがいいかなと、差し入れに持ってきたマシュマロとくるみのチョコファッジを見おろす。翔太君のアイデアにより、カカオからカカオバターの分離に成功して舌触りはかなり改善できた。結構自信作なんだけども。

ザザさんは最近とても忙しそうで、訓練後のおやつの時間を一緒に過ごせないことが多くなってた。礼くんたちは今訓練中だし、その前にと思って持ってきたけど仕方がない。引き返そうとした時に聞き覚えのあるフレーズ。

「オブシリスタ政府は知らぬ存ぜぬですし、先日見つけたアジトももぬけの殻、現状手詰まりな以上今は警護を厚くするしか」

「だからうちが出張るといったんだ！　それをあの情報部がっ」

「……あそこは慎重派ですからね……」

強めにノックして返事を待たずに乱入した。

「チョコいかがですか！　新作です！」

ザザさんもセトさんもなかなかチョコファッジに手を付けてくれない。

「首輪からたどって王都近郊の町にあったアジトまでは突き止めたそうなんです。しかし監視期間中に人の出入りもなく」

「踏み込んでみたけれど、ここ最近使用していた形跡もなく？」

「――はい。申し訳ありません」

「あのっ団長は自ら指揮をとろうと」

「セト」

「いやいや、管轄が違うのでしょ？　ザザさんのせいじゃないじゃないですか。勿論情報部の方たちだって悪くないでしょ」

科学的捜査手法もなく、アジトとやらにたどりついたのだってすごいじゃないか。どうやったんだ。王都近郊の町っつったって結構捜索範囲は広い。情報部以外でも周辺警護の騎士団や、町や村の衛兵たちも日常任務と並行して不審人物や不自然な物資の流通まで調査してくれてたそうだ。

そんな中、どうやらザギルは上手いこと逃げていったらしく。いや、逃げ回っている、のかな。

「捕えることができた人、いないんですよね？　……ってやだもう。ザザさんたちのせいじゃないですって、てか、チョコ、食べてみてくださいよ」

また詫びようとするザザさんたちを制してチョコを勧める。

「直接傷めつけてくれた二人は私が始末しちゃったんですよ？　ほんとなら最低一人は確保するべきだったんです。いやまあ、最初は無力化だけでおさえようと思ってはいたんですけども」

「いやそれは」

「うん。仕方ないです。私の状態ではあれだけでも上等だと自分でも思ってます。なので、今、主犯へとたどりつけないのも仕方ないです。ね？　確かに、私一人ならともかく他の子たちの今後に関わるのでたどりつけるにこしたことはないのですけど、まあ、さっさと私たちが成熟しきればいいのかなと」

　異議ありな顔したザザさんを掌を向けて続ける。

「それにね、多分あの系列？　あいつらの一派はもう動かないと思います。私を狙ったのはどうやら私が一番非力にみえたからのようでしたし、オブシリスタ政府？　に関わるものだとしても主勢力じゃないいんじゃないかなって」

「何故ですか」

「馬鹿だったから。ものすごく」

　政治のことなんてさっぱりわからないけども、いくらなんでもあの狂信じみた思想は政府中心部にいるとは思えないんだよね。

「ただ、勇者を狙う輩ってのは複数いるんでしょう？」

「――はい」

「こちらでマークできてる団体も、未確認団体の存在も含めて、ですよね？　だったら今後動く可能性の低いのは監視にとどめて警護を厚くするってのは妥当だと思います」

「しかしそれでは」

「そりゃあ私が拉致されたのに根っこを叩かないとなれば示しがつかないでしょうけども、そもそも私が拉致されたこと内緒にしてるじゃないですか。それならおおっぴらにこれ以上追う必要ないです。あ、内緒にするのは私も大賛成ですしね？」

　なめられるからね。コケにされても反撃しないと認識されると。しかしコトが公になってないなら問題はない。ザザさんが言ってたとおり、勇者が直接ヒトを害するというのはできれば避けたほうがいいし、何より他の勇者陣にも私が「どうやって逃げたか」を教えていない。私がそう頼んだ。

　黙ってりゃいいんですよ。黙ってりゃ。

「ザザさん、セトさん、あなたたちこの王城の人たちを、私は変わらず信頼していますもん。不逞《ふてい》の輩から、また守ってくれるでしょ？」

　ここでエルネス指導の小首傾げた笑顔だ！　どうだ！

「それは当然でしょう。そうじゃなくてですね」

「ふむ」

　駄目か！　駄目だったか。エルネスの嘘つき。

「まあ、要は団長がめちゃくちゃ怒ってるんですよ。自分を含めた騎士連中もそうですけど、害虫を叩き潰したくてしょうがないんです。ユキヒロたちもその時は連れていけと言い張ってますし」

　言い淀んだザザさんの後をセトさんが引き継いでくれた。やだほんと私もしかして結構愛されてる。これはついにやついちゃってもしょうがないよね。しょうがないよ。

「幸宏さんたちもって」

「それは却下してますよ。勿論。それに討伐があるとしても今のとこ自分らに任せてもらえないことになってます」

「管轄違うから？　もしそうなったら情報部が動くんですか？」

「そうです。それに自分らが動くのはあまりに派手になりすぎるので」

なるほど。ちらりと時計をみれば、礼くんたちの訓練が終わるまであと一時間ってとこか。

「あー、そろそろ厨房に戻りますね。おやつの準備しなきゃ。そのチョコ、後で感想くださいね」

立ち上がりかけた私の手首を、がっしりとザザさんが摑んだ。

「……二人って言いましたね？」

「え」

「さっき、始末したのは二人だと。事件の数日前にアジト周辺でうろついていたのは三人だとわかっています。カズハさん、賊は何人でしたか。今日のおやつはこれでしょう？　もうできてるじゃないですか。今、どこに行こうとしたんです？」

えへ？　と小首傾げた笑顔してみたけど、やっぱり通用しなかった。

「照らせ照らせこの夜を導け導け行くべき道へ我がいとし子を守護するものよ」

岩壁は微動だにしない。

「神官長達も調べてましたけど、やっぱり開かないんですよね？」

「なのよねぇ。全くとっかかりがないわ」

ザザさんとセトさんと数人の騎士、こっそり訓練を抜け出した幸宏さんとエルネス。勇者未成年組は色々口実をつけて城に足止めをしている。さすがにねぇ。あの子らに見せるのは私が無理。

「まあ、想定内です。――リゼ！　開けなさい！」

「ちょ、ちょっとカズハやめ」

ハンマーを顕現させて。

「開けないならぶち破るからね！」

「いやあああ！　遺跡があああ！」

振り降ろせば、手ごたえなく空振りして勢いのまま、姿を現した部屋へ転がり込む。

「えぇぇー」

開ききった入り口のほうから納得のいかない声がするけど、かまわず中を見回す。リゼは――

「いないか。ほんと逃げ足早い」

「呪文の意味は」

「あれねぇ、多分、ゴーストを呼び出す呪文なんですよ。きっと。実際に入り口を開けるかどうかはゴーストが選別してるんです」

「ゴースト、脅迫に弱いんだ……」

「人聞きの悪い。交渉です」

前に叩き崩した側の壁の周りには、その時の瓦礫が転がったまま。みんなそれぞれランタンを高くあげて部屋の隅々を確認している。エルネスは壁に張り付いてる。

「この階段で――っ」

すらりとザザさんが剣を抜いて、全員に音をたてるなと指示する。

(気配しました？)

(石を蹴ったような音が)

うん、やっぱりか。階段脇から階下を窺うザザさんの横に仁王立ちして大きく息を吸い込んで。

「ザーギールーくぅーん！　あっそびーましょー！」

ましょーましょーと木霊が先の見えない下り階段へ吸い込まれていく。

ザザさんの貴重な驚愕シーン。まん丸に目を見開いてちょっと口開いてる。

「んー、そっかー。お返事ないかー。いないのかなーどうかなー」

壁際から一抱えの瓦礫を持ってきて、階段入り口で手を離せば、緩やかな弧を描く階段にそって転がり落ちるのではなく、空中を落下していく。

「途中でとまらないよーこれー、あの部屋まで一直線に落ちてくよー！　だいじょーぶー？　いないならだいじょぶかー！　じゃあ次々いってみようかー！　瓦礫いっぱいあるしー！」

セトさんが壁際から順次瓦礫を私の足元に置き始めてくれる。さすがセトさん。

立て続けに三個ほど落としたところで、罵声交じりの回答が階下から返ってきた。

「くそがあああ！　わぁったよ！　今行く！　うぉっおおお！　行くっつってんだろ！」

「ごめーん。勢いあまったー。もう落とさないよーおいでー」

「っざけんなほんと！」


騎士たち全員に突きつけられた剣先に、両手をあげて不貞腐れた顔のザギルはランタンの灯りに目を細めていた。髭も伸び放題で隈もできて少しやつれたか。

騎士たちは私とエルネスの前に立ちふさがって壁になってくれているから、しゃがみこんでその隙間から問いかける。

「……野生化した？」

「人里も行けねぇでいたからな！　ちくしょう！」

「リゼ、扉開けてくれたんだね」

「おう、逃げ回って三日目くらいか。どうにもならんくて試してみたら開くようになった。ああ、でも姿は見てねぇぞ」

「食料とかどうしてたの」

「隙見て森ん中でとっては戻ってきてた」

「――その都度扉は開いたのか」

「ああ？　誰だよあんた」

ザザさんの問いにザギルが反抗を見せると、幸宏さんの矢がザギルの頬をかすめていった。

「くそっ、そうだよ。なんかしらねぇけど開いたよ」

「お前が主犯か」

「はあ？　んなわけあるかよって、まあ、そうくるわな」

「――ねえ、ザギル」

「おう」

「リコッタさん、いつ死んだ？」

「……お前、全然後遺症のこんなかったのか」

「うん。ばっちり。頼りになる人らがいるんで」

「そうかよ。……呪文教えた後すぐだ」

ザギルは両手を下ろして胡坐《あぐら》をかいた膝に載せた。

「なんですぐ教えてくれなかったの？　つか、左手塞いでまでなんで運んでくれた？」

「――うっせぇよって、あー」

今度は耳をかすめる矢。

「ああいう時、目をそらしたい現実なんかを突きつけるとパニック起こすことがあんだよ。少なくともヘスカはよくその手を使ってた」

「ふうん。そっか。うん、ザザさん」

「はい」

「これ、私にちょうだい」

「は……？」

「ザギル、あんた、私に雇われるといい」

「馬鹿か？」

「この提案を蹴るほうが馬鹿だと思うけど。ああ、まあでも知ってることは洗いざらい話してもらってからだけどね。でもまあ大したことは知らないんでしょ？　取り調べ？　なんかそんなのしてもらって、それが終わったらあんたは私の、そうだなぁ、荷物持ちってことで」

「そんなもん信じられるかよ」

「信じるも信じないも好きにしたらいいけども。私はあんたに借りがあると思ったからそう提案してる。あんたがあの時ああしてくれたから、私は帰ることができた」

「解放ってのはないのかよ」

「あんた行くとこないんでしょ？　それにさすがに野放しは無理なんじゃないかな。選べばいいよ。私と契約するかどうか。しないなら知らない。提案で借りは返した」

「……ああ！　くっそ！　ロブの指輪が符牒《ふちょう》のはずだ。手は潰れてなかった。それ使えば大元にたどりつくんじゃねぇか」

ザギルは頭をがしがしと両手で掻いてから脱力して大きなため息をついた。

「……お前、長命種だったりすんのか」

表情からはまだわずかに警戒が抜けていない。

勿論みんなも警戒は解いてないし、剣も突きつけたままだ。ザザさんが私に答えるかどうか目で問うている。

「違うよ。私のいた世界にはそういう種族は一応いなかったね」

空想の産物でしかなかった異世界に召喚された以上、元の世界に長命種がいないとは言い切れない気がする。

「前から思ってたけどよ、その見てくれの割にガキらしくねぇ」

ああ、エルフは成長が遅いとか獣人は成年の身体になるのが早いとかそういうアレってことか。

「ヒト族だけど、私は身体だけ子どもに若返っちゃったのよ。中身は四十五歳。あんたよりも年上だね。多分」

「勇者はみんなそうなのか？」

「いや、若返っちゃったのは私だけ」

「へえ……ああ、なるほど。そういうことか。試さなくていいのかよ」

試す？　何をだ。ザギルが胡坐をかいたまま右手を突き出してきた。握手か？

ザザさんを見上げると、彼もちょっと戸惑った顔をしている。でもまあ、この状況で何ができるわけでもないし。

壁になってくれている騎士たちにどいてもらって、膝立ちで近寄り手を伸ばして指先が触れた瞬間。

「――ふ、ぁ……!?」

「貴様！」

「ぐっ、あ、があああっ」

私はぺたりと座り込み、ザギルはザザさんに額を鷲掴みにされ苦悶の叫びをあげた。

え、いや、これ、え？　え？

「て、てめ、氷壁か――っ」

「なんのつもりだ」

ちょっとまってなに、これって
「なんのって、獣人買うってそういうことじゃねぇか！　だ、だか、くっそ！　だから試させたんだろが！」

「はあ？　なに……あ」

「「あ」」

私以外の全員が何かに気づいたようだけど、いや、私それどころじゃない。

尾てい骨から脳天まで走って腰の力を抜けさせたこれは、こ、これはっ!?

「ちょ、カ、カズハ」

「え、えるね、いいいいま、わた、こ、こえ、き、聞こ」

さっき変な声だしたよね!?　で、出てた、よね!?

さっとほかの面子を見上げると一斉に目をそらされた。

「あ、う、うん！　ご褒美だからだいじょうぶ！」

「なあああああああああああっ！」

ダッシュで逃げ出そうとしたら、もう扉は閉まってた。リゼ！　貴様！

エルネス意味わからん！

「か、和葉ちゃん、えっと、落ち着いて……ど、どんまい」

「うあああ！　こっち見んなあああ！」

幸宏さんが珍しく、本当に珍しく遠慮がちな声で、いやもうその遠慮が痛いから！


結構前に教えられた魔力の使い方。

座学だし、ほぉ、さすが異世界文化、でも私にはしばらく縁がなさそうだなくらいの気持ちで聞き流してたんだけども。

魔力というものは他人のそれにも干渉することができる。エルネスの魔力調律は専門家による医療行為に近いものだが、それとは別にごく一般的な干渉の仕方というものがいくつかあって、それらは親密な間柄でなくては行わないのがマナーだとされる。

代表的なふたつのうちひとつは、元の世界でいえば『患部に手を当てて癒す手当』みたいなもの。これは親子や家族でよく使われる回復魔法までもいかない癒し。

で、もうひとつは、主に恋人や伴侶同士でしか使わない。恋人や伴侶同士、だ。おわかりだろうか。つまりそういうことだ。

でも教えられたのは愛情表現としてって話だった！

気持ちいいとか聞いてない！

「——すみません。取り乱しました」

「あ、いえ……」

ひどく微妙な空気の中、アイアンクローを外してもらえたザギルは、がたがた震えながら少し吐いてた。そんな痛かったのか。

「……ザギル、だいじょぶ？」

「大丈夫なわけあるか！　ちきしょう……俺悪くねぇぞ……」

「南方と違うんだ。こっちにそんな悪習はない」

南方では種族間差別が激しい。地域によって支配種族は変われども、混血やザギルのような先祖返りはどこに行っても同じ扱われ方だそうだ。

で、ザギルの出身であるオブシリスタは、ヒト族が支配種族であり、ヒトが他種族を買うというのはそのまんま奴隷を意味する。それは戦闘用であったり労働用だったり様々なのだけど、自分の視界に入るほど身近に置くことはまずない。

それをわざわざするということは性的なものでしかなく、特に女性が男性を荷物持ちとするのはその隠語なのだとか。そしてその場合、魔力の相性を確認するのが常であり、さっきのがソレと。

知らんよそんなこと……。

ザザさんたちも知識として知っていても、カザルナにはないこと故にピンとこなかったらしい。

泣ける。

「ガキならそりゃおかしいけどよ、女盛りの歳でその体になったんなら必要もあるかと思ったんだよ」

「あんたわかってるわね」

「なななななないわっ！　エルネスも黙って！」

「ああ？　ないってこたないだろ」

「ないよ！　そんな大昔のこ――――！」

「「大昔!?」」

慌てて自分の口塞いだけど意味なかった。なんかもう死にたい。むしろ殺せ。

「あ、あー、そのロブってのはこの下の部屋だな？」

「おう」

「案内しろ。ユキヒロと、お前ら二人ついてこい。セト、そっちは頼む」

「はい」

幸宏さんと騎士二人を指名して降りようとするザザさんに、エルネスが待ったをかけた。

「あんたら遺跡に何するかわかんないじゃない。私も行くわよ」

私は幸宏さんがなんで降りるのかがわからなくて、思わずシャツの裾を引っ張った。

「幸宏さんは行かないで」

「なんで」

「私が嫌です」

ザザさんたちは仕方ない。エルネスは問題ない。

でも、私たち日本人にあれがそうそう耐えられると思えない。あのロブたちの残骸に。

「和葉ちゃんは待ってていいから。てか待ってな」

「いや私は平気なんですけど。自分でしたことですし。でも幸宏さんが行くのは嫌です」

最初は幸宏さんにも私がしたことを内緒にしておいてもらってた。

でもザザさんが「ユキヒロには教えておいたほうがいい」って言うから任せた。聞かされた時の幸宏さんの様子は知らないけれども、聞くのと見るのとじゃ全然違う。

――幸宏さんの精神的ダメージが心配とかそんなんじゃなく。

前から優しい子たちではあるけど、あのことがあってからはもっとずっとみんな私に優しかった。

だからこそ身勝手すぎて、行ってほしくない理由を口にできないのだけども。

見てほしくない。私がしたことを見てほしくない。

情けないけど、怖がられるのが怖い。離れていかれるのが怖い。あんなことして平気な私を見られるのが怖い。

ああ、なんて本当に情けない。ザザさんはあんなに凛としていられるのに。

ぽんぽん、と幸宏さんが私の肩を軽く叩いた。

「俺ね、これでも結構経験豊富なのよ」

「……あー、匂いはかなりマシだぞ。浄化と氷で色々処置してある」

「そりゃ助かるね。あれはなかなかきついしな」

手枷をつけられて立ち上がるザギルの言葉を、軽く受け止める幸宏さん。

「ほんどに行くの」

「おう。年長組なめんな」

「じゃあ私も行く」

「む」

幸宏さんがザザさんをちらりと窺うと、薄い金色の瞳が私を見つめていた。

「――少し階段が急です。どうぞ」

差し伸べられた手をとって、ザギルを先頭に、騎士、ザザさん、私と続き、

「ちょっと！　私に手を貸す紳士はいないの」

「あ、はい」

「ユキヒロか……まあいいわ」

「妥協なの!?　俺そこそこモテてんだけど!?」

「ふっ」

鼻で笑ったエルネスの手をとった幸宏さん、最後尾に騎士で長い階段を降りはじめた。

「……長いわね」

「あんまりよく覚えてないけど、これで半分くらいかなぁ。どうだっけザギル」

「んにゃ。あと三分の一ってとこだな」

ランタンの灯りは以前来た時より、長く伸びてる。騎士たち二人と幸宏さんでひとつずつ持ってる上に、調整してくれてるから。ただ、湾曲している階段の先まではやっぱり見えない。

「ねえ、カズハ」

「ん？」

「大昔ってどれくらいよ」

階段を踏み外した私を、ザザさんがつないだ手で釣りあげてくれた。

「なっなにいってんのえるねすなにいってんの」

「だって気になるじゃない。そりゃブランクあるとは聞いたけどさ。夫がいたわけでしょ。まさかそっちのブランクだとは思わなかったし。ねえユキヒロ、そっちはそういうもんなの」

「どうだろう……俺は独身だし。そういうのがない夫婦はよくいるって聞くけど」

「うるさいあんたらうるさい」

「なんでないのよ。年齢？　でもカズハまだそんな年じゃないじゃない」

「俺はこっちに来てからの和葉ちゃんしかわかんないし。ピンとこないっす。でも子どもできたらなくなる夫婦って多いとは聞いたことある」

「「「「はあ!?」」」」

「えっ」

やだ全員、全員びっくりした!?　ザザさんまで!?

「あ、そうぃやこっちと初婚年齢の平均って違うからってのもあるのかな。っつっても、俺らの国での平均だけど」

「あああ、アヤメも言ってた！　そういえば言ってた！」

「いくつくらいですか」

ええええええ……ザザさんまで食いつくの……。

「男は三十前後？　女はどうだっけかな。男より一、二歳若かったかも」

「た、確かにこっちと十歳以上違います、けど、うーん？」

「や、わからんっすよ。俺だって……」

「そうよね。ユキヒロは城下でそこそこ楽しんでるし」

「まあそりゃって、いやなんで知っ」

そういえばさっき魔力干渉のアレも幸宏さん、すぐ気づいてた……知ってたんだアレ……。

「なんで！　教えといてよ!!」

「なんでだよ！　聞かれてもいないのにいつ言うんだよ！」

「ううううらぎりもの！　同じ年長組なのに！」

「エルネスさんから聞いてると思うじゃん！」

「私はわからない人が何わからないかわからないので」

「エルネスはいっつもそうだ！　いっつもだ！」

「愛情表現って言ったでしょ。それが気持ちよくないわけないでしょうに」

「神官長！　ちょっと控えて！」

「はっきり言うなあああ！　ずるいいいザザさん幸宏さんにだけ教えてたぁああ」

「僕!?　ち、違いますって！　ユキヒロにはうちの若いのが」

「なんか知んねぇけどお前らが教えてなかったってことか！　俺悪くないだろやっぱり！　なんで俺氷壁にしめられたんだよ！」

「いや、お前は悪いだろ。もう一回か？」

「てめっ、近づくなっあっうぉおわああああ」

ザギルは終点まで転がり落ちたけど普通に無事だった。


「——ここだ」

あの部屋の扉をザギルは足で蹴って示した。

「しかし驚くほど頑丈だなお前」

「こいつ、私の蹴りで無傷だったんですよ」

「まじで!?」

「無傷じゃねえわ！　右腕二日動かんかったわ！」

ザギルに扉を開けさせて階段を降りた順に部屋へ入ると、それでもやはりどこか甘ったるい割に吐き気を催させる匂いがしていた。

シーツがはぎとられ、藁がばらまかれたベッド周りに血の染みと、その上にとぐろを巻く鎖と南京錠。

ロブたちには霜が白く降りていて、ぱっと見は元が人間とはわからない状態だった。霜は複雑で規則性のない模様を描きながら円状に広がり、ヘスカの胸から上、ロブの肩から下が円の縁で突然盛り上がって生えている。

霜でよく見えないけど、服の下から覗く肌がひび割れてミイラっぽくなってた。凍結乾燥？

エルネスは一瞥《いちべつ》して「意外と腕いいじゃない」とつぶやき、すぐ興味を遺跡の壁に向けたけれど、ザザさんに促されロブのはめられたままの指輪に鼻がつきそうなほど近づいて検分しはじめた。

「あー、そうか。和葉ちゃん」

「はい」

幸宏さんは本当に全く平然としていた。

「短剣術、習いだしたのはこのせい？」

みんな自分の勇者武器で訓練を受けている。幸宏さんは前の職業柄もあってクロスボウ・ガントレット以外も使えるけど。

「――魔力に異常が出た時は扱えなくなるんですよね。あのハンマー。攻撃手段がもうひとつあるのとないのとでは違いますし、やっぱりヒト型は魔物とは違うでしょう。あの子たちにこれはきついと思って。そりゃ魔族にはハンマーじゃないと無理でしょうけど」

刃物といえば包丁しか扱ったことがなかったけれど、すぐ短剣を使いこなせるようになったのは勇者特典だと思う。

「そっか」

「はい」

「俺ね、海外派遣も災害救助も経験済みなのよ」

「そ、うですか」

ああ、なるほど。それなら確かに頷ける。様々な状態を見続けてきたことだろう。

「でね、勇者が常に複数召喚されてるのって、なんか意味あると思うんだよ。成熟するまでに結構な時間がかかってるってのも」

「あー、ですね。そのあたりは私も色々思ったりしました」

少なくとも私はこの子たちに支えられてる部分がある。

元の世界の知識を共有できてることだけではなく、ちょっと場違い感のあった私をそれでも勇者陣の一員として屈託なく接してくれた態度、何よりベッドから動けなかったあの期間に時間が空けば見せてくれた顔に、どれだけほっとしたことか。

「うん。だからさ、俺それなりに和葉ちゃんと肩並べられると思うし頼ってくれていいよ。同じ年長組じゃん？」

背をぱんぱんと軽く叩かれて、知らず笑顔がこぼれ出てしまった。

いい子だ。本当にいい子たちだ。

「心強いです。――同じ年長組なのに教えてくれてませんでしたけど」

「知らないと思わなかったんだってば……で、大昔ってさ」

後半は耳元でひそひそ話。

いやまあ、さっきは流れというか雰囲気で動揺しましたけどね。つか、そんな興味あることかね。

（あー、幸宏さんがさっき言ってたアレですよ）

（え。子どもできたらってやつ……？）

（ですねぇ）

（あ、ごめん。もしかしてそういうの苦手だったりする？）

確かにね、男女ともにその手のことが苦手だったり興味薄い人ってのはいる。

私はそれほど苦手でも興味ないわけでもないというか。

エルネスたちはロブの検証が終わり、ザギルからこの遺跡のことを聞いている。

「この部屋の先はどうなってるの。別の入り口があるって聞いてるけど」

「入口はわかるし呪文もわかるけどよ。通路は迷路だしトラップもあれば魔物もいやがるし」

「ここまでくる所要時間は」

「ガラクタ、あー、オートマタの案内があって一日半ってとこか。でも案内なきゃ見当もつかねぇな。俺らは途中でガラクタ見失ってからここまでくるのに半日はかかった」

「迷路のせいか」

「ロブの野郎がトラップ踏むわ魔物引っ張るわでな。距離にしたら大したことねぇと思うが」

そういや結構くたびれてたなぁ……あいつら到着した時……。

「道覚えてるか」

「これ、よく見てみろ」

ザギルが壁に手枷で傷をつけると、ヒカリゴケが散った。エルネスの壁にはりつく勢いにザギルが二度見する。

「……ヒカリゴケが修復してる……?」

「来る時、一応こっそり壁に目印つけてたんだけどよ。この程度だとすぐ消えちまうんだよ。気づいた時にはもう遅かったからわかんねぇ」

大興奮でヒカリゴケを採取するエルネス。気づかなかったなぁ。ほんとこの筋肉ダルマ意外と頭使ってる。

(苦手というかね、あー、あんまり縁がなかったというか、夫がね、もう必要ないだろうって言いましてね)

(ひつよう……?)

(ほら、うち男女一人ずつうまいことできたわけだしって、家族でいつまでもそんなのおかしいだろうって)

私だって今でこそおかしいと思うほうがおかしいとはわかるけれど、その時はそんなもんなのかと思ってしまったのだ。そういう夫婦は割といるとはいえ、それは夫婦で合意の上でなくてはおかしいのだとその時は知らなかった。

気づいた時にはもうどうでもよくなってた。

（は？　いやちょっとよくわかんないけど、あれ？　和葉ちゃんちの子って俺と同じ年くらいって）

（下の子は二十三歳ですね）

（にっ）

「にじゅうさんさんねん!?　おまっやっぱ必要なんじゃねぇか！」

ザギル！　なんで聞こえてるんだ！　耳までいいのか！　叫ぶな！

ひひひひ必要ちゃうわ!!

勇者はよろこび庭駆けまわる

「さあ立ち上がれ我が傀儡《かいらい》よ！　我に忠誠を示すがいい！　その鋭き結晶をもって蠢く有象無象を貫け！　踏みつぶせ！　殲滅《せんめつ》せよ！」

両腕を大仰に天に突きあげれば、幾億もの結晶からなる白い傀儡は、その身から表層のかけらを振り落としつつ二メートルを超える巨躯を、刺すような冬の日差しに晒す。

その数二十。

はじめはのっそりと、徐々に加速するのは慣性の法則故。

先頭の五体が、前方に展開する幾重もの障壁へと勇猛果敢に先陣の白い華を咲かせる。甲高い悲鳴をあげて散る障壁。

「ストーンウォール！」

先陣が切り拓いた道を抜けようと続く二陣を、一メートルを超える雪の冠を載せて立ち上がった岩壁が弾き飛ばす。雪煙が視界を覆い、雪塊が宙を舞う。

一陣、二陣がその身をもって散らした雪塊は、小は握りこぶしほど大は三十センチほど。十体の巨躯は百を超える弾丸に変わる。

重力魔法で圧縮された雪塊は氷塊となり、岩壁と残る障壁を砕いた。

岩壁に代わり視界を塞ぐ雪煙の下から這い出す鉄の蛇が、私の足元へと牙をむく。垂直に跳んで躱《かわ》せば眼前に迫る光の矢。

「燃え盛れ！」

矢は炎となり標的である私にたどり着く前に散り尽きる。

私に吸い寄せられるように向かってくる、数十の白い弾幕の間隙《かんげき》を縫って躱し。

「ふーはーはー！　ぬるい！　ぬるすぎるわ！」

残り一体の傀儡が見えない坂を駆け上がるかのように敵陣の上空へ。

傀儡の影は敵陣をくまなく覆い、それは前衛中衛後衛と班分けした意味を失わせる。すかさず展開される障壁で傀儡を砕けば、先と同じに氷弾が降り注ぐだろう。

しかし展開されたのは階段状の障壁。色とりどりのそれを駆け上がり傀儡の脇を抜ける騎士たち。

「ぬるいうえに甘い！」

落下を始めていたはずの傀儡は、マリオネットが糸にひかれるように向きを変えて騎士たちを襲う。

衝突とともにほどける雪塊に包み込まれ落下する騎士が五名、右手で振う剣で傀儡を切り裂いた騎士が三名、切り裂かれた雪塊がじゅわっと音をたてて瞬時に蒸発したのは飛んできた火魔法か。

身をよじって躱し私の手前に着地した騎士は四名。体勢をすばやく立て直し、私へと突撃するのは怒り狂うグリーンボウのよう。

「残念そこはそこなし沼ァ！」

騎士たちの足元の雪が、あたかもスライムかのようにずるりと左右に分かれ彼らの足を掬う。両手に二個ずつ雪玉を携え荒ぶる鷹のごとく、手をついた騎士たちに狙いを定め――

「和葉ちゃんかっこいい！　だいすき！」

「はぅ!!」

雪玉を投げつけるその瞬間に、雪避けと防寒のために目の下まで覆ったネックウォーマーを引き下げて叫ぶ礼くんの、きらきらと輝く笑顔に撃ち落された。

「えへ、ごめんね？」

ふかふかの新雪をえぐるようにすべり落ちて止まった私の額に、ゆるく握った雪玉をのせた礼くん。

模擬戦の名を借りた雪合戦（勇者四人プラス騎士団VSカズハプラス雪だるま二十体）は、礼くんの奇襲勝ちで終了。

あなたなんて立派にあざとくなって……っ!!

「和葉ちゃんのラスボスっぷり半端なくて俺もう笑い死ぬかと思った……」

「セリフ考えてて昨日眠れませんでした。渾身の作戦です」

「豚汁おいしー！」

「なんであれだけ対多数戦をこなせるのに、連携ができないの和葉ちゃん……」

「基本、作戦聞いてないからでしょ」

「聞いてますよ失敬な。残らないだけです」

「残してくださいよ……カズハさん……」

努力はしてるんですよ、一応。ずずっと豚汁をすすって息をつく。ぷはー。美味しい。豚っていってもスノウカウはどっちかというと見た目牛っぽい。冬に繁殖期を迎える魔物だ。先週狩ってきた。

午前中の訓練である雪合戦を終えて、食堂に集まった騎士団のみなさんにも好評のようだ。

豚汁には焼きそばよねってことで、それも最近は定番メニューになりつつある。

「レシピってあるじゃないですか。料理とかの。私あれ実は読めないんですよね。そりゃ読めば理解できるし、新しい料理つくる時はざっと流し読みするんですけど、ふわっとした全体像と材料さえわかればなんとなくつくれますし。今でこそ料理長にレシピ渡すためにこまめにメモとったりしますけども、そうでなきゃ詳細なんて覚えてないんですよ。どうもですね、あんな感じで頭に残らないんですよねぇ」

「そのあんな感じってのがよくわからないわ……」

あやめさんは豚汁の豆腐をつつきながら首を傾げてる。

「ねえ、これ、豆腐？　もしかしてつくったの……？」

「長き道のりでした。豆の種類は数あれどなかなかその風味がでなかったんですよね。にがりは海塩の産地から運んでもらったんですよ」

「なんなのその情熱」

「好きじゃないですか？」

「もう大好きなの！　豆腐！　うれしい……」

あら。珍しく素直。あやめさんって顔は洋風だけど食の好みは和風だものね。よかったねぇ。私もうれしいよ。

* * *

エルネスの研究室の横にある応接室。

ふかふかのソファやカウチが合わせて四つに大型のクッションもそこかしこに散らばってる。ぱちぱち火花を爆ぜさせる暖炉と毛足の長い絨毯。壁一面を塞ぐ本棚には古びた背表紙がみっちりと並んでいるのに、間接照明の効果なのか圧迫感はなく、それどころか落ち着きとくつろぎに一役買っている。

雪合戦の日から一週間、吹雪が続いていて屋内での基礎トレ程度の運動しかできていないせいなのか、はたまた風邪でも引いたのか。

私と翔太君が体調を崩してそれぞれソファにだらりともたれていた。

別に熱もないんだけど、とてつもなく怠いのだ。吐き気も割に酷い。

頬を私の膝に載せた礼くんは、ソファの横に座り込んで心配げな顔だ。

エルネスがひんやりとした細い指で私のうなじを包んでさすり、それから下腹部に手をあてながらうっすらと眉間に皺をたてて集中している。

「うん、アヤメ、見立ては？」

同じように翔太君を診察していたあやめさんは、数秒考えこんでからエルネス師匠に答える。

「魔力のめぐりが悪い。うーんと、血管でいえばうっ血しているみたいな感じ。さっき和葉を診察したのと翔太の症状はほとんど同じ。筋肉が特に疲労しているわけでもない。内臓に異常は見られないし酷い倦怠感や吐き気以外の自覚症状もなし。魔力切れに近い症状だけど、魔力は満ちている。だから、残るは魔力酔い？」

「ん、大体合格。原因は？」

「わからない、です。でも」

あやめさんは少し気づかわしげに私をちらりと窺った。

「魔吸いの首輪をつけられていた時の魔力の乱れによく似てる、です」

「あー、言われてみればそうですね。あの時は痛みのほうが強くてそっちばかり記憶に残ってますけど」

「僕、痛くはないよ」

「私も今回は痛くないですよ。でもなんていうんだろう、普段より魔力がどろっとしてるというか制御しにくい感じが似てる」

「魔吸いの首輪って、魔力を吸い上げるだけじゃなくて波長を乱すんですよね？　そんな症状だけが、なんのきっかけもなく出る病気なんて私まだ習ってない気がします」

「うん。ないもの。少なくとも私たちこの世界の住人でそんな症状の報告はない。で、カズハとショウタの共通点は？」

「えと、勇者なことだけど私や幸宏さん、礼くんには出てないし……あ、身体が成長途中。この間の和葉の時も、成長途中だから身体に負担がかかりすぎたんですもんね？」

「よろしい。付け加えるなら、ここ最近、カズハとショウタの魔力総量がどうやら急激に上がってるのよ。消費が追いつかないのにどんどん生産されていくから身体的負担も激しいんでしょうね」

なーるーほーどー。あれかしらね、成長痛みたいなもんかしらね。

「そっか。最近訓練あんまりできてないしなぁ。魔力消費できないせいってことか」

幸宏さんは翔太君の首を揉んで労わってあげている。あ、礼くん、ちょっと、首揉まなくていい。くすぐったい。

「ということは、溜めずにちゃんと抜けばいいってことね」

あやめさんが力強く頷いて言い切った。

ぱりん、と窓の向こうから細い氷柱がまた弾け落ちた音。それとぱちぱち爆ぜる暖炉の音。

……そうね。溜めすぎはよくないわよね。色々とカラダに。

「あ、あやめちゃ……言い方……」

耳まで赤くした翔太君がうつむいた。

「なによ……――っ!?」

爆発音が聞こえそうなほど瞬時に顔を赤くしたあやめさんの悲鳴と、幸宏さんの爆笑でしばらく収拾がつかなかった。


カランとグラスの中の氷を揺らすザザさん。久しぶりの年長組飲み会である。

ここのところずっとザザさんが忙しくて開催できていなかったんだよね。

「しかし魔力消費のためとはいえ、訓練場の雪除けと整地ってつまらなくないですか？　やってもやってもこの吹雪ですし」

「調子が戻るまで大量に魔力消費する方法が思いつかなかったですからねぇ。でもおかげで今は楽です」

重力魔法で訓練場一帯の雪を端にどけ、積みあがった雪山を翔太君が鉄球で整形しては氷魔法で凍らせて、今は見事な氷の城壁ができあがっている。ちょっとした雪まつり会場っぽい仕上がり。

「そろそろ天候もおさまるとは思いますけど、僕のほうでもちょっと考えてみますね。まあ、効率はさほどよくなくても手がないわけではないんですが……」

「そうなんですか？」

「あー、いえ、それにしてもカズハさんだけでなくショウタもですか。確かに持続力や攻撃威力が上がってるなとは思ってましたけど」

「ですねぇ。私も重力魔法の操作が最近楽になってきてましたし、翔太君は鉄球や鉄鎖投げる時の精度や飛距離があがってますよね」

「あ、そういやさ、あの氷の壁で思いだしたけど」

幸宏さんがナッツをつまんで指先を舐める。ちなみに今日のおつまみはナッツとチーズとマシュマロチョコだ。ザザさんはチョコがお気に入り。

「ザザさん、氷壁ってなんすか？　めっちゃかっこいいんだけど」

ザザさんちょっとむせる。

鼻痛い？　大丈夫？　ハンカチ差し出したけど、大丈夫ですと自分のハンカチを出してた。

トイレットペーパーが発達してないくらいなので、当然ながらティッシュもないですからね。男性もみなさんハンカチを常備している。

「私もそれ聞きそびれてた。なんでですか」

「いやぁ……それ言ってるの南方方面の敵方だけなんですけどね。僕、南方にいたって言ってたじゃないですか。基本南方の国境線守護は軍なんですが、まあ、魔物も当然いますしね、原則、対国家は軍、対魔物は騎士団で動くんですよ」

「あー、それで軍関係者には俺らあんまり会わないいんだ」

「で、まあ、状況次第では軍に協力もするんですすね。当時ちょっと南方が荒れてまして応援に出ることがよくあったんです」

「ふむふむ」

「僕は障壁をはじめ防衛が得意なんで……それで壁ですかね」

「うん？　それでザギルがあんなに警戒してたんですか？」

「へえ。ザギルってあいつだよね？　あのいかつい奴」

「うん。筋肉マン。氷壁とやりあうなんざごめんだって」

「やべぇ。ザザさんかっこいい」

「いやいや、そんなもんじゃないですって。あー、ほら、カズハさん、幻覚魔法の対抗技術からいくつか派生した技があるって前に言ったでしょう。あれね、使用頻度が高いのは攻撃用のほうなんです。ほんとは」

「攻撃？　あれが？」

あんなに安心するのに。何をどうしたらダメージ与えられるんだろう。

「んー、精神を安定させられるってことは、逆に衰弱もさせられるんです。汎用性が高いのは恐怖ですかね。本能的な死の恐怖ってやつです。まあ、それをちょいちょい使わなくてはならないことがありまして、そのうち敵方からそう呼ばれるようになったって感じです」

結構昔の話なんですけどね、と微笑むザザさんからは全く想像ができない技だ。

「もしかしてこの間の遺跡でザギルの頭鷲摑みにしたのって、それですか？　あの丈夫な奴にずいぶんダメージいれてると思ってたのですけど」

「……ちょっとむかついてしまったんで」

「普段からは想像できない迫力だったもんな。俺キレたザザさんにアレやられたらちびるかも……

あいつよくあんだけ減らず口叩けるなって実は思ってた」

ザギル、痛みで吐いてたわけじゃなかったんだ……。

気まずそうに片手で口を塞いで顔を背けるザザさん、やだもうほんとそういうの反則だわ。

「ザギル、あいつ結構耐性ありましたよ。言動はその辺のチンピラ紛いですけどね。能力的にはかなり高いです……カズハさん」

「はい」

苦々しい表情でザギルを評したザザさんは、グラスをローテーブルに置いて、私に真正面から向き合った。

「先日の報告通り、数日中にザギルはここに帰着します。本当にあいつを雇うんですか」

ロブの指輪とザギルの協力によって勇者誘拐を企んだ組織は粛清したと教えてもらった。どのようにとか詳しくは知らないし、実行部隊は情報部だと聞いている。

カザルナ王国の南方諸国への方針は不干渉。だからこそすべては水面下で片づけたと。

「ザギル、あっちで役に立ったんですよね？　約束通り囮も潜入もしたって」

「はい。想定以上の働きだったそうです。だからこそ、能力が高いからこそ、あいつをそばに置くのは反対です」

「でも私約束守らなきゃです。あいつを雇うと約束しましたから」

「翔太君、調子どう？」

「……軽く吐きそう。和葉ちゃんは？」

「私も一口程ケロっといきそうです」

「だいじょぶ？　和葉ちゃん、バケツ持ってくる？」

両手を器にして差し出す礼くん。それバケツ？　ほんとその愛に癒される。

「だから魔力切れになるまで使い切らなくてもいいんだってば……二人とも」

「一日中調律してるわけにもいかないしねぇ……というかちょうどいい加減の魔力量を維持するのも訓練のうちだし」

あやめさんとエルネスは呆れ口調。

「そうは言うけど、またすぐ気持ち悪くなるのかと思うともっとやっとけば楽な時間長くなるかもって、ついやっちゃうんだよ……」

「ですよね……」

今日もエルネスの応接室で、私と翔太君はソファに沈み込んでる。

昨日おとといと天気が良かったから思う存分訓練してたのだけど、どうやら使いすぎてもリバウンドのように次の朝はさらに絶不調になるらしいのがわかった。どうしろと。

「この後も訓練するんでしょう？　今日こそ丁度いいくらいの消費量をつかむようにしなさい」

「どうやるのさぁ……」

「おなかすき過ぎても気持ち悪くなる、おなかすいてるからいっぱい食べたら食べ過ぎて気持ち悪くなる、食べ過ぎたから食べないでいたらおなかすき過ぎて気持ち悪くなる、そんな悪循環なのですよ……」

いわば私たちは満腹中枢も空腹中枢も、ただいまぶっ壊れ中的な状況になっている。訓練前の今現在は食べ過ぎて気持ち悪い状態だ。悪循環を重ねて日に日に悪化してきていた。さっさと訓練場行けばいいというものだけど、これからザギルと顔合わせなのだ。ザザさんと幸宏さんが連れてきてくれるのを待ってるとこ。

ザギルが元々私を誘拐した奴らに雇われていたことは、礼くん、翔太君、あやめさんにも説明済み。心配はないと思ってるけど、私が雇ってるってことで無条件に信頼するのも考え物だからね。

そうこうしているうちにノックがあり、エルネスが応じると幸宏さんとザザさんに挟まれてザギルが入ってきた。

「やあ」

「……おう」

仏頂面のザギルを正面に座らせて、勇者陣を紹介する。幸宏さんとザザさんはザギルの背後に立ってるんだけど、もうそんなに警戒態勢いらないと思うんだけどなぁ。まあ仕方ないか。

「で、結局よ、あんたは俺を買って何させる気なんだ？　……何させるにしても選ぶ余地はねぇけどよ、犯罪奴隷はごめんだぞ」

「ん？　断ればしばらく監視付きとはいえオブシリスタで解放だと聞いてるけど」

囮や潜入であげた実績に対する取引報酬としてそうなるって話だったと思う。

「信じられっか。……あんたの目の届かないところで抹殺って手もあるだろうよ。それなら勇者サマに買われたほうが生き残る可能性は高い」

ふむ……ということは私のところにいれば、少なくとも殺されはしないというくらいの信用はあるってことか。

「あんたが生きてた世界基準ならそうかもしれないけど、この国はそんな手使わないと思うけどね。私には嘘つかないもん。この国は」

ザギルは鼻で笑って応えたけれども、召喚されてこの方この国は私たちに対して常に誠実だった。そのくらいの信用はしている。

「まあ、ザギルにしてみたら信用する根拠にはならないのも仕方ないね」

「おう」

「というか、この間も言ったでしょう。買ったんじゃない。雇うんだよ」

「どう違うんだよ」

「雇い主と労働者、対等の契約相手ってこと。あんたもロブに言ってたじゃない。契約範囲外のことはやらないって。同じだよ」

「……契約内容は？」

「私はあんたに衣食住と労働内容に見合った給料の保証をする。私はカザルナ王国の法律が許す範囲内でしかあんたに命令はしない。犯罪行為を命じないってことね。当然あんたが勝手に犯罪行為をしたら普通に犯罪者として国に引き渡すし契約は終了。カザルナ王国の法律はなかなか優秀だからね。犯罪行為でなくてもあんたが本当に嫌であれば、私の命令を拒否する権利がある。で、労働内容だけど、それはまだはっきり決めてないんだよねぇ。とりあえず基本は私の護衛と情報収集かな。護衛は騎士団がついてるからサポート的な程度でいいと思うけど……細かいことはおいおい相談しつつって感じでどう？　って、何その顔。あ、この国の法律がわからんって話なら、城にいる労働関係専門の文官さんが色々教えてくれるから手配するけど」

仏頂面からずいぶんと間抜けな表情に変わったザギルは「いや、この国はそのあたり天国だって聞いてる……」とだけ小さな声で答えた。

うん。この国では当たり前のことなんだけどね。犯罪行為を命じないとか拒否する権利があるとか。でもザギルはそれが当たり前じゃないとこで生きてきた人だから、あえて説明してみた。

「じゃあ細かい内容は後でってことでいい？　すごい間が抜けた顔してるけど」

「うっせぇよ」

私も調子悪いからね。ちゃっちゃと終わらせちゃいたい。大体人を雇うなんて当然したことないんだから細かいことはわからないのよ。給食のおばちゃんですし。

――ザギルは最初から最後まで私やリコッタさんを自発的に傷つけようとはしなかった。

ロブたちの護衛としてしか雇われていないと言い、騎士団を敵に回す、つまり勇者拉致など聞いていなかったと主張してた。私に攻撃された時にも、真っ先にとったのは攻撃姿勢ではなく防御姿勢だ。

リコッタさんが死んだこともずっと言わなかった。呪文を教えられた時点でリコッタさんは用無しだったはずなのに。

たとえ私がパニックを起こさないためだったとしても、私が騎士たちへの人質や交渉材料になり得るという打算があったのだとしても、あの時の私の状態なら、リコッタさんを捨てて意識を奪った私を抱えるほうが楽だったはず。なのにそうしなかった。それどころか、信号火まで与えて立ち去ったのだ。

勿論、状況によっては私を攻撃することをためらわなかっただろうと思う。そこまで甘かったら生き残れていないだろうし。

けれどオブシリスタのような場所で生きてて、怪しげな組織から怪しげな仕事を請け負って、混じりもんはそういうことでしか稼げないと言いながら、結局私をあれ以上傷つけることなく帰してくれた。

だったらザギルのいう『天国みたいなこの国』で暮らせるチャンスをあげるくらいしてもいいじゃないか。そのくらいの借りはあると思うのよ。

ただ、私のそばに置くということは、礼くんたちのそばに置くということ。

なんの保険もかけないというわけにもいかない。

「ザギル、はいこれ」

ポケットから取り出した、私の手の中にすっぽり隠れるくらいの小石を、ザギルの手の中におさめてそのまま手をつなぐ。ローテーブル越しに握手してるような状態だ。他の人にはザギルと私の手の中に何が入ってるのかは見えていない。

「――は？　……お前これ」

「和葉はザギルとザギルの大切なものにとって不当なことや不利益なことをしない。和葉はザギルを裏切らない。期間は三年もしくは両者の合意による破棄があるまで」

「てかお前これが何かわかってんのか」

「勿論。あんたは何も賭けない奴を信じないでしょう。私もだよ。いいね？」

「……カズハさん、何持ってるんですか」

「カズハ？」

ザザさんの顔色が変わり、エルネスが中腰になる。

「……ザギルはカズハとカズハの大切なものにとって不当なことや不利益なことをしない。ザギルはカズハを裏切らない。期間は三年もしくは両者の合意による破棄があるまで」

手の中の小石は誓石。両者が宣誓して魔力を込めれば、互いの掌に誓の紋が浮かぶ。今のカザルナ王国で使われることはほとんどないけれど、南方ではそこそこ出回っているらしい。

パキンと小さく割れる音がして、手を離せば掌には誓石の代わりに、直径三センチほどの薄青い蔦模様が刻まれていた。

「何してるんだ!!　どこからそんなものっ」

やだザザさん怖い。

「研究所の倉庫にあったのを、きれいだから一個ちょーだいって言ったらもらえましたもん。別に守るのが難しい誓いじゃないですしって、ひゃ、エルネシュひたいっらめっ」

「こ、このお馬鹿！　何してるの何してくれてるの！」

エルネスに頬を思いっきりひねりあげられた。痛い痛い痛い。

「カザルナでそれが使われなくなったのは悪用できるからなの！　そ、それをそんな大雑把な誓いでっ」

エルネスは頬をひっぱるのをやめた手で、ソファをばんばんと叩く。そのソファにまた体を沈めて息を深く吐いた。疲れた。気持ち悪い。

「まあ、悪用できるってのはそうらしいけどねぇ。へいきへいき」

「なんでそんな無駄な行動力あるの！」

「ちょ、ちょっと神官長、それ無効化は」

「まともな方法じゃできないわよっ！　大体両者合意してんだから！」

ザザさんは貧血起こしたみたいにローテーブルに両手をついてうなだれた。

「俺、破棄しねぇぞ？　面白いじゃねぇか」

「だよね」

「おう」

「なあ、ザザさんとエルネスさんの反応からみて、また和葉ちゃんが素っ頓狂なことしたってこと？」

「またっってなんですか失敬な」

「——誓いを破れば顔に裏切りの紋が出て、魔吸いの首輪よりはるかに弱いですが似たような効果がでます。効果期間は契約期間と同じ三年です……」

「えっと……で、でも和葉が破らなきゃ大丈夫なのよね……？」

「悪用できるってのは、本人がそのつもりなくても破らせられるってことなのよ。個人の主観や価値観が関わってくるから。それを、それをあんたはっ」

「や、やめ、吐く、吐くって」

ザザさんはもうローテーブルの横にしゃがみこんで突っ伏してるし、エルネスは私の胸ぐら掴んでぐわんぐわん揺らしてる。

法律なんてものには解釈の違いや抜け道があるように、誓いというものにも解釈や抜け道がある。三大同盟国間での約定が、各国の主観により解釈の変わる緩い約定のように、維持し続けるためには互いの矜持が必要なように、誓石の誓いは誓われた言葉以上のものを必要とする。

「んなもん、それなりのチップじゃなきゃでかく勝てないもんでしょ。ねぇザギル？」

「んだな」

「……よくわかんなかったけど、ザギル？　は、和葉ちゃんにひどいことするの？」

礼くんが私の膝から頬を離して、ザギルを見上げる。

「しねぇよ？　そういう誓いだ」

「ふうん。まあ、ひどいことしたらぼくがやっつけるからいいよ」

いつも天使な通常運転が愛しすぎ。


諦め感の強い空気が広がってきたあたりで、ザギルが立ち上がった。

部屋出るのかな。私も訓練場行きたい。ちょっとそろそろ本当に吐く。なんなら吐いてから訓練場行きたい。

「ところでよ、お前すげぇ顔だけど」

「その言い方はどうなの」

「ここにいんのは、全員お前の大切なお仲間ってことでいいんだな？」

「うん」

私がすごい顔なことと なんの関わりが。すげぇ顔ってなによ。

ザギルは脱力したような歩き方で、黒く艶光りする大きなローテーブルを回り込んで私の目の前に立つ。

「俺の顔みてりゃ不当でも不利益でもねぇし裏切ってないのわかるからな？　裏切りの紋は出ねぇ。特に氷壁、お前はちゃんと見とけ」

「……場合による。魔力交感はいらんぞ」

「なんでお前が決めるんだよ。しねぇけど」

魔力交感ってあれだ。古代遺跡でザギルにやられたあれだ。

確かにザザさんが決めるのはおかしいといえばおかしい。でもちょっとにやけそう。

ザギルはソファに埋もれている私に覆いかぶさるように身を屈めて。

「――喰うだけだ」

左手で私のうなじを引き寄せ、右手は私の下腹部にあて、厚めの唇が私の口をふさいだ。

いや、まあね？　確かに先日はいきなりのことでしたし未知の経験でしたし動揺もうろたえもしましたけども。いくらブランクあるとはいえ、そしてちょっと言えないくらいに経験値が低いとはいえ、さすがにこの年では、そんな、せせせ接吻程度で恥ずかしがったりはしませんよ、ねぇ、そんな。

というか、年取ると恥ずかしがることがかえって恥ずかしいなんて見栄もあったりするわけで。ましてや私を見おろすザギルの瞳は、冴え冴えと冷ややかな観察者の眼。オパールのような虹彩。そりゃあこちらもすっと冷える。

「――っ」

こじあけられた口内に滑り込んだ舌が、えぐるように上顎を舌下をなぞっていく。唾液をすくいとりながら、最後に唇をなぞり、ちゅっと軽い音をたてて離れた。

自分の唇もぺろりと舐めて、うん、とザギルは謎の頷きをする。

それにしても……ちょっと濃いかな？　濃いな？　まあそれはおいておくとして。

「おやぁ？」

つい漏らした私の声に、凍ってた部屋の空気が動き出した。

ダンッとローテーブルを乗り越えてザザさんがザギルに手を伸ばし、ザギルはそれをバックステップで躱し、回り込んだ幸宏さんをさらにサイドステップで回避。

「待て待て待て。顔見ろっつったろ。裏切ってねぇだろが」

「あー、二人とも待ってください。落ち着いて」

私が制止すると二人は飛びかかる寸前の姿勢で、顔だけこちらに向けた。いや怖いてその顔。

「ザギル、何したの？」

「余分な魔力喰ったんだよ。治ったろうが？」

「うん……治った……吐き気も怠いのもない」

すっきりだ。ここ数日悩まされていた具合の悪さがいきなり完全に消えてる。疲労感だけはまだ多少あるけど。

「何を――お前、『魔力喰い』か!?」

「普段どんな生活してっか知んねぇけど、普通にしてりゃ数日は持つんじゃねぇか。反動で回復スピード上がらない程度になるように抑えたしな。まあ、崩れてもまた喰えばいい」

「カズハ、どう？」

「うん。すっきり」

「本当なのね……『魔力喰い』なんて初めて会ったわ……」

私の額に手をあてて、確かに魔力量の変化を感じたのかエルネスが納得している。

「あなた、ザギル、適量に抑えられるってことは、魔力量を可視化なりで確認できてるってこと？

しかも適正値までわかると？」

「見えなきゃ喰えねぇだろが」

「カズハの状態は前例のないものよ。それをひと目で原因を見抜いて対処もできるってどういうことよ」

「ああん？　顔色と魔力量見りゃわかるわ」

エルネスの目がぎらぎらと輝きだした。ローテーブルに膝をつかんばかりに上半身を乗り出している。

「ちょっとあなたうちで働かない？」

「やだね。顔近ぇよ」

「カズハっあんたなんか言ってやってっ」

「や、本人ヤダって言ってるし……」

「神官長黙って。何故申告しなかった。審査や検査の時に持ってる能力は申告するように命じられたはずだ。しかも検査すり抜けたってことは結果以上の能力持ちだな」

「馬鹿か？　お前らはただの取引相手だったんだ。手札をそうそう明かすかよ。主サマのお役に立とうとしたんじゃねぇか。褒められていいとこだぞ」

「そっか。ありがとう」

「カズハさんもちょっと黙ってください」

「あっはい」

「本当に体調良くなっただけですね？　ほかにおかしなところも感じませんね？」

こくこくと頷いてみせる。黙ってろていうし。

「……他に何もしてないだろうな」

「本人がされてねぇっつってんだろが」

迷いながらもザザさんは、それでも構えた右腕を不服げに降ろした。幸宏さんも体から力を抜いて一歩下がる。見回せば翔太君は真っ赤になって口をぱくぱくさせてるし、あやめさんも真っ赤に……杖、顕現させて構えてるし。しまって？　それしまって？　礼くんは目をまんまるにして、私の膝元で完全にフリーズしてた。

「か、和葉ちゃ」

「ん？」

「和葉ちゃんあいつとケッコンするの!?」

「しないよ!?」

「はあああああ!?」

「しない!?　ほんと!?」

「だいじょうぶ！　しない！　しないしないしないしない！」

「なんだおいどうしたんだあいつって、うぉおおおお！」

立ち上がると同時に弾けたような速さで襲いかかった礼くんの拳や蹴りを、僅差で躱すザギル。

次々障壁を出しては瞬時に割られているけど、よく見れば障壁に角度をつけて押し返しつつ受け流してる。

これ観たことあるわー。カンフー映画で観たことあるわー。障壁はなかったけど。映画には。

パンパンパンと小気味よい音を立てて打ち込まれる拳や繰り出される蹴りを払いつつも、二人の立ち位置は動かない。

礼くんのスピードは勇者陣の中で私に続くものだけれど、いかんせん攻撃は素直で真っすぐ過ぎる。それでも騎士団の中ではザザさんくらいしか対抗できない。

強いとは思ってたけど、ザギルの体術はもうちょっと上方修正して認識しておくべきなんだろう。今まで防御ばかりで攻撃は見せたことがないけれど、逆にいえば攻撃をしなくても防御し続けられるほどの技量があるってことだ。

「むぅーー」

礼くんのスピードが更に上がると、さすがにザギルも焦りの色が強くなってきた。

「う、ぉっ、やべ、なんだお前、ちょ、こいつなんとか」

「あ、ごめん、見とれてた」

「ふざけんな！　止めろ！　こいつ止めろ！」

「れ、礼くん、ストップ！　待って！　ストップ！」

礼くんの背中にしがみついて、軽く重力魔法の力も借りて引き止める。

「だって！　ケッコンしないのにこいつちゅうした！　そんなの駄目なんだよ！」

「お、おおう!?」

「そうねっ確かにっ！　でもほらっあれはちゅうじゃないからっ」

「……違うの？」

「う、うん。ほら、あの、人工呼吸、みたいな？　人工呼吸って知ってる？」

「……うん。ちゅうと違う？」

「違う違う。ほら、治ったし。具合悪かったの治ったよ。ね？　顔色も戻ってない？」

そおっとソファに誘導して腰かけさせてから、礼くんの手を私の目元に持ってきて触れさせると、ふくれっ面のまま抱きついてきた。

「あんなのとケッコンしちゃやだ」

「しないから。だいじょうぶ」

柔らかな髪を解きほぐしながら撫で続けて、おやすみする時のようにこめかみとつむじに軽いキスを落とす。

「ほら、ちゅうも色々あるでしょ？　ね？　あれはそういうのと違うの」

私の首元に顔をうずめて抱きかかえたまま、わずかに頷いて、ソファに座り直した。……落ち着いたかな？

「……あんなの言われたぞ」

「その通りだろう」

「間違ってないな」

うちの天使は最強だわ。ほんと。

「魔力喰いって、そういう能力があるの？　珍しいの？」

「私は文献でしか見たことないわね。ねえ、ちょっとあなた本当にうちで働かない？」

「断る。あと近い」

「それどういう能力なの？　魔力食べちゃうだけ？」

「だけッって言っても、使い道は多々あるでしょうね。魔力奪われた側がどういう状態になるのかによりますけど……まあ、持ってることを秘密にしたほうが無難な類の能力だとは思います」

礼くんの無言の圧力を受けてザザさんは私の隣に腰かけている。私の隣というか、私をしっかり抱きかかえて座る礼くんの隣だ。

エルネスは完全にザギルをロックオンしてる。研究者モードだもん。めっちゃ食いついてるもん。

「そうなの？　ザギル、秘密にしてたの？」

「下手にばれると何やらされっかわかんねぇからな。ヘスカは趣味と実益兼ねてたが、俺ァあんなのは反吐が出る。けったくそわりぃ」

「あー……なるほど、そういう」

よからぬことに利用価値があるから内緒にしていたことを教えてくれたと。

「じゃあ、遺跡では私の魔力量残ってたのをわかってて見逃してくれてたんだ？」

「……あの状態なら、別に問題なく制圧できると思っただけだ」

「無理だったじゃん」

「うっせぇ変なツラしてんじゃねぇよ」

ツンデレか。ツンデレだなこれ。

「魔力食べるって具体的にどうなるの自分の魔力に変換できるのどうなの」

「普通にもの食ってるのと変わんねぇし、あと顔近い」

ふむふむとメモを取り続けるエルネス、超通常運転。

「食べるのと変わらないって、もしかして味あったりするの？　匂いとか？」

「匂い……？　よくわかんねぇ。味はある。あんたのはかなり美味いな」

「お、おう、ありがとう？」

「食欲みたいな摂取欲的なものはあるの？　摂取する必要性は？　摂取しない場合の不都合は？」

エルネス止まらない。

「せっしゅよく……？　知らねぇけど、例えるなら嗜好ひ――いや、必要だ。喰わなきゃ腹減って死ぬ。顔近い」

「嗜好品って言った!?」

「……ちっ」

「生命活動に不要。味あり。匂い自覚なし。本当にうちで働かない？　摂取する魔力量に限界は？

一日四時間でもいいしカズハより時給出すし。摂取方法は経口摂取のみ？　カズハ抜けてるから待遇はうちのほうがいいわよ？」

「しれっと色々ほうりこんでんじゃねぇよ」

「しかし魔力を口移しで食べるって、それなんて薄い本設定なの」

ぶふっと翔太君が鼻水吹いた。うん。翔太君意外と裏切らないよね。

「……リギル、翔太君も私と同じなの。治せる？」

「んあ？　ああ、その小僧か」

「!!　いや！　僕いいです！　訓練場行くし！　行きたいし！」

「俺ァ味にはうるせぇし、男はつまんねぇ」

「対象の性別関係なし。ねえ、一日三時間でもいいんだけど」

「びっくりするほど折れねぇなあんた！　あとその言い方やめろ！」

「いらないですから！　僕平気ですから！　ちょ、う、げほっ、ちょっと、もう僕訓練場行かなきゃだからっげほっうっ」

「……和葉、すっきり治ったのよね？」

「うん。適正な魔力量？　それもわかったと思う」

あやめさんは、私に念を押してから咳き込みつつ立ち上がろうとする翔太君の服の裾を摑んだ。

「う、うぇ……あやめちゃ……？　幸宏さ」

幸宏さんがさりげなく翔太君の後ろに回り込んで両肩を押さえる。

「翔太。あれは人工呼吸だ」

「回復役として仲間の健康には変えられない……っ」

「――!!　健康でも健全じゃないじゃん！　ほ、ほらっザギルさんだって嫌だって！　無理言ったらだめです！」

「嫌ってほどでもねぇけどよ、つまんねぇだけで。なあ、アレ嫌がってるけど、命令？」

「う、うーん、ザギルが嫌じゃないなら、命令っていうか、お願い、かな……？」

「はいよ」

のそりと立ち上がるザギルに翔太君が息を呑んだ。あやめさんが膝、幸宏さんが肩を押さえてる。

「ざ、ザザさん！　ザザさん！　ちょ、僕」

「え、えー……、と、治る、らしい、ですし」

「やだあああ！　ぼ、ぼく最初は好きな子がいいし！」

「しょーた、しょーた、しょーたー、大丈夫だ。人工呼吸はノーカン」

「ちがううううう！　わあああああ！」

「――ほれ」

「……は？」

ザギルは押さえつけられていた翔太君の下腹を、ぽんっと撫で払った。

「うん。まあ、大体そんなもんだろ。そのくらいが適量だって今覚え込んどけ」

「う、うん。え、あ、ありがとう、ございます？」

「おう」

「翔太……治ったの？」

「治った。すっきり……」

「――経口摂取に限らず、服の上からの接触でも可能、と」

「最初からできないとは言ってねぇぞ」

「「ちょっと待てぃい！」」

「経口摂取との違いは？　目的による使い分け？　それとも理由による使い分け？」

ザギルはにぃっと口角をあげて、太い犬歯をのぞかせた。

「そりゃあお前、美味しくいただくために決まってんだろ」

監視員ザギル

「――なんで僕裏切られたような気分になってんだろう……おかしい……」

ソファで横座りになってる翔太君の肩をぽんと叩いてる幸宏さんの口元がゆるんでる。あれ笑うの我慢してる顔だ。すっごい我慢してる。あなた我慢できたのね……。

ザザさんは隣で難しい顔してるし、あやめさんは赤面したまま俯いてるし、エルネスは、まあ、いつものエルネスだ。ひたすらメモってる。

「別に慣れるまで喰ってやってもいいけどよ、普通に城下の花街なりで調節したほうが覚えは早ぇんじゃねぇの」

「へ……は、はなまち……？」

翔太君はきょとんとして、幸宏さん、あやめさん、ザザさんを見回したけど、全員さっと目を背けた。

いや待って。あやめさん？　あやめさんも知ってたの？

というか、花街ってアレよね。アレでしょ？　アレだよね？　知ってた？　いや、知らない、とアイコンタクトする翔太君と私を見て、ザギルが呆れた声を出す。

「まぁた教えてなかったのか。小僧っつったって立派にもう男だろうがよ。花街の姐さん上手だしよ、すぐ上達すんじゃねぇか？　ああ、あんたは俺が教えるからいい」

「えっ、あ、うん？　ありがとう？」

「カズハさんっわからないまま返事しない！」

「あっはい」

「あー、ちょうどいいじゃない。カズハ実践タイプだし」

「神官長っ唆《そそのか》さない！」

「んだよ。軍とかじゃ新人に花街で調節訓練させるっつうじゃねぇか。騎士団は違うのかよ」

「軍や兵士団なら習得が遅いものに課外訓練させることもあるが、その程度の練度がなければそもそも騎士にはなれん」

ほほぉ……そういうこと……魔力交感で調節を練習するってことか。

そういえばザザさんが前に濁してた『手』ってのは、これのことだったのかな。

「あ、あやめさん？　あやめさんもまさか訓練」

「ばっばっかじゃないの！　わたっ私は回復魔法の研究でっ！　研究で知ってただけっ！　そんなのいらないしっ！　しなくてもできるし！」

「お、おう」

「俺も訓練はいらんし。でも翔太はなぁ、そういうの好きじゃないじゃん？」

あー、初めては好きな人とがいいんだもんね。

「僕だって、いや、違う……それ僕なんて答えるのが正解なのさ……？　なにこれ僕なんでこんな一人負けしてるの……」

うなじに顔をうずめていた礼くんが、つむじに顎をひょいと載せて窓の向こうを指さした。

「……？　あっちのちょっと離れたとこに温室あるよ？」

「ん？」

「そっか。雪降ってからだもんね。翔太君も具合悪くなったの。お花屋さんに行かなくても温室あるから、ぼく連れて行ってあげるよ。この間ルディに教えてもらったんだ。場所」

「――っ」

ザザさんが心臓を押さえた！

ザギルが口と心臓を押さえた！

「こっ、この俺が、罪悪感、だと――？」

わかる。眩しさって刺さるよね。ちょっとした兵器だよね。

そして礼くん、温室は指さしたほうとは逆方向……っ。


それからザギル監視のもとでいつもの雪合戦形式の訓練をしたけれど、今まさに佳境という時にザギルのドクターストップがかかった。

「止めた時くらいの量が下限だと覚えとけ。それ以上減らすと回復速度が上がってまた酔う。ばっかみてぇに魔力じゃんじゃん使いやがって調節する気あんのか」

「まだいけるとおもいました！」

「おもいました！」

「いけてねぇよ……美味いなこれ。なんだこれ」

「ミルクババロアです！」

礼くんは大事そうに自分のババロアを持ったまま、ちょっとお尻をずらして三口で食べきったザギルから離れた。いやさすがにとらないと思うよ……？

「ねえ、一日二時間ならどう」

「断る」

いつもは食堂だけど、今日はエルネスの応接室でおやつの時間だ。

ザザさんはずぅっと難しい顔してたんだけど、ババロアを食べ終わると同時にふぅっと息をついた。

「ザギル、カズハさんとショウタの魔力管理を手伝えると思っていいんだな？　レイ、ユキヒロ、アヤメの場合ならどうだ」

「その三人に必要なのかよ」

「今のところ不要だが、今後どうなるかわからんからな。参考までに、だ。戦闘時ならこちらでもなんとかできるが、健康や日常生活に支障が出るのは困る」

「普通逆じゃねぇの」

「可能か？」

「今と同じような感じの場合ならな。違うならそん時になんねぇとわかんねぇ」

「神官長、どう思いますか」

「お願いできるなら、私以上の適切な人材でしょうね。ちょっと腹立つわ」

「――二人の体調が落ち着くまで、訓練中の魔力監視と指導を頼む」

座ったままではあるけど、ザザさんがザギルに頭を下げた……。

「――ちっ、別に頼まれねぇでも、こいつのことは見てる。小僧どもはついでだ」

「あ、デレた」

ぶほっと幸宏さんが吹く。

「……なんか意味わかんねぇけどめちゃくちゃむかついたぞおい」

「気のせいじゃないかな」

「神官長のエルネスさんにそうまで言わせるとか、ザギルの能力って喰う以外にも珍しいってこと？」

少しむせつつ幸宏さんがテーブルに山盛りとなったお菓子に手を伸ばしながら問うと、エルネスはメモの手をとめて教師役の顔をつくった。

「他人の魔力を感じ取れるのは、訓練した魔法使いのうち三割程度。それも接触が必要で、感じ取り方は様々ね。視覚で感じ取れるのは三割のうち一割もいないし、視覚で捉えられる者は他の感覚のどれかでも捉えられる。私は触覚と視覚、色彩で感じ取る。あなたたちの中では最近アヤメが視覚でも捉えられるようになったわね」

うふーと緩んだ口を、はっと両手で直すあやめさん。なにその技。かわいい。

「後天的に習得するのも珍しいんだけど、あなたたちはそもそも規格外だから。でもね、それでも捉えられるのは放出された魔力なの。例えば私は色の濃度や彩度、放出速度で割り出して魔力の残存量を推定する。放出されているものやその状態から経験と計算で出してるだけなの。回復量や回復速度もわからない。他の感覚でもそれは同じ。その人が持つ総魔力量そのものを直接は捉えられないのよ」

頷くあやめさん。ほっほぉ……。

「もうそろそろ枯渇しはじめたなってのはわかるけど、元々の総魔力量がわからないから、今何割程度ってのはわからない」

「ん？　でも私と翔太君の総魔力量が増えてるって」

「放出量が増えてるからね」

「あ、なるほど」

「それなのに、ザギルは余分な魔力量、適正な量、下限値、回復速度までわかる。あなた総魔力量が見えてるんでしょう？」

「あんた言ってること難しいな」

「ザギルあんたもうちょっと賢いと思ってたんだけど」

「なんだよてめぇわかんのかよ」

「わ、わかるわっ」

「目ぇ泳いでんだよっわかってねぇだろ」

「……このカップがカズハの魔力の器、中のお茶が魔力だとして、どのくらいであふれるのか、どのくらいで空になるのか、今どのくらい残ってるのか、減っていく速度、注がれる速度、それがわかるのよね？」

エルネスは自分のカップとソーサーをテーブルに置いて、ティーポットからお茶を注ぎ足して説明する。

「ああ、まあ、そうだな。そんな感じだ」

カップからソーサーへお茶が注がれ、そのソーサーを持ち上げ、カップは後ろ手に隠す。

「でも私たちはこっちしかわからない。カップも見えないの。今カップにどのくらい残ってるのかは、このソーサーの中のお茶の量や、ソーサーの中のお茶が増える速度で推測してるだけ」

「おー……エルネス、わかるように説明できるんだね」

「……悔しいけど私は今『わからない側』だからね。だからこそザギルを勧誘してるわけだけど。ザギル、あなた誰の魔力でも把握できるのよね？　見えてるんだから。そんな人、私は今まで会ったことないし、そんなことできるならどれほど研究が捗るか……っ人手不足なのよっ最近研究材料が多いからっ」

ふるふるとエルネスの握りこぶしが震える。そ、そうだね。ヒカリゴケとか古代遺跡とかもあるもんね……。

「誰のことでもそんな風にきっちりと全部見えてるわけじゃねえぞ？　まあ、大体わかるけど」

「詳しく」

それでもエルネス止まらないのね……。

「あー、魔力切れ、あんだろ。ありゃあ、そうだな、ほとんどの奴は残り三割ってとこで疲れ始める」

「そうね、そう言われてる」

「残り二割で動けなくなって、一割切ったら死にかけだ。死にたくねぇから二割切り始めると魔力の回復速度が上がる」

「ええ」

「で、人はそれぞれ、茶の量もカップの大きさも違うわけだ。当然二割の量も違う。そうはいっても常識の範囲内だけどよ」

「ザギルが常識とか」

「ほんとうっせぇよお前。で、こいつらは多分体がちっせぇせいもあるからかしんねぇけど、残り二割でも一割でも動けてんだよ。一割でも普通の奴らの十割より多いしよ、死にかけてんのに気づいてねぇんだ。そのくせ回復速度は二割切ったとこで上がりやがる」

「……はぁ？」

口も目もまん丸くさせて、私と翔太君を交互に見る。エルネスだけじゃなく、ザギル以外の全員が。

「しかも速度の上がり方が尋常じゃねぇ。そりゃ酔うだろうよ。死にかけてるとこに劇薬ぶっこまれるようなもんだ。なのに魔力が増えてくるもんだから、こいつらはじゃんじゃん使い続ける。適正値っつったか？　普通は自分に丁度いい量は本能でわかるし、ちょうどよくなりゃ勝手に回復速度は落ちる。それが落ちやしねぇ。とっくにあふれてんのに茶の量はがんがん増えて止まんねぇ。こいつらの適正値と下限値は他の奴らと違うから、俺でも普通に見ただけじゃわかんなかっただろうな」

「なんでわかるようになったの？」

「お前が死にかけてんの目の前で見てたからだな」

「ほお……」

「やべぇラインがわかったから、ちょうどいいとこもわかったってとこだ。ただ、あん時は首輪やら薬やらで、ちょっと怪しかったんだけどよ、さっき喰った時に確認した。で、小僧もお前と同じような感じだから、お前がやばけりゃこいつもやべぇだろってな。だからまあ、自信はあるが正直、小僧のはお前ほど完全に見切れてるわけじゃねぇ」

「……おい翔太」

幸宏さんが翔太君の襟元を摑んだ。

「今夜城下行くぞ。連れてってやる」

「えっ」

「さくっと調節教えてもらえ」

「い、いや、でも僕今日わかった、と、おも」

「量だけだろっ調節覚えろ。なんだよ死にかけてんのに気づいてないって。いいっすよね、ザザさん」

「ですね。ちょっと軍部にも店の情報もらっておきます」

「ねえ、和葉は……？」

「俺が教えっからいいだろよって、睨んでんじゃねぇよ氷壁」

うーん？

「ねえザギル」

「おう」

「私あの時そんな死にかけてたの？」

「そっからかよ！」

「や、だって、あの時、エルネスが死なないって言ったもん」

「……カズハ、そうじゃなくて」

だめ。今はだめ。気づいて。

礼くんからは、私の表情が見えないように視線を送る。

「それに普通の人なら一割切ったら死にかけでも、私たちは一割切っても動けるんだから、それはつまり死にかけのラインがもっと低いからってだけなんじゃないかな」

「回復速度が上がらないならそうだろうよ。でも違う。身体を生かしておくために必要な分が足りなくなるから速度が上がるんだ。お前らはきっちり二割切ったところで速度が上がってらぁ」

「でも生きてるしっ生きてたし！」

気づいて気づいて気づいて。

「おま……あー、ああ、そうだな。まあ、俺も神官長サマみたいに色々調べてわかってるわけじゃねぇし」

「そ、うね。まだこれから色々検証しなきゃだし、ね」

「でしょ。ね？　ほら、だいじょうぶだよ礼くん」

振り向いて、唇を強張らせている礼くんに笑って見せる。

みんな気づいてくれた。

引きずり上げんばかりに翔太君の襟元摑んでた幸宏さんも、摑んだままとはいえ力を抜いた。

ザザさんはそっと礼くんの背中へ手を伸ばしてさすってる。

「だいじょぶ？　和葉ちゃんだいじょぶ？」

「ええ。大丈夫ですよ。レイ。ほら、カズハさんは今日も元気でしょう？」

おやつを食べるためにローテーブル横の床にそのまま座り込んでいた礼くんは、ザザさんを見上げて、周りを見回して、それから私をもう一度見て。

「和葉ちゃん今元気？」

「めっちゃ元気。あ、そうだ。後で温室連れて行ってよ。お花いっぱい咲いてた？」

「――うんっすっごいきれいだったよ。あ、でも、和葉ちゃんをご招待するまで内緒って、ルディ言ってたんだった……」

「あー、じゃあ、ルディ王子には内緒ってことで」

「うん、えへへ、ないしょー」

「ないしょー！　ほら、ババロア、食べちゃいなさい？　ザギルにとられちゃうよ？」

「！」

「とらねぇわ！」

慌ててババロアに集中する礼くんだけど、礼くんって普段から割とちまちまゆっくり食べる子なんだよね。大切に大切に味わって食べる姿がまた可愛らしい。

ザギルにはさっき礼くんの実年齢を説明しておいたのだけど、気づいてくれてよかった。ツンデレ万歳。

この世界では死が割とすぐそこにあると、私たちはとっくに実感してきている。というか、礼くんに実感させてしまっている一因は、私にあるといっていい。好きでそうしたわけでもないけど、なんせついこないだ死にかけた。なんならモルダモーデにも惨敗している。

だから礼くんは私に必死にしがみつく。

礼くんが一人で立てるようになるために、一人で立てるようになるその時までは、私がちゃんとここにいると思わせなくてはいけないんだ。

あの時死にかけてたってのは、私自身ちょっと実感がないってのも本当なんだけど。

「そういえばよ、お前なんで訓練中あんな騒ぎまくってんだ？　いつもなのか？　狙ってくれっつってるようなもんじゃねぇか」

「あれやると幸宏さんが笑い崩れて戦力外になるから」

「は!?　俺それ初耳なんだけど！」

「ふっ……頭脳プレイですよ」

「ユキヒロが悪いですね。僕は前からそろそろ慣れろと言ってます」

「くっ……」

幸宏さんにならわかるけど、ザギル、なんで私にまで残念そうな目を向けるのか。心外だ。

エルネスはまたメモを取り続けている。てか、ほんとメモ好きね。もうすでにメモの範疇を超えた量なんじゃないかと思う。何やら頷いて、きりっとした顔をあげた。

「ねえ、ザギル」

「あ？　断る」

「違うわよっ違わないけどっ、それじゃなくて！　ねえ、味って違うんでしょう？　男はつまんないんだから違うのよね？　人それぞれで違うの？」

「違うな」

「カズハの味は？　ショウタの味は？」

「「その言い方やめて」」

「私はどう？　私の味はどうなの？　さあ、どんな味！」

かかってこいのポーズなのか、どんとこいなのか、両手を広げて迎え入れんばかりのエルネスはきらきらしている。そのぶれなさがほんと好きだわ……。

「喰えってか？」

胡乱げな顔でのけぞるザギル。ザギルにまで引かれるとかねもうね。

「魔力交感でもなんでも来なさい！」

「おい、氷壁、これはいいのかよ、つか、この存在はありなのかよ」

「好きにしろ。管轄外だ」

「……見た目だけなら割と好みなのによ、いやそんながっつり摑むなっ」

ザギルの差し出した手を両手で握り返すエルネス。ぶれない。ぶれなさすぎる。

「どう？　どう？　是非、ショウタやカズハの味とともに教えて！」

すうっと手を引きつつ視線をそらしつつ。

「勇者サマらは喰ったことないくらい美味いっつか、基本魔力量の多いやつは美味いんだよ」

「ほお！」

「あんたも美味い、けど」

「けど？」

「……もたれる」

わぁ……。

幸宏さんが翔太君のソファの後ろにしゃがみこんで隠れた！

ザザさんが自分の肩で顔を隠した！

「え……何……私今何かに負けたのかしら……」

「おい、坊主、さっきから何食ってんだよそれ」

ババロアを食べ終わってブラウニーに手を出してる礼くんの横にザギルがしゃがみこむ。

みんな結構よく食べるから、ババロアみたいなつるっといけるものがおやつの時は、他にも用意するんだよね。テーブルの籠に山盛りなのは、小さめに切って蠟紙に包んだ三種類のお菓子。

礼くんは目の前に全種類二個ずつ並べて端から食べてた。

「んとね、緑のリボンがクルミとマシュマロのチョコ。赤がブラウニーで青がキャラメルナッツタルト」

「今食ってんのは？」

「ブラウニー」

「予想外の方向から敗北感が来た気がするわ……」

「あ、あの、エルネス、さん……？」

「美味い？　どれ一番美味い？」

「ぼく一番好きなのはクルミとマシュマロのチョコ。だから最後に食べるの。でもみんな美味しい」

「へえ」

ひょいと籠から緑のリボンがかかった包みをとりあげる。自由か。

「ほ、ほらっ、別に魔力の味です、し！　本体の味じゃないですし！」

「カズハなんであんた敬語なのよ」

「いえ……」

「うまっ！　なんだこれ！　なんだこれ！」

「何あれ口直し!?」

翔太君が両手で顔を覆いソファに体育座りのポーズで横たわっている。

あやめさんは絨毯の端の房整えてる。何それ。

「ふふーん、ぼくらのおやつは全部和葉ちゃんがつくるんだよ。これぜーんぶ」

「はぁ!?　これぜんぶ!?」

「さっきのババロアもだよ」

あ、ごめん。礼くん、レシピは私だけどババロアは料理長がつくりました……。最近調子悪かったからね……。

他のは作り置きとはいえ、私がつくったから嘘じゃない。

「おいおいおいおいおいおい……美味いもんが美味いもんつくるってどうだよ正気かよ……」

「私食材なんだ!?」

「そもそも、もたれるって味なのかしら!?」


私はカレーは箱の裏のレシピ通りが一番美味しい説信奉者である。

子どもの好きなメニューランキングに必ず入るカレー。

みんな食べたいとは言ってたのね。でもね、ほら、こっちにはルーがないんですよ。スパイスだけならかなりの種類が厨房にあるのを確認してるし、なんならインドカレーとか本格カレーなら作れる。ただみんなが求めてるのはそれじゃないと思っててね、手を出していなかったんだよね。タンドリーチキンなら作ったことあるけど。

レシピ魔改造国日本。あのルーで作るカレーの味はとても私には再現できない。

こうね、違うんだよね。日本人的に馴染み深さが。

でもはたと思い出したのです。バターチキンカレーならどうだろうと。確かにルーのカレーライスとは違うんだけど、あれはスパイスから作るカレーの中でも優しい味だから。

本場あたりではものすごい種類のカレーがあるというので、優しい味のカレーだっていっぱいあるだろうけど私が作れるのはバターチキンカレーだ。

ヨーグルトもある。勿論浄化魔法の適用外で。浄化したら菌死んじゃうからね。

そんなことを礼くんと手をつないで温室をお散歩してる時に思ったのよ。

だって温室のガラス天井からスパルナ飛んでるの見えたから！

速攻で狩って、首なしのスパルナとともに地上に戻ったら、護衛らしく私たちについてきていたザギルが「えぇぇ……」って引いてた。なんでよ。

「そろそろスパルナ情報網で王都ヤバイって回ってると思うぞ」

「あいつらきっと三歩歩いたら忘れるから大丈夫ですよ」

「カレーライスおいしー！」

「僕、スパルナが希少な肉だって、最近つい忘れてしまいがちになっちゃいましたね……」

「最近獲ってなかったじゃないですか。いなかったし」

バターチキンカレーは目論見通り好評だった。

いつもなら新作は勇者陣で試食してからの食堂メニューデビューなんだけど、匂いが立ちこめすぎて「出さなきゃ暴れる奴が出ます……」って料理長が言うから、そのまま大量につくって夕食メニューのひとつに緊急追加した。カレーの匂いは食欲刺激するからねぇ。匂いに誘われたとクラルさんをはじめとする研究所の人までふらふら現れてた。

エルネスは夜の城下に踊り出し済み。

「美味いぞ！　美味いな！　カズハ殿！」

ふらふら現れたうちのもう一人がルディ王子。王族が住む棟まで匂いは行ってないはずなんだけど現れた。あの陛下の息子なだけある。

「内緒だって言ったのに温室教えたのはダメだが、カズハ殿の手料理食べられたから許す」

「ルディ、ごめんね？」

「うむ。またいい場所探すからよい」

スパルナが獲れたとこの話から芋づるでばれたらしい。ごめんね。内緒だけど温室の場所は結構前から私も知ってた。というか、あなたお勉強抜けられなくていまだにデート叶ってないじゃないの。場所探しだけ続けてたのか。

ザギルは「なんだこのガ」まで言ってザザさんに口ふさがれてた。一国の王子がひょいひょい臣下用の食堂来て一緒にカレー食べてるとか思わないよね。普通。これはしょうがないかもしれない。

「……ねえ、翔太、これから城下行くの……?」

頬を少し赤らめてあやめさんがこそっと小声で訊いた。

「い、行かない。僕がんばるし自分で」

お。なんだなんだ。なんか展開するのか?

ザギル以外の成年組全員、聞こえてないような顔したまま口に運ぶスプーンが止まった。

「そうなんだ……どうわかりやすかったとか違いを教えてもらおうと思ったのに」

えぇー……さすがエルネスの弟子……。

みんな微妙な顔しつつ食事を再開する。

ザギルもいるし、翔太君の習得状況を見てからでも遅くないだろうと花街は一旦保留にしたらしい。

「ところでな、カズハ殿」

「なんでしょう」

「縁談がいくつも来てると聞くので、俺もちゃんと皆のように正式に申し込もうと思うんだが」

「いりません」

「いくつも来てたらひとつくらい受けてみたりするかもしれないではないか。それが俺のかもしれないではないか」

「くじ引きじゃあるまいし。全部断ってます」

「……家庭教師も同じことを言っていた」

「正しいですね。しっかり先生に学ぶといいです」

「そうだな。散歩にいい場所も一緒に探すことにする」

それあの家庭教師が一緒に考えてくれるんだろうか。多分、城内にカズハの知らないところはもうないって教えられるだけじゃないかな……。

「ねえねえ和葉、お見合いってどんな人たちのが来てる？」

「どんなとは？」

「年とか？」

「うーん……？」

前にザザさんが言ってたとおり、ちょいちょい見合いの話は確かに来ている。文官の人が釣り書き持ってきて読み上げてくれるから、一応聞くだけ聞いて断ってるんだけど。

「覚えてませんね」

「なんで！」

「年とると興味のないことに割くメモリはなくなるのです」

「あんた脳も若返ってるはずじゃない！　ザザさん、ザザさんなら知ってるでしょう？　どうなの？」

「あー……報告は受けてますけど、カズハさん断ってるんでそれなら覚えておく必要が……」

「ザザさんまで！」

「色々だぞ。俺と同じ年の奴もいたし、三十歳の奴もいた」

「さすが王子！　脳みそ若い！」

「惚れた女性のことだからな！」

ルディ王子、結構イケメンの素質あるとは時々思う。

「というか、どうしたんです？　あやめさん」

「私もいくつか来てるけど……どうしたらいいのかなって思って」

「興味があるなら会ってみるだけでも会ってみたらいいじゃないですか」

「だって写真もないのよ？　似顔絵？　肖像画？　そういうのはあるけどそんなのわかんないじゃない」

「写真があったところで、盛ってりゃわかんないんだから同じですよ」

「えー……会ってからだと断りにくいかもしれないじゃない」

「そうなんですか？　王子」

「俺はカズハ殿に断られ続けてるからな！　わからんな！」

幸宏さんがむせた。ザギルが流石一国の王子強ぇなってつぶやいてる。

「ザザさん知ってます？　どうなんでしょう」

「間に立ってる紹介人がいるので全部してくれます。気兼ねなく断ってくれて構いませんよ」

「ですよね。ほら、あやめさん、大丈夫だって」

貴族は数こなしてるだろうしね。そりゃそうだよね。

「うーん、幸宏さんと翔太はどうなの？」

「僕も最初から断ってる……」

「俺、結構会ってるぞ？」

「えっいつの間に！　どうしてるのそれ！」

「気が合うかもしれないじゃん。でも合わなかったから今のとこ断り続けてるな」

「ザザさん、ほら、仲間候補がいます」

「いつでも歓迎しますよユキヒロ」

「いやそこまで覚悟決まってないっす……」

「僕も覚悟してたわけじゃないですよ！」

「まあ、ヤってみねぇとわかんねぇよな」

「見合いでそこまでせん！　何言ってんだお前は！」

「というか、縁談って私たちに教えられるのは色々選別された後のものだけでしょう？　和葉に三十歳の人の縁談って、ちょっと年上すぎない？　和葉はアレだけど一応十歳なわけだし」

「アレってなんですか。あと十四歳です。何度でも言いますけど十四歳です」

「はぁ!?　お前ほんとにエルフとかはいってんじゃねぇの？　なんだよそのつるぺた」

「う、うるさい！　もうすぐ標準に育つっ」

予定ではそろそろ急成長が始まるはずなのだ。前回とは食生活も何もかも違うけどっ。

「すっきりしてんのは顔だけにしとけよ……」

「くっ……」

「カズハ殿の顔はすっきりしてるから愛らしいのだぞ？　舞踏会での令嬢たちの中で最も目に優しかった」

私あの時普段以上に化粧してたんですけどね……。目に優しいって。

「あー、くどいもの食ってたらさっぱりしたのが欲しい感じのアレか」

「それになっ！　踊ったり狩りをしてる時の動きがな！　キレがあるのに優雅なのだ！　レイと鬼ごっことかいうものをして遊んでるのを見た時な！　俺も結婚したら毎日鬼ごっこができると思ってだな！」

「殿下……もういいですなんかどんな顔していいのかどんどんわからなくなってきます」

もうやめたげてっ！　幸宏さんのライフもうゼロだから!!

しかし鬼ごっこねぇ……そうか。王子にはそのあたりがポイントだったのか。そういえば私が具合悪くしてる間も毎日のように小さな花束が届いてた。

「ほら、殿下、お迎えがきてますよ。陛下たちと食後の歓談時間でしょう？」

「む」

食堂の入り口に目を向けると、殿下付きの侍女がお辞儀をしてきた。

カザルナ国王陛下は、勤勉かつ有能であり、愛妻家の家族想いでもある。毎日夕食後に家族団欒の時間を確保しているというのだから恐れ入る。

「鬼ごっこなら今度混ぜてあげますから」

「ほんとか!?」

「ええ。ただし家庭教師さんが許してくれたらです」

「大丈夫だ！　レイ！　レイもいいか!?」

「いいよー」

この二人、最初はどうなるかと思ったけど、いつの間にかなにやら仲良くなってるんだよねぇ。子ども同士って不思議。


軽く肩をひねって背もたれに右ひじをのせながら、後ろの席に座っていたセトさんと何やら話しているザザさん。これはあれですね。ぐっとくる男性のポーズランキング上位にはいるやつです。助手席に手をかけて車をバックさせる時にやるやつ。肩や首のきれいなラインが際立つアレ。

「アヤメ、今セトに確認しましたけど、その三十歳の方は獣人系の混血で長命種だそうですよ。寿命バランスとしても問題ないってことで選別を通ったんでしょうね」

「寿命バランス……？」

「ええ、それに長命種は青年期が長いです。カズハさんの外見年齢が三十歳くらいになった頃でも同じ年にしか見えないと思います」

ほっほぉ……元の世界での貴族の見合いとかでも、そのくらいの年齢差はよくあることだっただろうから不思議に思ってなかったけど。

「そういう風に選別してるんだ……」

「勿論人柄なり、周囲の評判なりも調査済みですから安心してください」

「人柄……お相手は和葉くらいの子を女性としてみれるんですか？　だって親子でもおかしくない年の差じゃないですか」

「え？」

「え？」

お互いに首を傾げ合うこれは、久しぶりの異文化コミュニケーション。ザギルとセトさんも首傾げてる。

「例えば私はルディ王子が三十歳になっても、多分子どもにしか見えないし異性と認識できないと思うんですよね。子どもの頃を知ってるので。今だって、当然異性とは思ってないわけですし。あやめさんは、その相手の方もそうなんじゃないのかと言ってるわけですよ。私たちがいた世界ではタブーに近い部分なんで」

「ほお……そうなんですか。それはちょっと選別担当に伝えておかなくてはですね」

「えっ、じゃあこっちではタブーじゃないんすか。俺、和葉ちゃんの中身知ってても、今の外見年齢では抵抗ありますよ」

「うーん……確かにカズハさんやユキヒロのように感じる者もいますけど、いつまでも子どもじゃないですし。育つのを待てばいい話なのでタブーとまでは。幼い相手にしか興味がないとなれば話は別ですけどね」

「まじっすか……俺こっちにきて最大のカルチャーショックかも……」

あ。でもなんかタブーとか言ったけどよく考えたらそんな話、古典で見たな？　あの日本最初のハーレクインロマンスとか？

「特に長命種は数少ねぇしな。年の差なんて言ってたら相手見つかんねぇよ。待って当たり前だし、抱え込んでおかねぇと横からかっさらわれちまう」

「おお……そう考えると確かに……？」

「そういえばエルネスも似たようなこと言ってました……エルネスの言うことだからと思って聞き流してましたわ」

「神官長の言うことはそれで問題ないです。聞き流してください」

「そっか……そうなんだ……いやまあだからといってルディ王子が対象に入るようになるかっていったらなりませんけど」

「それがカズハさんの感性なんですから、それでいいんですよ。変えられるものじゃないでしょう。殿下にはお気の毒ですが」

王子へのものなのか苦笑するザザさん。するとあれだろうか。ザザさんにとっても私は対象になりえるのだろうか。いやでも子どもじゃなくなってからという話なんであって、今まさに対象になりえるって話じゃないいな？　……聞けないけども！　聞いてどうするって話でもあるし！

「それでか……なんかたまに十三歳の子とかの話きてたんだよな」

「幸宏さん、それどうしたんです」

「や、そりゃないだろーって会ってないよ。なるほどなぁ。謎がとけた」

「兄ちゃん、それ獣人系だったんじゃねぇの？」

「どうだろ。覚えてない」

「獣人系なら十三歳で、もうその姉ちゃん以上に育ってるぞ」

「私以上!?　えっどういうこと。私充分大人に成長してるよね？」

「色気とか乳とか」

「ほんっとサイテーなんだけど！　和葉！　この人サイテーなんだけど！」

「あやめさん気づくの遅いです」

「気づいてたけど！　もっとサイテーだった！」

「おう、坊主、食ってるそれなんだ」

「みかんゼリー。あっちにまだあるよ」

「俺も食お」

「ザギルさんって自由だよね……僕なんか尊敬してきちゃったかもしれない……」

「えぇぇー……それならアリなのか？　いやどうだ？　十三歳だろ……」

「えっと……ユキヒロは選別基準変えなくてもいいってことですか」

「いや待って。なんかちょっと色々消化できない」


カレー以外にも食堂メニューの大半を網羅して、みかんゼリーでしめたザギルが満足げにお茶を飲みながら、ビロードの巾着袋を放ってよこした。

「そうだ。お前これつけろ」

私の手にちょっと余るくらいの大きさの袋の中は、じゃらじゃらとした感触がある。

「なにこれ。くれるの？」

「んや。貸す」

「なんだそれ」

中身をざらっとテーブルに広げると、いくつものピアスや、石を編み込んだ帯みたいなものが転がり出た。全部魔乳石だ。私の耳に今もある、こっちにきて初めて買ったピアスと同じ石。

「わ。可愛い」

あやめさんが身を乗り出してくる。うんうん。可愛いのばっかりだ。

「どうしたのこれ」

「さっき城下行って買ってきた」

「いつの間に。てか、貸すってなに」

帯を持ってしげしげと眺めてると、ザギルがそれを取り上げて、袖をまくれと身振りで示す。

幅五センチほどの、平たい楕円形の大きな魔乳石と小粒の魔乳石を組み上げて編まれた帯には両端に留め具がついていて、ザギルの手により私の二の腕にぴたりとおさまった。アームレットだったんだこれ。

「だってお前そのピアスくれねぇしよ」

「あげないよ。せっかく綺麗な色になったのに」

ルチルクォーツのような金の針が散っていた透明な石は、私の魔力を吸ってすっかり染まっていた。石の色は中心が黒で外側に向かって瑠璃色に広がり、金色だった針は紫とピンクゴールドの細い葉型に変わっている。二週間ほどでこの色に落ち着いたのだ。非常に気に入っている。

「もう満杯だろが。魔乳色はその時の体調とかで色合いが微妙に変わるんだ。満杯になったらそれ以上変わんねぇ」

「そうなんだ」

「おう。変わった色とか人気の色出すような奴は、それで小遣い稼ぎしたりしてんぞ。そのピアスも外してこっちのどれでもいいからつけろ」

「へぇ。んで、だからなんでよ」

「満杯になったら返せ。んで、また新しいの買うからそれつけろ」

「小遣い稼ぎすんの？」

確かに私たちのは珍しい色だと言われた。色というか魔力は大抵単色だからグラデーションになるのは珍しいらしい。いわば勇者カラーなのかも。

「馬鹿か。んなもったいねぇことしねぇよ。喰うんだよ」

「へっ!?」

「お、お前、南方では確かに常時食糧不足だとは聞くが……」

ザザさんもちょっと憐みの顔した。ちょっとだけ。

「ちげぇわ！　嗜好品だっつったろが！」

「中の魔力を喰うってことか？　いやしかし魔乳石の中の魔力は再利用できるようなもんじゃないだろう」

「再利用もなにも魔力が入ってんだから同じだ。使えるのは俺みたいな魔力喰いだけだろがな。俺は俺以外に魔力喰いは知らねぇけど」

「え、え、どうやって食べるの。ねえ、私の使っていいから見せて見せて」

ついさっきまでサイテーだと騒いでたあやめさんが自分のピアスを両方外して差し出した。エルネスに教えてもらったという城下の店で買ったものだ。あやめさんの石は濃い紫からピンクに広がる色で、針は白金で細長いハート型。すごく可愛い。

「お。いい石だな。いいのか？」

「うんうんうん」

「じゃあ、その中のピアス好きなの代わりに持ってけ。石としては同クラスのはずだ」

「わかった！　早く！　早く！」

食べて見せてと急かすあやめさんから、ちょっと身を引いて眉を寄せるザギル。

「姉ちゃん、あの神官長サマの弟子だっつってたっけか……」

着々と師匠と同じ道歩んでるよね……。ザザさんもちょっと微妙な顔してる。

「まあ、いいけどよ……見たいんならこっちか。ほれ」

片方のピアスを手に握りしめるとピシッと小さな亀裂音。開いて見せてくれた掌には台座の金具と粉末の結晶が僅かに残っていた。残ってる結晶の量と石のサイズが明らかに見合わない。その結晶もぺろりと舐めとってしまった。

「うん「味は言わなくていい」お、おう」

あ、そのあたりは師匠と違うんだ。むしろ師匠から学んだのかもしれないけど。

……メモってるよ。あやめさん、メモりだしたよ。礼くん以外の全員が「うわぁ……」って心がひとつになったのを感じるよ。

ザギルはいそいそともう片方のピアスの台座を外し始めた。

「そのふっとい指でよく細かいことできるね」

「うっせ」

外した石をぱくりと口に入れてご満悦だ。飴玉か。

「美味しい？」

「おう。出回ってる染まった石は当たり外れでけぇからな」

「つけるのは別にいいけど、これアームレットの石だけでも結構な数あるよ。そんなに食べるの？」

「これでいつでもどこでも喰える」

「携行食扱いなんだ……」

なんだろう。養鶏場の鶏の気持ちってこんなんだろうか。

メモをとり続けてたあやめさんが、ぴょこんと頭を上げた。

「ねえ、ザザさん」

「はい？」

一時期はザザさんから距離を置いていたあやめさんだけど、もうすっかり元に戻ってる。

「年齢差が気にならないのが普通なら、なんでザザさん独身なんですか？　ザザさんも貴族でしょう？　お見合いとかいっぱいあるでしょう？」

盛大にむせるザザさん。私やエルネスがこのネタで茶化すことはあれど、あやめさんからの純粋な疑問には無防備だったようだ。

「い、いや僕はそんなには」

「ありますよ。次々と」

しれっと後ろの席から参加するセトさん。

「セトっお前」

「陛下だって非常にお気にかけていらっしゃるんですけどね。これがなかなか……」

「なんでまた。ザザさんならよりどりみどりだろうに独り者ってことは、出会いそのものがないのかと俺思ってた」

「僕もそう思ってました。ザザさん忙しいし」

「時期的なものや突発的なことがあれば仕方ないですが、基本的に私事の時間は確保できるよう陛下からも強く言われてますからね。時間はつくるものです」

セトさん手厳しい！

「じゃあ、見合いそのものも受けてないってことっすか？　陛下も気にしてるのに？」

「いえ……そういうわけでも、ない、といいます、か」

「お付き合いに至っても放置しすぎて振られてしまうんですよ」

「セト……頼むからほんと……」

うわっ弱気なザザさん！　セトさんに負けてるザザさんとか！

「自分たち団員だって気にかけてるんですよ。それをこの人は」

「いやお前ら面白がってるだけだろ……」

「そんな事実はありません」

きりっとした表情だけど、なんか目背けてるよね。セトさんね。口の端ひくついてるよね。

「放置って意外ですね。ザザさん気遣い細やかじゃないですか」

「会ってる時はいいんですよ。御令嬢方も夢中になるんですよ」

「お、お前らなんでそんなこと……」

「多分団員は団長より詳しいですよ」

（騎士団やべぇ）

（いやこれはきっと人徳なのでは）

（えぇぇ……）

「じゃあ放置って？」

「放置なんてしてませんって。ただ、僕らは年中王都にいるわけじゃないですし。今でこそ勇者様付きですからずっといますけど、基本年に三か月は前線行きますし、遠征もありますから……」

「だから自分らもいつも言ってるじゃないですか。手紙くらい出してくださいって」

「えー、じゃあ三か月とか音沙汰なくなるってことですか」

「ちょっと、長い、かなと俺でも思うかも。確かに俺も隊時代は連絡とれない時期とかあったから、わからないでもないけど……その代わりとれる時はとったし……」

メールとかに慣れてると余計そう思うかもしれないなぁ。

……いや、メールとかネットどころか電話やテレビもないわけだし、行先の状況もわからないわけだから、手紙はすごく重要なのかも。三か月か。どうだろう。

よし。自分に置き換えてみてもさっぱりわからない。

「普段細かな気配りで接してくれる男がですよ、仕事とはいえ、ぴたっと連絡なくなればそりゃ心変わりも疑われますよ。言ってるじゃないですか。毎回毎回毎回」

「書いたぞ。お前ら言うから書いたこともあるぞ」

「報告書かって振られたんでしたっけ」

「だからなんで知ってる……」

ザザさんの意外な弱点、筆不精とセトさん……。

人工呼吸が飴あられ

ザギルが来てから一か月ほどたった。

前までおやつの時間は食堂にいたけれど、今はエルネスの応接室で過ごすようになっている。エルネスは毎日接頭語のようにザギルを勧誘していた。成果はない。

「小僧はもうすっかり順応できてるんじゃねぇ」

「やった！」

「おう。ただ前ほどじゃないとはいえ、総魔力量がゆっくり成長中なのは変わんねぇし、いつもと違う感触がないかどうかだけは気ぃつけとけ」

「頑張ったもんなぁ。翔太」

「動きも格段に良くなってますしね。操作技術が上がったせいでしょう」

「えへへへ。ザギルさんありがとう！」

「美味いなこれ。なんだこれ」

「フォンダンショコラ」

「へぇえ」

ザギルは気に入ると必ず料理の名前を聞くけど、素材とかは聞かない。多分興味ないんだろう。名前聞くのは、次にリクエストしやすいからかも。

訓練時以外は姿を見せないことが多いザギルだけど、食事やおやつの時間はいつもいるし、そうでなくても呼べばすぐ現れるので多分いつも近くにいるんだと思う。そして妙に馴染んでる。みんな慣れたのかもしれない。人格に問題がなければ近衛に推薦できるんですけどねとはザザさんの言。ザザさんですら、言い合いしながらも、その光景はトムジェリなので実は仲が良いんだと思う。それを言ったら二人で凄い嫌な顔してた。

合格認定をもらった翔太君は、最初のうちこそ何度かザギルのストップがかかったけれど、ここ最近は全くそれもなくて、結局花街には行かないで済んだ。少し複雑な顔をしていたので興味がなかったわけではないと思うんだけど。そりゃお年頃だもんね。

「前から思ってたんだけどさ、翔太と和葉ちゃんの魔力酔いってさ、総魔力量の急成長に身体が追いついていなかったからってことなんだよな？　でも、そもそも総魔力量の急成長って身体の成長期だから起きたってこと？　だって俺らには起きてないんだよね？」

フォンダンショコラをぺろり平らげてから、魔乳石をひとつ口に放り込むザギルは少し眉間に皺を寄せた。

「成長期と急成長のどっちが先でどっちが原因なのかは俺にはわかんねぇよ。神官長サマのほうがそのうち答え出せるんじゃねぇの」

「だからね、ザギル、あなたがうちで」

「断る」

「一日おきに二時間でどう」

「つか、お前ら全員成長は続いてるぞ。普通は十三歳くらいまでに成長終わるんだけどな。成長の仕方もそれよりか急激だしよ。アレじゃねぇの。勇者の成熟？　とかなんとか」

それも十三歳なんだ。成人年齢ってそれもあってのことなんだろうか。スルー半端ない。

「……ちょっと待て。それを言うならユキヒロたちにも起こる可能性がやっぱりあるってことか」

「知らねぇっつの。今んとこその気配はねぇよ。ついでに見てる、けど」

「けど？」

「残りの奴らが残り三割切ったところをまだ見たことねぇんだよ。でもまぁ、自分で気づかねぇのは小僧たちと同じ気がすんぞ」

「なんで」

「勘」

「ほお」

「大体小僧だって自分の身体の変化を気づけるようになったわけじゃねぇだろ。下限切らないようにする調節を覚えただけだ。知りたいなら試してみてもいいんじゃねぇの？　二割切っても自分が気づかないかどうかよ」

「試す。いっすよね。ザザさん」

「私も」

「うーん……、ザギル、二割でストップかけられるんだな？」

「それは問題ねぇな。まあ、ほんとにやろうと思って切れるかどうかはお前ら次第かもしんねぇけど」

エルネスまで首を傾げる。メモはすでに準備済みだ。

「お前ら上手すぎるんだよ。特に兄ちゃんと姉ちゃん。無意識っぽいから性質悪ぃ」

「えぇー……そんなん言われてもな」

「兄ちゃんは配分が上手い。常に四割切らねぇな。姉ちゃんは威力調節が上手い。三割切らない」

「ぼくは！　ぼくは！」

「あー……坊主なぁ……、坊主はちょっとおかしいんって、うぉっ」

「なにそれ！」

「急にしがみついてんじゃねぇよ！」

礼くんがおかしい言われてびらないわけないでしょ！

「なんでか知んねぇけど五割切らねぇんだよ。調節も何にもしてる気配ねぇのに。そうだな。回復速度のほうが残り五割切らないように調節されてるって感じかね。だから坊主は下限切ろうと思っても切れねぇと思うぞ」

「ということはつまり？」

「坊主に限っては今の状態が続くなら、少なくとも戦闘中の心配はいらねぇよ。こいつ、身体はしっかり人人なのに、ガキみてぇにぱったぱったと昼寝すんだろ」

「あ、うん」

子どもってリミッターないから、体力なくなるまで遊んでぱたんと寝るよね。私にとって礼くんは子どもだから違和感なかった。そういえば。

「多分それで調整してんだよ。回復速度を常に変えるなんてできる奴ぁいねぇから確実じゃねぇけど、疲れることは疲れるんだろ。けど、安全地帯でやる分にはそれは問題ない」

「よかったあああ」

ローテーブル横のいつもの定位置にいる礼くんの頭を思わず抱え込むと、うふーと蕩けるような笑顔を向けられた。

「なんでそれいわないのはやくいわないのおしえてくれないのだからうちで働いてって」

「断る」

「ねぇねぇ、ザギル、私は？　私は？」

「ああ？」

ぴくりと片眉があがった。

「聞くか？　一日おきにしか訓練してねぇのにきっちり毎日ストップかけられてる奴が聞くか？あ？」

「え、や、だって、ザギルが下限はもう覚えなくていいって、ストップかけるからいいっていったじゃや、ん」

「毎日ストップ必要なほど気にしねぇで使えとは言ってねぇよ！　なんで訓練以外でストップいんだよ！」

「あ、そういえばですね、ザザさん」

「聞けや！」

聞いたら怒ったくせに。解せぬ。

「さっきね、訓練場から裏山みたらですね、なんか煙でてたんですよ。ふわーって」

ストップかけられて、ぼーっと見学してたら見えたのだ。裏山の向こう側から立ち上る白い煙。

「山火事かな？　ってちょっとわくわくしちゃって」

「いや、それならすぐ教えてくださいね？　山火事消さなきゃいけませんからね？」

「ううん。違うんですよ。障壁渡って見おろしてみたんだけど、水蒸気、みたいな？　何かが燃えてる感じの煙じゃなくって。あれなんでしょうね？」

「てめぇ、ストップかけたばっかりなのに、とんでもない高さまで行きやがったのそれか！」

「すぐ降りたし。寒くなってきたから少し動こうかなって」

「そうじゃねぇよ！　くそが！」

「……和葉ちゃん、高いトコいったらもっと寒いだろ？　な？」

「寒かったですね。失敗しました」

「カズハさんはもっと自重するとして、煙ですか」

「あぁ、あれじゃないの。ほら、熱湯でてるところあるでしょう。今日は特に冷えたからよく見えたんじゃないかしら」

「あぁ、そうですね」

「「熱湯!?　熱湯といいましたか!?」」

「それってっ！」

私と幸宏さんが食いつき、あやめさんが瞳を輝かせた。

温泉では！　それ温泉では！


裏山にあったのは本当に温泉だった。鬱蒼とした森の中に突然岩場が現れて、切り立った低めの崖の途中から滾々《こんこん》と源泉が湧き出て小さな滝と池を作っていた。

このあたりの木は常緑樹で、どっさりと雪をその枝に載せているのだけど、それが湯けむりにさらされて時折ばさばさと塊を湯に落としていく。

「うぉおおおお！　温泉だっ！」

「ほんとに熱湯ですね。どっかから水引いて冷ませないかな」

「ああ、ちょっと先に小川がありますよ。水脈が違うのかそちらは普通に水です」

「任せろ。俺に任せろ。きっちり極楽つくってやる！」

テンション上がりまくった幸宏さんの指示に従って、勇者パワー集結とあいなった。

翔太君が鉄球で池の隣に新たに穴を掘って、私は邪魔な岩や土を重力魔法でどけて、礼くんが小川と岩場の間の木を間引き、あやめさんはその木を板にしていく。幸宏さんは全体を飛び回って水路を整え、ちょうどいい湯温にするべく調整して。

「す、すごい情熱ですね……」

「温泉ですからっ」

「そんなに楽しいもの？」

「温泉ですし！」

この世界、お風呂はちゃんとある。私たちに与えられている部屋にも浴室はそれぞれある。メイドの人が毎晩バスタブに湯をはってくれてるんだけど。

基本はシャワー文化なのだ。私たちの部屋こそそのようにしてくれているけど、使用人たちや騎士たちの宿舎は合同のシャワールームが設置されている。浴場なんてものは当然ない。

部屋のバスタブだって、欧米タイプの洗い場が一緒の使い方なので、日本人的に物足りない。

あやめさんが切り出した板は、翔太君が掘った穴の横に洗い場や脱衣場になるべく待機している。あと男湯と女湯の間の仕切りね。

懐かしくてね、温泉大好きでね、だから、まあ、ちょっと調子に乗っちゃった。

「おい。お前そろそろ終了」

「うんー。わかった」

「……おい」

「もうちょっとだけもうちょっとだけ」

あとほんの少し岩をどかせておきたかった。

「んだとコラ」

「もうちょっとだから」

「ほほぉ……」

気がつくとザギルの声がしなくなってて、たまーに、「和葉ちゃん、やばいって」って幸宏さんたちが言ってた気もする。ザザさんもなんか言ってた気がする。

言い訳するならほんとにちょっとだけのつもりだった。岩どけちゃえば後はみんながどんどんできるし任せちゃえって思ってたし。で、ふぅ、いい仕事した、と我ながらいい笑顔で振り返ったら、ザギルが無表情で立ってた。

「えと、ザギル、さん？」

「おう。今残りどのくらいだと自分で思ってる？」

「えっとえっと、四割ちょ、いや三割ちょっと……？」

「神官長サマ、今こいつの残量どのくらいに見える」

「う、うーん……枯渇はしていないように一見見えるけど、いや……なんかおかしいわ、ね？」

「二割切ると回復速度が上がりだして、三割まで回復したら魔力酔いが始まる」

「は、はい」

「やめた時点で一割ぎりぎりしか残ってねぇ」

「え」

「今がんがん上がってるぞ。さすがに減らした分だけ早ぇな。そら二割半だ。あと三十秒、いや十秒で三割」

「えと」

「三割なった」

糸が切られたように自分の身体が崩れ落ちたのがわかった。

ザギルが仁王立ちして、蹲る私を見おろす。虹色の光彩がぎらついている。

「なぁ、俺ァ、言ったよなぁ？　やめろって言ったよなぁ？」

「うー……けほっ、言った、言い、ました」

吐き気とめまいと関節の痛み。ぐるぐると回り続ける視界。ごつごつとした岩の角が頬に痛い。

「てめぇ、坊主が心配しねぇようにしてたんじゃねぇのかよ。なんだぁ？　そのザマァ、あぁ？」

「う、うぇ、けほっ」

「か、和葉ちゃん和葉ちゃん」

えずきをこらえてはむせて、礼くんが背中をさすってくれてるけど関節も痛くて身動き取れない。

「神官長、調律は」

「い、いえ、待って、ちょっと」

「やめろ。つか、できねぇよ。追いつかねぇだろ」

「ザギル、ザギル、ねえ、和葉ちゃんどうしたの」

礼くん、ザギルのこと呼び捨てにするようになったんだよねぇ。大好きなザザさんはザザさんなのにね。

「心配しなくても死にゃしねぇよ。ただ死ぬほど苦しいだけだ。吐き気、めまい、関節痛か？　もう全身痛ぇころか。あとは熱も出るかもな。でも死にゃしねぇ」

「ザギルが食べちゃってくれたらいいんでしょ？　治したげてよ」

「今は足りねぇんだよ。俺が喰って治せるのは溢れてからだ。なぁおい主サマよ。俺が完全に見切ったといえば言葉通り完全なんだ。なめてんじゃねぇぞ」

うむ。これは私が悪い。どう考えても私が悪い。視界はすでに真っ暗でちかちかと光が飛んでいる。

「……ごめっ、げほっ」

「一晩そうしてろ。おい坊主、かあちゃん運んでやれ。城に帰んぞ」

「――かあちゃん？」

「あん？　かあちゃんみてぇなもんだろが」

ふわりと体が浮いたのは礼くんが抱き上げてくれたかららしい。

「和葉ちゃんは和葉ちゃんだよ。ママじゃない」

「……？」

「ママなんかじゃない。ママなんかと一緒にしないで。ザギルのばか」

なんか……？　あれ、そいえば礼くんはパパっ子だったのかなと思ったことはあるけど、ママの話ってあんまり聞いたことないな。そもそも親のことそんなに話さないけど、時々口にする言葉は、別に嫌いな感じでもなかった。でも嫌いなのかな。でもオムライスで泣いてたよね。あれはママの味じゃなくてパパの味だったのかな。違うのかな。

何も見えないけど、手探りで礼くんの頬のあたりを撫でる。泣いてないよね。大丈夫だよね。

「――ああ、そうだな。別モンだったな。俺が悪かった。すまん。……カズハ運ぶの頼めるか」

うんいいよと答える礼くんの声を最後に意識が途切れた。

気がつけば礼くんの部屋。いつも一緒に寝ているベッドに私だけが横たえられていた。

「和葉ちゃん、大丈夫？　お水のむ？」

両手に持ったカップはいつから持っていたのだろう。ずっとそうやって待機してたのかこの子は。少しだけ頭を上げると、ゆっくりと口にぬるめの水が注ぎこまれていく。前に寝込んだ時もこうしてくれたものね。上手になった。

「ありがと。ちょっとすっきりした。もう大丈夫。ザギルも大丈夫だって言ってたでしょ？」

「うん。よかった」

ほっと唇を綻ばせる礼くん。見回せばみんないる。礼くんのすぐ後ろにザザさん、足下にエルネス、一歩下がって、他のみんなが並んでる。ザギルは壁際に椅子を持ってきて座ってた。

「ごめんね。心配かけちゃった。みんなも、ザギルもごめん。ちょっと楽しくなりすぎた」

「酔いは治まってきてる？」

「んー、さっきよりはまし。ちょっとぼんやりするけど。私結構寝てた？」

「いいえ、今ちょうどベッドに寝かせたばっかり」

吐き気も頭痛もするけど、とりあえず目は見えるし、めまいはない。

「なんだってそんな張り切っちゃったのさ。俺もノリノリだったけど」

「あー、小さい頃にね、四つくらいだったかなぁ。一度だけ家族旅行したことがあってねぇ。一泊だけだったんだけど。それがあんな感じの露天風呂がある寂れてるけど風情のあるところだったの」

まあ、実際はたまたま預ける人がいなくて、仕事のついでだったらしいのだけど。でもとても嬉しかったのだ。家に置いて行かれるのではなく、一緒に連れて行ってもらえたのが。

「楽しくてね、お風呂もおっきくて気持ちよくって、親も一緒に入ってくれるしさ。一発で大好きになっちゃってね」

「四つ、だろ？　普段もう一人で入れてたんだ？」

「私出来のいい子だったしね。それに基本親は家にいないか仕事してたから。あー、家政婦さんも手伝ってくれてたし。結構これでお嬢なんだ私」

お風呂って、ほかに何にもない。テレビも新聞も仕事道具もなんにも。だから私だけ見てくれる。私だけみておしゃべりしてくれる。独り占めが嬉しくて、一晩に何度も父にも母にもお風呂に行こうとねだった。

「で、結婚してから、子ども達が小さい頃は何度か温泉も行ったんだけど、これがまた全然ゆっくりできなくって。温泉楽しむどころじゃなくってね。だって目離した瞬間に風呂に沈むわ、すっ転んで擦り傷つくってるわ、旅館の中で行方不明になってるわなんだもん」

「……やばい。俺そういうガキだった……」

うぇえって顔する幸宏さんがおかしい。子どもってそういう生き物だしね。

子どものころは単純に独り占めだと思ってたけど、親になってみればそんな生き物を、大きなお風呂で野放しになんてできないわけで。夫は夫でゆっくりしたいと一切を私に任せっきりで。

「子どもたちが大きくなったらなったで、あんまり温泉に興味なかったらしくて行く機会もなくなっちゃってね。ほら、温泉なんかより遊園地とか色々あるじゃない？」

「子ども大きくなってから夫婦とか一人で旅行なんてできなかったの？」

そう聞くエルネスの拳はきゅっと羽毛布団を握っている。

「恥ずかしながらそんなに家計の余裕なくてさ。私だけの楽しみってわけにもね。で、みんな温泉好きみたいだし、きっと楽しいだろうなぁって思ったら嬉しくなって調子に乗っちゃった。ごめんね」

「えー、あれだよ。和葉ちゃんにお願いしなきゃなんないとこは全部終わってるからさ。明日には俺らでできるし。そしたら明後日湯治しようぜ。湯治」

「やったぁ。楽しみだね。礼くん」

「うん。ぼくね、お外の温泉は初めてだよ。楽しみ」

えへへと笑いかけると、えへへと笑い返してくれる礼くんの頬を撫でる。まだ吐き気も治まらないけど、頭はぼんやりするけど、うれしいし楽しい。

「ねえ、礼くん、ママ嫌い？」

「ん？　ううん？　好きだよ」

「パパは？」

「パパも好き。んー、でもね」

ちょっと言いにくそうに、長めのまつ毛が伏せられる。

「もういらないの。パパもママも、いなくていい」

「そなんだ。思い出したりする？」

「たまーに。こっちに来たばっかりの頃は思い出したけど、今はたまーに」

「そっか。思い出したら苦しかったりする？」

「ううん。全然」

「それならよかった」

ぽんぽんと頭を軽く叩いて撫でると、礼くんはこてりと首を傾げた。

「ぼく、あんまりいい子じゃないなって思って」

「礼くんほどいい子には会ったことないのに」

「そっかな」

「礼くんが悪い子でも好きだけどね。知ってるんだ。礼くん、ルディ王子の脱走、時々手伝って遊んでるでしょ」

「えっ」

「あとはー、夜、歯磨いた後にチョコ食べちゃうことあるね」

あわわといった顔で、きょときょとする礼くんに吹き出す。チョコ握りしめて食べながら寝ちゃってるんだもの。気づかないほうがおかしい。綺麗に拭いて片づけてあげるけど。

「でも大好きなのは同じ。変わんないよ」

「ぼくも和葉ちゃんだいすき。ママやパパとはちがうの」

「うん」

礼くんは、安心しきった顔で話しだす。きっと話そうと思ったこともなかったんだろう。この子はいつも自分の中で考え続けている子だから。あと、ほんのちょっとだけ私に話すのが怖かったのかもしれない。

「あのね」

「うん」

「ママね、パパのことだいすきだったの。いっつもね、パパはえらいんだよってかっこよくって強くって、ぼくとママを守ってくれてるのって。だからぼくもパパみたいに強くなってママを守ってねって。大切な人は大事に守らなきゃだめなのって」

「うん」

「パパ、お仕事いそがしくってね、あんまりおうちにいなかったけど、帰ってきたら優しいしかっこいいし。だからね、ぼくほんとは水泳教室のほうが好きだったんだけど、サッカー教室に変えたんだ。パパもサッカーしてたし、ママがそうしなさいっていうから」

うーん……親がもう一人の親を子どもの前で貶めないってのは、私の中では常識で、絶対やっちゃいけないと思ってたし、やったこともない。まあ、それはあんまり守ってない人や意識していない人が結構多いというか、実際夫にしたってそもそもそんなこと気にしてもいなかったのはおいておくとして。

不在がちな夫を母親が子どもに褒めてきかせるってのは、至極当たり前のように聞こえはするんだ、けど。

「ぼく、すごくがんばったつもりだったんだけど、ママいなくなっちゃった」

「いなくなった？」

「うん。お出かけしてくるねって、ちょっと遅くなるけど、冷蔵庫にちんするだけのおかずあるからね、いい子でねってお出かけして帰ってこなかったの」

「……パパはすぐ帰ってきてくれた？」

「うーん、えっとね、次の次の日かな、帰ってきた」

「ご飯どうしたの」

「冷蔵庫にねー、納豆とかたまごとかあったもん。ご飯もまだあったし、パンもあったしー、納豆ご飯も卵ご飯もおいしいもんね。あ、あと学校で給食あったから」

なんてこと。なんてことを。

幸宏さんの表情がすっと抜けた。あやめさんが幸宏さんの背中の陰に隠れてる。翔太君が下唇を噛みしめてる。ザザさんがそっと礼くんの髪を指で梳かすと、礼くんはくすぐったそうにザザさんを見上げて笑った。

「ママね、よその男の人のとこいったんだって」

「誰から聞いたの？」

「パパ」

「そう」

「最初ね、おかしいなって思ったんだ。パパはママを大切にしてるって守ってるってママ言ってたのになって」

「そうね」

「パパおいてかれてかわいそうだから、ぼく優しくしてあげなきゃって思ったんだけど、パパ、新しいママ連れてきたの」

「……いつ？」

「んー、ママいなくなったのがぼくの誕生日の次の日だったから、んと、二か月くらいしてから」

「そう」

なるほど。なるほどね？

そりゃあ夫婦のことなんて外側からはわからない。子どもにだってわからない。礼くんの親にだって言い分はあるかもしれないけどね？　それなんか礼くんに関係あるか？　そんなことしていい理由になるか？

「礼くん、その時どうしたの？」

「一緒にご飯食べてー、おやすみなさいした。そしたらね、こっちにきてた」

礼くんは淡々と話し続ける。ずっとこうして考え続けてたんだろう。

言動も言葉遣いも少し幼めではあるけど、話し出すと驚くほど物事を整理した話し方をするのだ。

「ぼくねぇ、がんばったけどしかたないやって、もういいやって。だってパパもママもちゃんとほかにも大切な人いたしって、思ったんだけど、こっちにきたらね」

ああ、これが礼くんの絶望だ。

守ってくれるはずの母親を守れと、夫の代わりを期待され。

目標だと信じた父親はまるで違うところをみていて。

十歳の小さな体でがんばって、背伸びして、それでもだめなことがあると諦めたんだ。

「うん」

「和葉ちゃんもザザさんも幸宏さんたちもみんなやさしいし、楽しいからびっくりしたの」

「私もみんないい子だし、礼くんもかわいいしびっくりしたよ」

「うふー、おなじだね」

「うん。おそろい」

「和葉ちゃん、オムライスつくってくれたでしょ」

「うん」

「誕生日の時、ママがつくってくれたの」

「うん」

「和葉ちゃんのオムライス、ママのとは違ったけど、ママのよりおいしかったんだ」

「そっか」

「んで、大人のふりがんばってたってえらいねっていってくれた」

「うん。えらいと思ったからね」

「うれしかったんだー」

「そっか。礼くんがうれしかったんなら和葉ちゃんもうれしいなぁ」

「おっそろい」

「おっそろい。……パパとママのこといらないから、礼くんいい子じゃないって思ったの？」

「うん」

「忘れちゃって全然いいよ。そんなんで悪い子なんてならない」

「そなの？」

「だって今もいい子だもん。ね？」

軽く礼くんの頬をひっぱると、それにつられるような満面の笑み。

「みんな礼くんのこと大好きだしね。わかるでしょ？」

「うん。みんなぼくのことだいすきだよね」

そりゃみんな吹き出すよね。私もちょっと吹き出してくらっときた。

なんて子なんだ。

他人の好意をまだ真っすぐにちゃんと受け止められる子。

好きな人を好きだと、大切にしなきゃいけないのだとまだ信じて、それを伝えられる子。見たこともない礼くんの両親に、はらわたが煮えくり返っているけれど、そこは大人としてしっかりしまいこむ。どうせもう関わることのない人たち。礼くんには必要ない。

お前らが手放したこんないい子はもう私のものだ。ザマァみるがいい。

「みぃんないい子だよね。幸宏さんはチャラいけど細かいトコよく見てて助けてくれる」

「うん。訓練してるとぼくにお水飲めっていっつも教えてくれる」

「あ、俺も子ども括りなのね」

「ふふっ、あやめさんは、みんなが怪我するの嫌だから回復魔法がんばってる。つんつんして素直じゃないけどバレバレでかわいいよね」

「バレバレー。スライムだいすきなのに違うふりするんだよ」

「スライム関係ないでしょ！」

「翔太君は意地っ張りだけどその分真面目で一生懸命。どうやったらみんなが戦いやすいかいっつも考えて試してる」

「ぼくきかれるよ。だから一緒に練習するの」

「ね？　みんないい子で、大好きな礼くんに優しいよ。ザザさんだってエルネスだってセトさんやリトさんたちだって同じ。礼くんを大事にしてくれる人は礼くんがうれしいとうれしいの。だから礼くんそのまんまでいいよ」

「そっかぁ」

おいでと両手を広げると、すとんと肩口に顔がうずめられる。わしゃわしゃと髪をかきまわして。

「でもいーちばん礼くんのことすきなの和葉ちゃんだけどー！」

きゃーっと小さく身もだえする子を抱きしめる。

ごめんねごめんね。礼くんは絶望を越えてここにいるというのに、今ここに礼くんがいるのがうれしくてたまらないよ。

かなり朦朧として来てるけど、まあいいや、幸せだからいいや。

「そ、っか。いいんだ」

ぽつんとつぶやかれたのは翔太君の声。

集まった視線に、はっと我にかえって、照れをごまかすように笑う。

「いや、えっと、ほら、やっぱり親は大事にって教えられるでしょ。……やっぱり違っていいんだなって思ったというか再確認したというか」

「それ、前に教えてって言ってたこと？」

リコッタさんに攫われる直前、翔太君の伴奏で踊る約束をした時、妙にすっきりした顔をして教えてほしいことがあると言っていた。帰ってきてから、のびのびと幸せそうにピアノを弾いていて、何も聞いてこないから、もうわかったのかなと思ってたけど。

「あ、うん。それはそうなんだけど、や、いいんだ。和葉ちゃんだってもう休まなきゃ」

ふむ。確かに翔太君も親関係でひっかかるものがあるのだろうとは思っていた。

ほんとにね、この子たちはいい子すぎるね。

ザギルみたいにふてぶてしい顔つきをつくって笑って見せる。

「ｙｏｕ　そんなもの捨てちゃいなよ」

「えっ、なにそのキャラ！」

自分でやってちょっとおかしかった。

「いらないいなら捨てちゃいなさいそんなもの。大体こっちに文句つけに来られるわけでなし」

もそもそと礼くんが布団にもぐってくる。こてんと私の肩に頭をのせて落ち着いたと思った瞬間に、すやぁっと寝息。

早っと幸宏さんがつぶやいた。

ふはっと、翔太君が塊を吐き出すような笑い方をして。

「うん。僕もそうすることに決めたんだ。決めたんだけどね、ほら、和葉ちゃんもお母さんでしょ？　もし和葉ちゃんだったらやっぱり悲しいかなって思って、それを教えてもらえたらなって前思っただけで」

「親だからいうの。親は子を産んだわけだから育てる義務も責任もあるけどね？　子どもにはそんな義務も責任もない。要らなきゃ捨てちゃいなさい。悲しもうとなんだろうと子どもには関係ない」

「やっぱりあんた男前ねぇ……」

頬杖つくエルネスに、手を軽く払うように振った。

「や、だって、親子だって別々の人間なんだからそりゃ相性もあるでしょ。相性馬鹿にできないじゃん。愛情だって相性にはなかなかかなわないもんだよ」

「ま、そうね、なんだかんだと相性のいい彼氏のほうが続くし」

「う、うん。ごめんそれ多分私よくわかってないかもしんないけど、おそらくそれであってる」

エルネス！　相性って絶対そっちのこと言ってるでしょ！

「相性……」

「でも、翔太君の親のことは知らないけど、そんな括りだけじゃないんじゃないのー」

「なんで？」

んふーと、たくさんの枕に身じろぎして少し体勢を整えて礼くんの頭をまた撫でる。

こういうのはタイミングが大切。翔太君が聞きたかったことを聞けたタイミングなのだから、それは受け止めてあげたい。

礼くんの親を殺したくて仕方ないけど、吐き気もどんどんひどいけど、それは完全にしまいこんでみせる。こんな時に子どもに遠慮させるなんざ大人の名折れ。

「ピアノってー、一日休んだら指動かなくなるんでしょ？」

「あ、うん」

「バレエも同じ。一日休んだら身体が開かなくなってくる」

「うん」

「好きじゃないと毎日続けられない、でもー、好きなだけでも続けられないし上達しない。才能があっても毎日続けないと指が応えてくれなくなる」

「うん」

「あんな素晴らしい演奏ができるようになるまで、毎日続けてたよねぇ。親に動画のアカウント消されてもさ」

「……うん」

「その翔太君が、自分でできることとしてないわけない。いらないって思うまで何もしてないわけないよね。ああ、具体的にリアクションどうこうってわけでもなくて」

「うん」

「それなりの理由があったに決まってる」

「僕にとっては、だけど、でもやっぱり」

「翔太君にとっては、で充分」

前にザザさんも言っていた。本人がそう思うならそうなんだと。

翔太君はもう決めたと言っている。考えに考えて決めたに決まってる。

そんなのがわかりきってるとわかるくらいには、私たちは一緒にいた。

「それに子どもつくるだけなら魔物にだってできるよ。子どもいるからってねぇ、できた人間でもなけりゃ、そうなれるわけでもない。でなきゃ虐待なんておきないし。翔太君にとって大事なものをくれない人なら親でも捨てちゃっていい」

考えに考えて決めたって、すぐ楽になるわけじゃないよね。

今あんまり頭回ってないけどね、多分翔太君に今一番必要なのは肯定だよね。

間違ってなんかない。仮に間違っていたのだとしてもそれは些細なこと。

今翔太君が楽になるより大事なことはない。

合ってるかな。これで翔太君が欲しいものに合ってるかな。ほんとはもうちょっと頭はっきりさせたいのだけど。

「あは、きっと和葉ちゃんならそう言ってくれると思ったんだ」

「そーぉ？」

「うん。僕ちょっとずるいしね。和葉ちゃんはなんも聞かなくてもそう言ってくれると思った」

てへりと、少し舌を出して笑っている。

「ふふ、ご期待に沿えてよかったー」

「少しばかりヘビーで申し訳ないんだけどさ」

「うん」

「僕、母さんに薬盛られてたんだよね。あ、死ぬようなんじゃなくて、風邪薬たくさんとか下剤とか？」

「んあ⁉」

すごいのきたな？　今すごいのきたな？　思わず頭起こしかけてめまいして、ばふんと枕に頭が落ちた。

「……ちょ、大丈夫？　和葉ちゃん……」

「……続きどうぞ」

「えっと、そんないっぱいあるわけじゃないんだけどさ。僕ピアノ結構いいとこいってたんだよね。

でも虚弱体質でさ、肝心な時に寝込んじゃうんだ。母さんもね、クラシックはすごい期待しててね、まあ、それ以外は大反対だったんだけど。寝込んじゃうたびに、もうしわけないなぁって思ってたんだ」

「うん」

「そしたらさ、気づいたんだよね。コンクールの決勝とかここ一番の時のご飯にさ、薬いれてんの。信じられないじゃない。なんでそんなことすんだろって、そんなばかなこと、お母さんなのにって。父さんにそれとなく聞いても信じてくれないしさ。そりゃまさかって思うよね。意味わかんなくてさ」

「うん」

「んで、気を付けてたんだけど、まんまとまた盛られてね、残念だったわねーなんて親戚とかママ友？　とかにさ、母さん励まされててさ、母さん、なんか健気な感じにその人らの相手してんだけど、部屋で一人で笑ってんの見ちゃってさ。すっげぇ嬉しそうに、笑ってんの。よくよく考えたら僕ピアノだけじゃなくて小さい頃から入試とかさ、そういう時も寝込んでたんだけどね。あーって、そっかーって。理由はやっぱわかんないけど、わかんなくても、なんかもうよくない？　って思ったらこっちきてたみたい」

「それは、また……翔太君、運まで悪い……」

「いやちょっと和葉ちゃんそれは」

「や、わ、わかってるすまんなんかいまこれはおかしかった」

ちょっと待て。ちょっと待って。ぐるんぐるんする。何それ。何してくれてんだ。

なんて言った？　こういうの聞いたことあるな。代理ミュンなんとか？

幸宏さんはちょっと待てしたけど、翔太君は何故かすごく納得顔で。

「いや、運、ああ、でもそうなのかも。それでいいのかも。僕、運がそれまできっと悪かったんだ。こっちにきて楽しいから、運が向いてきたんだね」

何あんたそんなさわやかな顔してんの。あんたちゃんと楽になったのそれで。

だめだ。私が泣いちゃだめだ。翔太君に今必要なのは憐みなんかじゃない。絶対違う。泣いたらそう見えてしまう。

だってこんなはっきりしてるのに。誰が悪いかなんてわかりきってるのに。

なのに翔太君は運が悪いと笑ってる。

ここでなら自由に弾けると笑った顔そのままで。

「和葉ちゃん、ありがと」

「なにが」

「言って欲しいこと言ってくれた。すごくすっきりした。ごめんね？　具合悪いのに。もう眠ったほうがいいよ」

「あ、え、あ、ちょ、一緒に寝る？　ここ、ここあいてるよ？」

礼くんとは反対側、私の左側をぱんぱん叩く。いやほんと私なにいってんだ。これも違う。違う違う。

なんか翔太君爆笑したけど！

「それはちょっと、い、いらない、ぷっ」

「ですよね？」

「んじゃ、ここ、俺が座るわな」

「えぇぇ」

翔太君の前を横切ってベッドを回り込み、私の左側にザギルが座り込んだ。すれ違いざまに翔太君の鼻つまみあげたっぽくて、また翔太君が笑ってた。

「あんだよ。もう話終わったんだろが」

「……なあ、翔太。俺もなんか時々あいつ尊敬してきちゃってる気がして怖い」

「でしょ……？」

「いや、二人ともそれ気の迷いですからね。やめてくださいね。アヤメが神官長になつくのと同じ感じですからね」

「いくらなんでもアレと一緒は私も困るわ……」

ザギルは私の首に手の甲をあてて、ふんと鼻を鳴らしたかと思うと、私の左腕の袖をまくりあげた。

「まあ、こんだけ魔力暴れてたら熱も出らぁな。せっかく坊主くっついてんのによ」

「んあー？」

「なんでお前そんな怒り狂ってんだぁ？」

なにいってんだこいつ？

「えーと？」

「あ？　違うのかよ。小僧と坊主の話で腹立ててんのかと思ったんだが。あれだ。リコッタって女が殴られた時と同じ感じだしよ」

いや怒り狂いましたよ？　狂ってますよ？　顔には出してないつもりだけど、でも、あれ、それ不思議か……？

「え。ちょっと待って、和葉ちゃんが怒ると魔力暴れるの？　そんで熱出るの？　え、ダメじゃん。どうしよ僕」

「――なんで小僧が気にすんだ？」

こいつほんとに心底不思議がってる……。しかもどっちかいうと私のアームレットしか見てない……？

「ねえ、エルネスさん、私なんかこの世界の言語は勝手にわかるようになってると思ってたんだけど違った？　通じてる？」

「大丈夫。アヤメ大丈夫。私もちょっとよくわからないから」

「なんだてめぇらそこはかとなく馬鹿にされてる気がすんぞ。俺だってなぁ、これ怒る奴いるんじゃねぇかなくらいわかんだよ。一応だ、一応確認したんだっつの」

「あ、一応わかるのそこなんだ」

「他になにいんだよ。俺、他人のことで腹立たねぇし」

「わ。どうしよ翔太、一周回ってかっこよくみえてくる気がする」

「僕も……」

「気の迷いですからねそれ」

アームレットを外されて、また新しいのをつけられる。ピアスも。

「あれぇ、それ、――けほっ、変えたのいつだっけ」

「おとといだな」

魔乳石が満杯になったらいつもさっさと取り換えてくれるけど、それ今することなんだ？

アームレットはいつも石がいっぱいついているやつで、その染まった魔乳石の一粒一粒を真剣に吟味してる。

「そらよ、小僧と坊主は俺も可愛くねぇこともねえし、お前らが頼むんなら、むかつく奴を代わりに殺してやってもいいけどよ。異世界じゃなぁ。ちょっと無理だ」

「俺こんな凶悪なデレ初めて見た」

「言葉通り凶悪だよね」

「むかついたら殺すだろ。それでしまいだ」

「これですよ、近衛やらあちこちから引き抜きの仲介やつなぎの依頼くるんですよ。僕のとこに。推薦できるわけないじゃないですか。こいつむかついたら国賓でもさくっと殺しますよ。なのに能力だけやたら高いもんだから、出し惜しみとか言われるんですよ、こいつ僕んとこの奴じゃないのに」

「研究所は問題ないわよ」

「ほんと応援してます神官長。そしたら依頼そっちにいくので」

殺すのに異論はないから黙っておくけど、ザザさんちょっと目の光ない。

「ねえ、そのアームレット、おととい変えたって言った？　満杯に見えるんだけど」

「満杯だな」

エルネスの研究者モード入りましたー。

「おととい……？　私三週間、かかるよ？」

「普通は二、三か月かかるわね」

ザギルは腰にいつもつけてる革鞄から、じゃらじゃらっと今まで代えたアームレットを出す。どれも石がいっぱいついたやつ。

「──ほれ、これが溜まるまで一週間のやつ。これは十日、あー、もう一本あったがそれはばらして喰った」

順番にエルネスとあやめさんに渡していく。

……私が最初に買った石より、いい石だから早く染まるんだと思ってたけど違うのかな。

「色合い違いすぎるでしょう。一粒一粒がここまで違うってどういうこと？　つけてる時期が別だとしても色合い違いすぎるし、同時につけてたなら同じ色のはずよ。こればらしてないわよね？」

「つけてた時そのまんまだな。んで、これが今外したやつ」

前までのアームレットは、色合いはそれぞれ結構違ってはいたけど、基本は黒と瑠璃に染まっていた。今外したと、手にぶら下げてエルネスたちに見せてるアームレットの魔乳石は、黒と瑠璃だけではなく、赤みが強かったり、緑が入っていたりそれぞれ全然違う。きらきらと色とりどりの光を弾いてる。針はちょっと私の位置からは遠くて見えない。綺麗だなぁ私いい仕事してるなぁ。

自慢しようとしたら声が出なかった。

「声、でねぇか。うっさくなくていいな」

ひどっ！

「……カズハさん、指さして訴えなくてもわかりますけど、ちょっと眠ってください」

「無理だろ。神経立ってて眠れやしねぇよ。おら、お前らそれ返せ……返せ？」

名残惜しそうに返すエルネス。観察したかったんですよねわかります。

「こいつ、それほど魔力操作下手ではねぇんだよ――得意気にしてんじゃねぇよ、黙っててもうっせぇな。上手いわけでもねぇし兄ちゃんたちに比べりゃ雑魚も雑魚だ」

アームレットを全部ほぐしだして、布団の上に広げたハンカチの上に転がしていく。

「ただなぁ、毎日毎日、なんなら一日何回もな、あー、魔力の器のほう、カップな。そっちが容量変わるんだ。三割も二割もあったもんじゃねぇ。総魔力量も増えてんのに器まで変わるんだからよ。魔力の方も、流れ方やらなんやら、普通癖っつうもんがあるけど、決まりがない？　んー？」

「……規則性とか法則性、かしら」

「ああ、それだな。それがない。神官長サマと氷壁にこないだ聞いたけどよ、もっと前はそれほどでもなかったはずだっつうじゃねぇか」

「あなたに言われてから、長時間見てみるようにしたらね、確かに前とは違ってやけに出力の波があるのよね。魔法もつかってない通常状態なのに」

「他のやつらも大概だが、こいつ常識ってもんを無視しすぎてんだ。んなもん調節訓練したって意味ねぇよ。小僧も落ち着いたし、一時的なもんだとは思うがそれまでは見張ってるしかねぇ」

よーし、難しくなってきたけど、下限気にしなくていいって言った理由はわかったと思う。

「……お前、魔力調節教えてたんじゃなかったのか？」

「へっ、進捗どうだなんて聞くから、気長にいくしかねぇだろって言っただけだ」

「――おまっ」

「そのツラ面白くてよ」

どんなだ。どんな顔だ。

首起こしてザザさんの顔見ようとしたのに、ザギルに額押さえられた。

「動いてんじゃねぇよ。石ばらまかれっだろが。で、だ。今もう結構たってっけど、まだ魔力はあふれてない。おかしいよなぁ。回復速度は急上昇中だ。こいつ、普段からそうなんだけどよ、溜まってないのに漏れてんだ。少しだけな。神官長サマにはそれが波に見えるんだろ。で、魔力酔いしてる今はもうだだ漏れだ。魔力乱れてる分余計にな――こんなもんか」

真剣に吟味してたらしい石の粒を掌に残して、他はハンカチに包んでまた革鞄にしまいこむ。

「普通、魔力干渉はお互いの魔力を交換したり寄せていくだけのもんで、量としては差し引き変わんねぇ。一方的に奪えるのは俺みたいな魔力喰いだけだ。ところがだな、小さいガキと親の間でだ

け は違う。ガキが親からほんのわずかだけ魔力受け取ってんだ」

「なにそれ聞いたことないわよ」

「だろうなぁ。俺以外に知ってる奴も見たことねぇし、俺だってじっくりそのつもりで見てねぇと見えねぇくらいわずかなもんだ。まあ、南方じゃ親子っつっても金持ちの親子がほとんどだったがな。貧民窟ではめったに見ねぇ。……こっち来てそこら中の親子連れのガキが魔力もらってんの見て驚いたな」

「それは子どもがあなたみたいに魔力を喰ってるってこと？」

「知らね。親が与えてんのかもしんねぇし、ガキが吸ってんのかもしんねぇし。当人同士無意識っぽいし気づいてねぇしよ。自然回復量のほうが多いからな。ケンキュウすれば？」

「だからあなたがうち」

「おい、坊主寝てるだろうな。寝てんな？」

石を一粒、口に放り込んで、ガリガリバキバキかみ砕く、って……えぇぇ、石だよ……？　いや普段もぽいぽい口に入れてるけど、舐めてるじゃん……。

「……てめぇ、らに、しょっぱいツラすっぱくさせてるんらよ」

「カズハさん、指さして訴えなくてもわかりますから……」

顎を持ち上げられて、ザギルの唇が降りてきた。

ざらざらとした粒が口の中に入ってきて、それをザギルの舌がかきまわして広げると、そのまま溶けて消えた。ザラメみたいに甘くて、すぅっと喉に流れていく。

「喰えたな？　……俺もこれやんの久しぶりなんだがよ、まあ、覚えてるもんだな」

「ザギル……あなた魔力を与えてるの？」

「飢え死にとかよ、死にかけるとな、最期に魔力燃えるだろ。もう回復もできねぇから残ってる分だけの魔力が暴れて燃えて生き残ろうとする。調律も効かねぇ。燃え尽きちまえば死ぬのは同じなんだけどよ」

「そうね」

「与えてやれば、生き延びることもたまーにはある。大体死ぬけどな。ただ同じ死ぬんでも、多少楽になる。魔力暴れるのがおさまんだよ。これ」

　また一粒かみ砕いて、魔乳石の粉を飲まされる。

「死にかけてるガキがなぁ、親から魔力もらって最期に笑って死にやがるの見て、これ使えばできるんじゃねぇかと思ってやってみたらできた」

　また一粒、また一粒。

　ザラメが溶けていくたび、頭痛も息苦しさも吐き気も溶けていく。

　あんた、これ、昔試そうとしたんだ。誰かを楽にさせてやろうとしたんだ。

「ちょ、ちょっと、あんた、後でそれ私にも食べさせて――っ」

　ぶれないエルネスの声聞きながら、眠りに落ちた。

脱いだらすごいの選手権

「は？　別に俺いたとこはそこら中で毎日ガキ死んでたし、死にかけも転がってたし。できるんじゃねぇかなと思ったら試すだろ普通」

魔乳石での魔力の与え方のことを、ほんのちょっと恐る恐る聞いてみたら、なに言ってんだお前って顔して、いろいろ台無しな返事をくれた。いやもうなんか想定内でもある返事ではあるんだけども。

露天岩風呂は、私が最後にみた時よりも二回りほど拡張され、切り出された木材の香りもあいまってなかなかの風情をかもしだしてた。

騎士たちをはじめ、城の人間が自由に入れるようにと拡張したらしい。

そうはいっても、城の裏山を登ってここまで回りこんでくる道は、雪に埋もれて獣道にすら至っていない状態だ。私たちが掻き分けただけの雪道だから、気軽にたどり着けるのは騎士や私たちくらいだろう。春になって雪がなくなったらまた違うとは思うけど、そもそも温泉文化がないので、どこまでみんな楽しんでくれるかちょっとわからない。

　でも、小さな滝をつくる源泉と乳白色の湯が周囲を湯けむりで満たし、常緑樹の緑と白雪が目に鮮やかで、湯に手足を伸ばして岩にもたれかかり振り仰げば抜ける青空。夜空も素敵だろうな。きっと気に入ってくれる人は多いんじゃないかなと期待している。

「……極楽ぅー」

　湯船に隣接する形で板張りの洗い場もあって、そこは屋根と囲い、脱衣場もちゃんとできてる。なんていい仕事をしてくれてるんだろう。しかも景観を損なわない配置ときたものだ。幸宏さんが極楽をつくると宣言しただけのことはある。

　あやめさんは、んふーと桜色に頬を染めてうっとりしながら湯につかり、エルネスは掌で湯を掬っては流して観察してる。

　最初は会議が入ったと悔しそうにしていたのだけど、温泉は肌にいいと聞いた途端にクラルさんを代行に立ててた。ちなみに礼くんにおぶってもらってここまできてる。礼くんがテンションあがって飛び跳ねてたので帰りは幸宏さんを指名することにしたそうだ。

「ねぇねぇカズハ、このお湯少しぬるっとしてない？」

「ああ、してるねぇ、さっき話したでしょ。肌にいいやつだね。これ。刺激もないしいい温泉で当たりね」

「幸せ……」

「ねえ、このぬるっとしたのが肌にいいってこと？」

「んとー、肌にいいお湯はぬるっとしてるーほんとはいろんな種類あるのよー温泉ってー」

「この温泉がどんな効能あるか調べられればいいんですけどねー」

あやめさんもちょっと間延びした声を出してる。

男湯の方からは、幸宏さんが風呂奉行ばりに入り方を仕切ってるのがさっきまで聞こえてた。かけ湯大事よねー。お水先に飲むのもねー。

「そっち湯加減どうだー？」

男湯女湯の仕切り板の向こうから幸宏さんの声。

「最高です！　マジいい仕事！」

「だろ！」

源泉と引いた小川の冷水の量を調整できる弁もあるから、なんなら好みで調整してと事前に説明された。湯船広すぎてちょうどよく変わるまで時間はかかるからと、今は幸宏さんが調整したままの状態だ。でもばっちりである。

「効能って具体的に詳しく」

「お、おう……えーと、泉質？　どんな湯なのかでも違うし、その違いの調べ方は私らもわかんないけどね」

「それは任せて。詳しく」

エルネス、人手不足だってずっと言ってるのに……。

「あー、多分どんなお湯でも共通なのがー、疲労回復とリラックス効果？」

「新陳代謝促進だっけ」

「そうそう。あったかいのとー水圧とーあとなんだかで血行がよくなるんだよねぇ。新陳代謝よくなるからお肌の調子もよくなるとー」

「それらが共通効果で、ものによって違う効果もあるのね？　例えば？」

「うーん、やけどや切り傷？　あと消化器系にもいいんだっけ」

「心臓病以外には結構幅広くいけた気がしますねぇ。あ、でもそんな回復魔法みたいなものじゃないですよ。じわじわと長期間かけて、そうですねぇ、療養の手助けになる、くらいなもんでしょうか。城内の人たちはともかく、一般の人はそんなに回復魔法を惜しみなく使えないじゃないですか。私たちの世界に魔法はなかったんで、やっぱり同じように温泉で療養効果をあげたりすることもあるんですよ。それが前に幸宏さんが言っていた湯治ですねぇ」

　普段よりおっとりと、それでも回復魔法に専念して研究しているあやめさんらしくエルネスに説明している。

　あやめさんが回復魔法に規格外の適性があるというのは、当初からわかっていたことだ。今は医学的知識を元にしてのイメージを加えることで、これまでの回復魔法とは格段に違う効果をあげているらしい。これまで治癒できなかったレベルの大怪我を治せるくらい。

　当然ながらその医学的知識というのは専門知識なわけでもなく、私や幸宏さんも持っている程度の一般的知識だと聞いている。だけど魔法に反映させられているのはあやめさんだけだ。私そもそも回復魔法全然だめだし。

　多分、浄化魔法並の改革が起こるんじゃないかと言われている。

「ふむぅ……比較対象が欲しいわねぇ、候補地を探すことから」

「エルネスぅ」

「なあに？」

「頭使ってたら効果半減よー、だらーんと堪能して、まずは自分で効果を確かめたらぁ？」

「確かに」

「あやめさん特製の化粧水やクリームもあるしぃ、合わせ技したら効果に驚くよきっとー」

「アヤメのあれはすごいわよねぇ！」

「うふー」

こちらのスキンケア用品もオーガニックでなかなかではあったんだけど、あやめさんが調合したものは特別に具合がよいのだ。エルネスがあやめさんを本格的に抱え込んだきっかけといってもいい。

エルネスは堪能することに切り替えて、首をほぐすように回して深呼吸をする。

シミひとつなく、きめ細やかでしっとりした肌はとても五十半ばには見えない。あやめさんのように若い娘さんの輝かんばかりの肌とはまた違って、やわらかで匂い立つような白さの肌。

身体のラインだって、ちゃんと重力に従って下がっているのにそれがまたエロい魅力になっているのだ。一時期もてはやされていた若作りに全力をあげているタイプのではなく、まさに正道の美魔女といえる。ずるい。

「エルネスぅ、その入れ墨かっこいいなぁ。私もいれたい」

左の乳房から腰へ、腰から尾てい骨あたりまで蔓薔薇の意匠が刻まれている。深紅と鮮赤のグラデーションが素晴らしく綺麗。今は乳白色の湯に沈んで、ふわりとピンク色の気配だけ見えている。

「素敵ですよね……」

「あんた達は身体成長しきってからのほうがいいわねぇ。今いれても崩れちゃうでしょ」

「だよねぇ……あやめさんはもういけるのでは？」

「……まだ成長するかもしれないじゃない……胸とかも……」

「十分標準まで育ってると思うけど……」

「いいのっもうちょっと育つかもしれないのっ」

「……ザギルに言われたのを気にしてたり？」

「違うもん！」

「お、おう……あ、そういえばエルネス、私寝ちゃったから知らないけど、結局魔乳石の味はわかったの？　どうだった？」

「聞かせるの忘れてたわ！　カズハ！　あんのケダモノ……っ」

エルネスがぎりぎりっと奥歯を噛みしめた。なんだなんだどうした。

「あいつ、石食べさせるふりして、普通にキスしやがったのよ！　そしてまた上手いのが腹立たしい！」

「ほほぉ……そ、それで？」

あやめさんの頬の赤みが一気に増した。そうか。現場を見たのか。というか、部屋でそのまま実行したのかな。

「ぶん殴ろうとしたら躱されるし！」

「……あいつ防御力高いんだよね。でもエルネスが殴り掛かったの？」

全然それはそれでカモンするかと思いきや。

「私はね！　毒牙にかけるのはいいけどかけられるのは嫌いなの！」

「あ、毒牙な自覚あったんだ」

「あれは喰い尽くされるわよ！　物理的に！　カズハ！　やめときなさいね！」

「物理的にて。いやまあ確かに食材扱いらしいけどね……」

「和葉……覚えてないの……？」

「ん？　味？　甘いと思ったような気はするけどあんまり覚えてないですねぇ」

「そなんだ……」

あやめさんがますます顔を赤くして、口元まで湯に沈んでいく。

「どうしました」

「ううん……なんか翔太が、和葉ちゃんやっぱり大人なんだ……って言ってたなって」

「ああ、前にも似たようなこと言われた気がしますけど、そりゃ大人ですよ」

大人には見えないから忘れちゃいがちだけど大人なんですよって、厨房の裏口で確かに話した。

再確認したのかな。あの時。てか、また忘れちゃってたのか。このなりじゃしかたないけど。

「ザギル！　何それ！　かっこいい！　すごい黒くて硬いよ!?」

「れ、礼！　言い方っ」

「礼君！　あっちに聞こえるから！」

仕切りの向こうから礼くんの歓声と、幸宏さんと翔太君の制止の声があがった。

「……」

「……」

「……」

礼くん……？

「和葉ちゃーーん！　ねぇねぇ！」

「ばっばか礼やめろ！」

「礼君！　あやめちゃんたちもいるんだから！」

ばしゃばしゃと波立つ音が聞こえるあたり、あれは礼くん仕切り乗り越えて顔出そうとしてるな。

えー……はあい、と礼くんの渋々声。

「まさかと思うけど、礼と和葉、普段一緒にお風呂入ったりしてる？」

「いや、バスタブ小さいですからねぇ。さすがにそこまでは」

「バスタブの大きさの問題なんだ……」

「時々気分で恥ずかしがったりするんですけど、その割に風呂上りは素っ裸で浴室から出てきますからね。慣れましたよね」

私が浴室使ってても、カジュアルにドア開けておしゃべりしだすしねぇ。

子どもたちが小さい頃、トイレにまで突撃してきておしゃべりをはじめたノリを思い出させられたよね。最初ね。トイレに鍵かけたら泣かれたもんだ。さすがに礼くんはトイレにまでは来ない。

んー、そろそろいいかなと、タオルを身体に巻いて、源泉を一度溜めおいているところに向かう。ちょうど仕切り板の端。

置いておいたリュックから、トレイを出して器を並べていく。雪で冷やしておいた蒸留酒とジュースをピッチャーに入れて、果物とかも盛り付けて。

「礼くーん。ちょっとお手伝いしてー」

「はあい！」

仕切りの向こうからひょいと姿を現した礼くんは、案の定、安定の丸出しだ。

「ちょ――――！」

「……なかなか立派ね」

「普通なら事案なんだけどな……」

「和葉ちゃん動じなさすぎ……」

「カ、カズハさん！　こっちからも少し見えてますからっ」

「お前なに隠すとこあんだよ」

男湯と女湯それぞれからそれぞれの声。なんかうっさいのもまじってる。礼くんにいろいろ載せたトレイを渡した。

「はい。男性陣にどうぞって。足場悪いから落とさないようにね」

「わかった！」

元気よく礼くんが戻れば、幸宏さんの歓声。

「まじか！　温泉卵じゃん！　しかも露天で雪見酒とかサイコウかよ！」

「幸宏さーん、そっちの食べ方や飲み方指導よろしくねぇ」

「任せろ！　任せろ！　ありがとう！」

まあ、向こうはみんなお酒の飲み方上手だし大丈夫だろう。ザザさんやザギルの感嘆の声も聞こえてくる。

「エルネスは果実酒でいいよね。冷えてるよ。あやめさんどうするジュースにする？　それともジュース割りにしてあげようか？」

一応日本ではまだ年齢制限内だけど、こっちではそんなのないからね。この勇者の体で影響が出るとも思えないし。ただ、さほど強くないのでたまに舐めるくらいのあやめさん。

「えっとね、うすーいの飲みたい。前に和葉つくってくれたやつ」

「ああ、リョーカイ」

薄めのなんちゃってミモザね。水とジュースと果実酒に、ちょっと重力魔法で圧かけて炭酸を仕込む。

「……あんたほど希少な魔法を生活に使う人、ちょっといないわよね」

「適材適所なんだと思う。我ながら」

仰々しい響きの重力魔法だけれど、何気に料理には活用範囲が広い。圧力鍋代わりとか。

「これは……いいわぁ」

果実酒を一口飲み下して艶やかな吐息のエルネス。私も同じく果実酒を。

「ふわぁ……、憧れの雪見酒が叶ったよ」

「ふふっ、よかったわねぇ」

エルネスは時々こうして優しい笑顔を向けてくれる。とても毒婦とは思えないやつ。

「そういえばアヤメ、結局ゴウコンって形にするんですって？　まあ、ティーパーティらしいけど」

「幸宏さんが、そうしたら気軽だろって、縁談の話担当してくれてる人に言ってくれたんですよね。こっちだと舞踏会なんだろうけど、私たちには複数同時に薄く広く話せたほうがいいし、俺らのほうも合同なら一緒に出てやれるしって」

「私も何故か紛れ込むことになったけど」

「なによっ嫌なの!?」

「嫌ってことはないですけど、また壁の花になってみんなに気遣われるのが少し……」

「何言ってるの。前回よりも情報出てるからカズハ狙いがくるわよ。選定基準に子どもは除外ってしてもらったんでしょう？」

「いや、してもらったというか、ザザさんがそう報告したらそうなってたって感じなんだけど、あんまりピンとこないよねぇ……こっちの年齢感覚とかは理解できたつもりだけど、何をどうしたら私の今の外見年齢で見合い相手として考えられるのか」

「私たちにしてみたら、エルフとかはカズハみたいに外見年齢幼くても中身は大人だったりするから抵抗ないいんだけどねぇ……もしかして」

「ん？」

「育つの待つって意味わかってる？」

「え？」

「そういう趣味の人もいないわけではないけど、幼い外見に直接欲情するってわけじゃないのよ？」

「むぅ？」

え、今、なんかすごくあからさまな話題に突入するフラグ立ったけど。

あやめさんが若干興味沸いた顔してる。

「まあ、長命種が中身も子どものパートナーが育つのを待つってのもあるけど、あんたやエルフみたいに中身は十分大人の場合はまた事情が違うというか」

「ちょっと意味がわからない」

「成熟してない身体のせい以外にも、まあ、性交渉できなくなることはあるじゃない。怪我や病気なり年齢なり」

「そね」

「でも魔力交感できるから」

お……？　あ……。

「それで愛情確認するの。感覚は性交渉とほとんど変わらないんだから、自然とそういう対象として認識するようになるってわけ」

「も、もしかして前にみんな日本の夫婦のブランクとかの話にびっくりしてたのって、そういうこと？」

「だって考えられないもの。魔力のない世界なんだから魔力交感だってないでしょう？　それでそれならどうやって愛情確認するの？」

「い、いや必要がないとかそのものが嫌いだって人もいるらしいけど……」

「あんたは？」

「えっと……あ、あやめさん？」

「あんまり話が見えないけど、多分私がわかるわけない気が……というか、魔力交感って、その、そんなに、そう、なの？」

「え。そんな両方向からいっぺんに答えにくいこと聞かないで」

「ねえ、あんたはどうやって夫の愛情を確認できたの？」

「で、できてない、ね？」

や、そんなしかめっ面で首傾げないで……。

そうか、魔力交感というものがあるせいでかえって、そういうのがないことがわからないってことなんだ。給食室とかで聞いた限りは、夫婦生活があろうとなかろうと愛情を確認できている夫婦はたくさんいるということらしいけど、じゃあ、私はどうかといえば。

「知らないってば……夫がどう私をどう思ってたかなんて……」

「二十三年も!?」

「いやだからもうその数字やめて!?」

だってそれが当たり前だったんだもの！　言わせせんな恥ずかしい！

「どうなのアヤメ、そちらの世界じゃこれそういう文化？　そういう風習？」

「これって言うな」

「えっとえっと、二十三年の意味はわかったけど」

「もうそれはいいよ！」

「正直ね、和葉四十五歳でしょ？　不思議じゃないっていうか、あんまり想像できないっていうか
……でも、二十三年前って和葉二十二歳？　幸宏さんと同じ年で、私と三つしか違わないでしょ？

それからずっとっていうのは……ああ、でもやっぱりちょっとわかんない……」

「アヤメって恋人いたことなかったんだったかしら？」

「え、そうなの？」

「彼氏いたことはあるけど……図書館で勉強したり、とか」

「とか？」

「……学校で勉強したりとか」

「やだかわいい……」

きゅんときた！　きゅんときた！

そうだよね！　あやめさんは派手顔美人だけども、これでなかなか奥手なのよ！

わかってる！　わかってるよ！

「よし、わかった。あんたたち今度のゴウコン、気合いれていきなさい。私が仕立て上げるから！」

「こないだエルネスに化粧任せたら微妙だったよ……？」

というか、なんで今の話から一気にそこに飛んだ？

なんか私のわかったとエルネスのわかったは違うね？

「あんたみたいに素顔の地味な子が花街にいるのよ！　化粧のコツ聞いてくるわ！」

「えー……花街にも人脈あるんだ」

「私の人脈なめんじゃないって言ったじゃないの」

いや聞いたけども。

「あんたたちは恋愛経験そのものがそもそも少ないの！　数こなしなさい！　数！」

「「ええ……」」

エルネスさんが怖い。広い湯船なのに、若干あやめさんと寄り添って小さくなった。

「礼くん、ちゃんとあったかくした？」

屈ませた礼くんのネックウォーマーを整える。湯冷めしちゃうからね。ぽかぽかだし、みんな湯気立ってるし、私たちが走れば城までは十分ほどで戻れるのだけど。エルネスは幸宏さんの背中に悠然と乗っている。

「ちきしょう！　なんかいい匂いすんのが悔しいな！」

「堪能してもいいわよ。ユキヒロ」

「ちゃんとあったかいよ！　あのね、和葉ちゃん、ザギル凄いんだよ」

「んんっ!?」

ちょっと笑顔が固まってしまった。それさっき叫んでたアレかしら？　今説明しちゃうのかしら？　大丈夫なのかしら？

「なんかね、黒くて硬い鱗がね、羽根みたいに何枚も背中にあるの！」

「背中」

ほお……。

そういえばぱっと見ヒト族だけど、竜人の先祖返りって言ってたから獣人の括りなんだよね。竜だから鱗なのかな。竜って何類？　何科？　なんだろう。

「力いれたらね、鱗立つんだよ！　恐竜みたいなの！」

「ああ……ゴジラみたいな」

「和葉ちゃん、恐竜と怪獣違うからね、一応言っとくけど」

しししし知ってるし！

「なんだと思ったんだ？」

「え」

にまぁっとザギルが笑ってる。

「なあおい、なんだと思ったんだ？」

「さあ、みんな湯冷めしないうちに帰りますよ！　おうちに帰るまでが遠足です！」


エルネスの応接室は暖炉に火が入っていなかったから、食堂でお茶をすることにした。エルネスとザザさんはまだお仕事の時間だからね。さっき雪見酒しちゃってたけど、まあそのあたりはあんまりぎちぎちではない。

「なんだこれ。草か」

ハーブティがお気に召さなかったらしいザギルは、蒸留酒の続きを飲むことにしたようだ。幸宏さんがつきあってる。

「しかし温泉すごいですね……」

ほぉっとハーブティで息をついて、ザザさんが脇腹というかあばらのあたりを軽くさする。

「ユキヒロに聞いたんですけど、古傷にもいいんですってね。痛みはさほどないんですが、強張りというか引き攣りがたまにあるところが、なんかほぐれて楽になった気がするんですよ」

「ああ、そうですね。神経痛なんかにもいいといいますし」

回復魔法は万能ではない。あやめさんが特殊で強力な回復魔法を使うだけで、傷によっては完治までもってていけないし、後遺症だって残るって話だ。

「ザザさん、脱いだら凄いんだぜ」

「詳しく」

「ユキヒロ、言い方おかしくないですか。なんですかそれ」

どう凄いのだろう。確かに騎士たちの中で細身なほうではあるけど。

鍛えているわけだし……短剣術や体術を教えてもらっていた時とか、革鎧ごしにがっしりとたくましいのは伝わってきた。のだけど、その感触を見た目に反映させて想像するには私ちょっと妄想力足りないかもしれない。

「夜にでも、団員の有志を連れてもう一度行って来ることにします」

「私も行く！　行く！　絶対昼とは違ってまた素敵だろうと思ってたの！」

「お。ちょうどいいね。俺もそう思ってた。行く行く」

「……もしかしてカズハさん、深夜に一人で行こうとか企んでませんでしたよね？」

「えっ、いや、そんなこと、やだなーないにきまってるじゃないですかそんな、学習する女ですよ私」

ねえ、そんないっぱいみなさんに心配かけた身の上で、ねぇ。ちょっとしか思ってなかったよ。

「ならいいですけど、アヤメもそうですが、女性だけで行くのは絶対駄目ですからね」

「なんで私には言わないのよ」

「神官長は全裸のところに敵襲を受けたとしても、怒りで殲滅しこそすれ動揺などしないでしょう」

「しないわね。納得したわ」

エルネスによく男前だとは言われるけど、エルネスだって大概だと思う。

「でも本当に凄いわよね……温泉効果……肌ももっちもちよ」

だよねぇ。ゆで卵になってるもんね。頬を満足げに揉んでいるエルネスってば、なんでほっぺたむにむにしてるのに美人のままなんだろな。今礼くんが私のほっぺを後ろから「もっちもちー」って言いながら揉んでるけど、多分あっちょんぶりけにしかなってない。

「和葉ちゃん、ちょっとそれ気にしようよ……」

「みなさんが気にしないでください。見ないふりするのも大人の嗜みですよ。翔太君」

「そうだ。カズハさん、夜は酒とか各自持っていくんで大丈夫ですからね」

「ほらね、ザザさんをごらんなさい。この見事なスルーっぷり」

「おお……」

「——本当はちょっと厳しいですからね？　レイ、そろそろやめてあげなさい」

「はあい」

ほっぺから手を離した礼くんは、おもむろに私を抱き上げて膝に乗せた。

「女性は荷物多いものかとは思ってましたけど、あんな食器から何から出てくるとは予想外でした」

「和葉ちゃんさすがだよね」

「私もいい仕事したと思ってます。食器、向こうに置きっぱなしですからね。次は食材だけで大丈夫ですよ。食器置いておけるスペースあるとか幸宏さんもナイスでした」

「そのつもりのスペースじゃなかったんだけどね……ただの脱衣場だから」

使った食器は、男性陣がささっと片づけてくれた。意外なことにザギルまで。

ちなみに、私が大荷物を持ってたりするのは、みなさんいまだにちょっと抵抗あるらしい。重力魔法があるし、それも直接触れていたほうが楽だから私が自分で持っていたほうがいいと何度も説明してるのだけど、どうにも落ち着かないんだとか。

「そうだ。ねえザギル、あなた混血だとは聞いてたけど、水棲系だったの？　鱗あるのでしょう？　見たいんだけど」

「ほんとあんた折れねぇな……。あー、混じっててもおかしかないけど、特徴は出てねぇぞ。鱗以外はな」

「かっこいいんだよ。びゃって」

礼くん、擬音で説明するくらい気に入ったのか。びゃってなんだろうね。

「エルネスが見たがるってことは珍しいの？」

「水棲系の獣人は生活圏が違うからねぇ。あまり交流もないのよ」

「海に住んでたりとか？」

「そうそう。水棲系の鱗は綺麗なんですって」

竜人の先祖返りだったら、もっと珍しそうだなぁ。もう純血はいないっていうくらいだし。ザギル的にはあまり公言したくないのかな、さらっと前に教えてくれたけど。

「神官長！　人に会議押しつけてなんでゆったりしてんですかぁ！」

「ひっ!?」

クラルが現れた！　エルネスがびくっとした！

言い訳する間もなく拉致されるエルネスを見送る。エルネスはちょっとクラルさんに弱い。

「ザザさんのセトさんに、エルネスさんのクラルさんか……」

「ユキヒロ、なんで僕がそこに並んでるんですか」

「ねえ、クラルさんを引き込めば、少しは勧誘やむのでは？」

「は？　囲い込まれる光景しか浮かばねぇ。同類だろアレ」

「そっか……がんばれ」

「てめぇ、ほんと他人事だな」

あれ？　とあやめさんが首をかしげた。

「ザギル、私たち魔力の流れいつもと違う？」

「お。気づいたか。伊達にアレの弟子じゃねぇな」

「うふー、ちょっと調子良い気がするもの」

「あ。俺も」

「僕も」

「私わかりません」

「ちょっとだけ流れがよくなってんな。魔力回路、太くなってんぞ。氷壁も同じだから温泉効果なんじゃね」

「ああ、全体的に調子が良かったから気づかなかったが確かにそうだな」

「正直、俺こっち来てから体調悪いことないからさ。温泉入っても極楽感半減かなぁって思ってたんだけど、きっちり極楽だったしなぁ。そっか。魔力回路にも効果あったか。万能かよ」

「やっぱちょっと調子悪いとこがあるほうが、よくなった感わかるもんね。病気の時に健康の大事さに気づく、みたいな。僕も体調崩したのって、魔力酔いの時だけだし」

「ほほぉ」

「……和葉、あんただけだからね？　しょっちゅう怪我したり寝込んだりしてるの」

「若い者にはかないませんな、あっやめてエア指弾やめて」

極楽だったし、体調はよいけど、魔力回路の調子はわからない。

礼くんはどうかと見上げると、うとうとと船をこいでた。あらら。ぽかぽかだもんね。

「一応、お前も流れよくなってんだけどな。ほんと鈍いな」

「魔力調子よくなってきた。めっちゃ良くなってきた」

「手遅れ感満載の見栄はろうとすんじゃねぇよ」

勇者の成熟。

それが何を示すのか、文献には残っていないらしい。

結果として、その強大な力を自在に扱いこなせるようになるため戦闘力があがるとはわかっているのだけど。では、具体的に何をしたら成熟していくのか、成熟とはどんなことなのか。

身体能力や顕現武器の扱い、魔法の習得など、訓練で可能なことをしていってるだけであって、それが成熟を促すものなのかどうかがわかっていないのだ。

研究の不足、情報の不足などというものではなく、単に過去の勇者たちは語らなかったから。


絶望を思い出せとモルダモーデは言った。

敵対する魔族の言葉が助言であるとは考えにくいことのはずなのに、多分それは成熟のために必要なことなんだと思えてしまう。

絶望を思い出した翔太君と礼くん。

翔太君は、思い出して葛藤したのだろう。

大切にしなくてはならない、期待に応えなくてはならないと刷り込まれた『普通』に抗いたくなる自分をもてあまして。そもそも元の世界に戻ることはできないのだから不可抗力なのにもかかわらず、『普通』は自縄自縛となる。

けれども彼はそれをいつの間にか一人で乗り越えて、あの伸びやかな音色を奏でる様そのままの晴れやかな顔つきを手に入れた。

多分礼くんはすごく早い段階で思い出している。私たちにこれまで伝えなかったからわからなかったけれど、そう考えれば、その言動には納得できるものが多々あるのだ。彼には自分の中のものが絶望と呼ばれるものだという認識がなかったから、伝えようとすら思わなかっただけ。

ただただひたすらに大切な人は守らなくてはならないと、そうでなくては失ってしまうのだと、何から守るのかも曖昧なまま、礼くんは私にしがみついている。それは思い出したからこそそのことだろう。

その在り方は強迫観念や恐怖の種の存在を心配させるけれども、礼くんはまだ十歳だ。たとえ奥底に何かがあったのだとしても、それがどう育っていくのか、どう育てられていくのかで違ってくる。

己への好意をしっかりと受け止め、己の好意を真っすぐに伝えられる、そのしなやかで柔らかな強さはきっと彼の成長をよりよく導いてくれる助けになるはず。

総魔力量の急成長とその制御を手に入れた翔太君、すでに五割を切ることがないという実質無制限の魔力量を持つ礼くん。

これらが勇者の成熟の結果だとするならば、そして絶望を越えた先にあるものだとするのならば、確かに符合する。

仮にそうだとするなら、過去の勇者たちが語らなかったというのも頷ける。もしかしたら親しかった人には伝えていたのかもしれない。私たちにとってのザザさんやエルネスのような人になら伝えていただろう。けれどそのような人たちならば、やはり勇者たちの内面を記録としてあえて残さなかったというほうが自然だ。

幸宏さんとあやめさんはどうだろう。幸宏さんは思い出してはいるらしいけど。

——私は、どうなんだろう。

確かに勇者陣の誰よりもパワーとスピードに特化しているとは言われる。総魔力量も飛び抜けているとは言われる。けれど使いこなせないばかりか、誰よりも不安定で、今だってザギルに頼らなければ魔力酔いで一日の大半を寝て過ごすことになりかねない。

思い出しているのに、自分の中で折り合いだってついているのに、まだ足りないんだろうか。

そもそもとして絶望と成熟が関連しているということも確定ではないし私の憶測に過ぎないのだけど。

焦るとか、他のみんなに張り合ってどうこうっていう気持ちは多分そんなにはない。

ただ自分が持つものを制御できないという一点が腹立たしい。


ほんの一瞬、答えの出ない思考にとらわれていたら、ザギルの唇が軽い音をたてて私の唇をかすめていった。

「もうおなかすいたの？」

「——おう。小腹がちょっとな」

首を傾げたかと思うと、食堂のカウンターにあるスコーンや果物に気づいたのか悠々とそちらに向かっていく。朝早くから温泉に行ったため、お昼ご飯にはまだちょっと時間がある。

「ねぇ……和葉、今のは」

「おなかすいてくるととりあえず何かつまみたくなるそうですよ。礼くんが見てる時は自重してるみたいなんだけど、今寝てるからでしょうね」

「と、どりあえず何かて」

割とちょくちょくあることなんだけど、そういえばみんなが勢ぞろいしてる時にはなかったかもしれない。大体礼くん起きてその場にいるからね。

「非常食というか携行食らしいですから」

「よくあることなのか……和葉ちゃん的にありなのかそれ」

「もう慣れましたね。礼くんがとりあえず私を抱っこするのと変わらないです。礼くんと違って全く可愛くないですが」

「和葉ちゃんやっぱり大人なんだ……」

翔太君が僅かに頬を赤くしている。

「和葉ちゃんが大人というか、ザギルが自由すぎんだろ……」

当の本人、我関せずでもっしゃもっしゃとスコーン食べてるし。

「あー、一応ね、魔力見たりするのはそれなりに疲れるんですって。で、おなかすきやすくなると。それをほぼ一日中私を見張るのに使ってるわけですから、仕方ないでしょう」

「……カズハさん、魔力喰いは嗜好品だそうですし、あのように何か食べればすむ話なのでは。というかあいつ手で魔力喰えるじゃないですか」

!?

「気づいてなかったんだ……和葉ちゃん……」

「いいか。翔太、大人ってのはもうちょっと頭回る人間のことをいうんだからな」

ひどくない!?　幸宏さんひどくない!?

予定調和のごとく夜の温泉にはカザルナ王が参加していて、次の日には国内の温泉事業計画が立てられた。公共事業は経済を活性化させるし雇用も確保できるからいいのだというのは、元の世界と変わらないようだ。同時に、源泉を城へと引き込んで大浴場をつくる工事も始まっている。

ドレスはもう何着かあるけれど、合コン茶会に向けて新しいドレスが仕立てられていた。まだ着たこともないドレスだってあるんだから要らないよと言ったら、今あるのは夜会用ばかりなのとまくしたてられた。コーディネーターエルネスは私のワードローブを完全に把握している。

ついでに言えば、普段着には文句をつけられることが多い。シャツと半ズボンとか、そうでなかったらジャージとかばかりを着まわしてるから。もっとこうおしゃれなのいっぱいあるでしょと言われるんだけど、そんなの着てたら礼くんと遊びづらいじゃないね。

というか、エルネスだって仕事中は頭からすっぽりフードかぶったローブ姿なのに。

エルネスの応接室にあやめさんとお邪魔して、仕立て屋さんの到着を待っている。

あやめさんは自分でデザインして注文したみたいだけど、私はエルネスにお任せしてた。宝飾屋さんが先に到着していて、煌びやかなジュエリートレイを何枚も広げている。どれを選ぶかは仕立て屋さんが持ってくる完成したドレスと合わせてからになるだろうけど、金銀財宝は見ているだけでもわくわくするし夢広がるもんね。あやめさんもエルネスに相談しながら、あれもこれもと悩んでいる。

「あ、このチョーカー、和葉に似合いそう」

あやめさんが手にしたのは黒のレースにアイオライトが散りばめられたチョーカーだ。……サファイアと区別が私にはつかないのだけど、宝飾屋さんがそう言っていた。

うん。可愛い。似合うと言われるのも嬉しい、んだけど。きっと前までなら喜んで試してみるくらいはしたんだけど。

そっか。やっぱり着飾るんだから首元のアクセサリーは必要かもしれない。

「えっと……私はドレス見てからにしようかな。どんなのかまだ知らないし」

「――カズハのドレスは胸元や襟が華やかだから、そのあたりのは要らないわよ。その分髪を飾りましょ」

エルネスを見やると、でしょ？　って顔された。

「エルネス……っあんたほんと大好きっ」

「はいはい、あんたも時々可愛いわね」

抱きついた私の背を、あしらうように軽く叩くエルネス。凄いな。気づいてたんだ。

しばらく自分でも気づかなかったのだけど、ハイネックすら嫌なのだ。幅の広いマフラーやストールをぐるぐる巻きとかなら平気。誰かに触れられることだってくすぐったいけど平気。くすぐったいのは前からだし。でも何かが首に直接巻きつく感触は、どうやら首輪を思い出してしまうようで。

あれから随分立つというのに、本当に時々、ふとした弾みに怖気だつことがまだある。

「――これだな」

「あんたいたの!?」

宝飾屋さんは勿論、私たちも飛び上がった。いやほんと誇張なしに五センチは椅子から浮いた。

唐突に部屋に現れたザギルは、どこ吹く風で宝飾屋さんの後ろに用意されていたものをこちらに寄こす。

なんでこんな筋肉マンが気配を消せるのかいまだによくわからない。そりゃあ近衛やら情報部から引き抜きの話が来るはずだ。私のところにじゃなくて何故かザザさんとこにだけど。

「そ、そんな他人さまの荷物から勝手に出すんじゃありません」

「あ、いえ、次にお見せしようと思ってましたので……」

「……でも、本当にかわいい。和葉似合うよそれ」

渡されたのは、雪の結晶と小花をモチーフにダイヤと真珠が編まれたヘッドドレス。おそろいのイヤーカフまである。

「アームレットやピアスの趣味から思ってはいたけど、あなたこういうのセンスあるわよね……」

「見た日完全に野生化してるのにね……」

「てめぇらほんとうっせ」

おとぎ話のドラゴンは金銀財宝が大好きだというけれども、それはこっちの世界でも同じなのだろうか。カラスみたいだ。

「ちょっと出かけてくっからよ、お前ちょろちょろすんじゃねぇぞ。俺が戻るまで料理も禁止な」

「これからレッスンあるけど、それもダメ？」

「あー、あれか。二時間くらいだったか」

「うん」

「あれくれぇならいい。魔力使うなよ」

「……和葉のレッスンって、バレエでしょう？　なんで料理のほうが禁止なの？」

「俺が聞きてぇよ。なんで料理にじゃんじゃん魔法つかってんだかよ……」

ザギルと入れ替わりに到着した仕立て屋さんが持ってきたドレスは、最初から合わせたかのようにヘッドドレスとイヤーカフにぴったりだった。

この世界での舞踊は貴族なら社交ダンスで平民なら祭りのダンスと、観せるための踊りではなく、自ら楽しむためのものが主流だ。あとは神事と同格のもの。元の世界でも古来から神に捧げるものとして舞踊は位置づけられていることが多い。奉納の舞ってやつだ。

ここでも宗教はいくつかあるけれど、カザルナ王国では精霊教徒が多数派らしい。各地に神殿もあるし、言い出したらエルネスだって『神官長』だから、精霊教の神事を執り行ったりする。魔法がもともと精霊と密接な関りを持っていると信じられていたからこそ、神官長であるエルネスが研究所も管轄としているのだ。召喚の儀も神事の括りだとか。

ただその在り方は、日本における神道に近くて、宗教として認識しないほどに生活に根差している。無宗教といいながら、七五三やお宮参り、新年のお参りも行くでしょう。精霊は八百万の神のような存在だと思えばかなり馴染みやすい。

ちなみに宗教国家である教国が掲げる宗教も多神教だ。こちらはギリシャ神話やローマ神話みたいに人格を持つ神達が崇められている。帝国は国教を持っていない。

過去の勇者たちは、キリスト教などの一神教の宗教圏から来ていることが多いのに、これだけ貪欲にあちらの文化を取り入れてきている世界が、その宗教観を取り込んでいないのはちょっと不思議だったりする。

ともあれ、自分たちが踊るための踊りではなく、バレエのように観せるための踊りを踊るのは神殿に仕える舞踊専門の神官だけだ。もっとも観客として想定されているのは精霊や神なのだけど。

だからこちらには、社交ダンスを嗜みとして学ぶ以外に踊りを学ぶということはない。騎士たちのコサックダンスだって専門に学ぶわけじゃないしね。あれは自分たちが楽しむ祭りの踊りに近い。

そこにきてクラシックバレエが持ちこまれたわけで。

結構前から、舞踊専門の神官たちにバレエを教えていたりする。週に一度だけ。そして神官たちは有志の貴族子女に教えていく。多分こうして浸透して広まっていくのだろう。

今日は月に一度の、貴族子女にも私が教える日で何気に楽しみにしている。みんな体術を学んでいるせいか、身体も柔らかいし体幹もしっかりしていて覚えがいいのだ。

二時間のレッスンのうち、一時間近くは柔軟やバーレッスン、基本姿勢、基本ポジションの練習に費やされる。叩きこまれる基本ポーズが、自在に身体を操ることを可能にさせるから。

バーに並ぶ神官や子どもたちの姿勢を一人一人チェックしては直していく。

「そう、顎綺麗ね。指先と肘には空から糸が降りてるよ。糸につられたまま、そう、真っすぐ水平に横に開いて、うん。綺麗」

楽団のピアニストを毎回一人借りて、音楽に合わせながらバットマン・タンジュを繰り返す。

「足裏全体で床をつかむの。そのまま滑らせて。腰はね、ここ、おへその両脇から足の付け根にかけて通っている筋肉を意識して、そう！　できたね！」

自分がずっと教えられていたことを、ひとつひとつ思い出しながら伝えていく。

男の子が多いのも楽しみのひとつ。向こうのバレエ教室なんて男の子はいないのが当たり前だから、教室間で男の子の貸し借りしたりするもの。

だから幸宏さんも巻き込んで、男性パートの手本を手伝ってもらったりする。リフトとか私が神官の女性たちを持ち上げることもできることはできるけど、身長差のせいで手本にならないから。ちなみに礼くんには「え、やってたらぼくみれないもん。みてたいからやだ」と振られた。コサックダンスは騎士たちに習いに行ったくせに！

幸宏さんも勇者補正でワルツがすぐに踊れたように、振り付けを教えればそれをなぞるくらいなら楽にこなしてしまう。本当になぞるだけで当然完成度は高くないのだけど、ずるいよね。本当にずるい。

レッスンの途中から参加する幸宏さんが現れると、子どもたちの目が輝く。神官の女性たちもわずかに目元を赤らめる。勇者様だものね。いや、私も一応そうなんだけど。

覚えのいい女性と幸宏さんに振り付けを教えて、彼らがその通りに踊ってくれれば、それが他のみんなの手本となる。たまに身長差の合う子となら私が相手になって教えたりする。

来年にはくるみ割り人形と海賊を発表会でお披露目するのだ。翔太君が楽団に曲を教えてくれている。海賊はちょっと難易度高いかもだけど、男の子たちの人数と身体能力を見る限りかなりいけると思う。

「か、和葉ちゃん、ちょっとこれきっつい……」

「がんばれ勇者！」

訓練とは違う筋肉つかうしね！　時々漏れる幸宏さんの泣き言を聞き流して、来年きっと咲き乱れるであろう子どもたちの舞台を夢見てる。

レッスン後にやってきた翔太君が差し入れてくれた水差しいっぱいの果実水をがぶがぶ飲んで、幸宏さんはもう一度床にひっくり返った。

「……おい、礼、ちょっと前からもしかしてと思ってたんだけど、お前わかってて手伝い断ったな？」

「……」

礼くんが珍しく無言ですいーっと目を彷徨わせた。あれ。そうだったのか。確かに礼くんは最初のレッスンの頃からついてきて見学してたからね……。

「そんなに大変？　嫌ですか？」

聞くだけ聞いてみる。逃がすつもりは全くない。

「……和葉ちゃん、やっぱりエルネスさんと友達なだけあるよね。そんな絶対逃がさない顔して言われてもな」

ばれてた。

手伝いに来てくれていたピアニストに代わって、鍵盤を流し弾きしてる翔太君がくすくす笑ってる。

「楽しいことは楽しいよ。使ったことない筋肉と使ったことない神経使うのは面白い。しかしだ、それがめちゃくちゃきっついんだよ！　俺訓練でもこんなへばったことない！　どんなになぞっても和葉ちゃんの見本とは全然違う仕上がりだしさ！」

「幸宏さん、ヒップホップとかのほうが馴染んでるでしょう。今どきの若者だし」

「あー、まあ、そうだね。そっち系のほうがまだ踊りやすいなぁ」

「私もヒップホップやレゲエは踊れませんよ。大好きなんですけどねぇ。姿勢や音の取り方とかが真逆なんですよ」

「そうなの？　翔太みたいになんでもいけそうなのに」

「なんでも好きですよ。踊りは。ただ昔試してみましたけど、やっぱりクラシックの癖が抜けなくて、幸宏さんのバレエみたいに振り付けはなぞれても全然かっこよく踊れないんですよね」

「例えばどんなの試したの？」

「んー、若い頃ね、素人が参加するダンスの番組とか色々あったんですよ。勝ち抜き戦で。そこからはまって、マイケルジャクソンあたりは基本として、ロボットダンスやヴォーグダンスも一通り」

「まじか」

「ほんと若い頃ですよ。んっと、BADとかThrillerあたり」

「このあたり？」

翔太君がなぞりはじめたBillie Jeanにしびれる。くぅ！　うずうずするな！

「そうそうそう。いやもうさすがね翔太君！　んで、すぐに子育て入っちゃってね、すっかり遠ざかって。ここ数年ですかね、色々動画出回ってるでしょ。ワールドオブダンスとか見まくりました。最近のは身体が全くついてこなかったので試しもしてないですけど」

「ワールドオブダンスのは俺も見まくった」

「まじですか。私、あのフランスの」

「「双子ダンサー！」」

がっしりと手を握り合って、その握り合った手を曲に合わせて左右に揺らす。

裏打ちで肩も揺らして
幸宏さんを立ち上がらせ
腰を上下に刻み
重心を下に
けれど腰の位置は変わらずに

「え、え、和葉ちゃん、これ今の、えっとBillie Jean、完コピできるとかいう？」

「古いライブの振り付けなら覚えてますよ。言った通りかっこよくはないですけど」

「教えて！　教えて！　俺今なら踊れると思う！　なんなら俺歌うし！」

「よろこんでー！」

滑るような両足のステップからのムーンウォーク！

「翔太！　翔太！　ちょ！　最初から！」

頭からの力強いビートで、空想の帽子と股間に手を当てあの腰から踊りだせば、ちょっと掠れたセクシーな歌声はさすがに自ら言い出すほどで。

そりゃ、マイク持ったパフォーマンスで踊らなくてはいけないだろう。

「顔芸付きかよ！」

勿論ですよ！　踊りは表情も含めて踊りです！

あの女芸人ばりにやりますよ！　あれ結構好きなんです！

何回か見せれば、幸宏さんはぴったりついてくるようになって、やっぱりバレエよりもずっとかっこよく踊れてる。

そして私も何故か踊れてる気がする。

「和葉ちゃん、どこが踊れてないの？」

「いや、なんか踊れてますね。勇者補正でしょうか」

重心の低さも、裏打ちも、手足の扱い方も、ちゃんと神経を回したまま、バレエの癖がでないように維持できる。

何度も何度も繰り返し見た映像の通りに、再現できる。

「次なにやる！」

「Smooth Criminalはどうだ！」

直立のまま前に倒れていくあれを、重力魔法で思いっきり低くまでやったら大受けで、「それずるいだろ！」とか笑い転げてたら、

「魔力使うなっつったよな!?」

帰ってきたザギルの説教を、三人正座で受けることになった。

気狂いは自らの正気を疑わない

高いところから突き落とされたような感覚で飛び起きた。時計を見ればまだ日は変わっていない。礼くんはすやすや寝息を隣で立てていて、起こしてしまわなかったことに安堵の息を静かに吐いた。悪夢でも見ていたかのように冷たい汗で貫頭衣が肌に張り付いている。全くもって記憶にないけど。

少し駆け足の鼓動が落ち着かなくて、そおっとベッドを抜け出した。

ここしばらくずっとなかったのに。

うなされて起きることもなくなってたのに。

古代遺跡に攫われていた間のことは、エルネスもザザさんも深く聞いては来ない。事実関係や起きたことを時系列順に話してはいるけど、主犯組織はすでに殲滅済みの今、これ以上追及する理由などない。されても困る。覚えてないのだから。

説明したことが全てだとは彼女らは思ってはいないし、話したくない部分なのだと思っていてくれているようだけど、単に覚えていないのだ。

リコッタさんのことやザギルやロブたちとのやりとりはほぼ覚えてはいる。けれどその情景はどこかスクリーンを張ったように現実味がないし、ログールをヘスカに埋め込まれてから何をされていたのかはほとんど覚えていない。幻覚は見ていたと思うけど、その幻覚も日を追うにつれ朧気になってきている。

恐怖のストレスなんだと思う。薄れていく記憶は薄れさせるままのほうがきっといい。首輪の感触を不意に思いだして凍りつく瞬間がたまにある時以外は、ストレスそのものを感じていないのだから。

うなされていたという事実はあっても、うなされている間見ていたであろう情景も思いだせない。

心の防衛機能そのままに委ねるべきだと思うのに、自分の中に自分が把握できていないものがあることが気に入らなくてしょうがないのは多分私の性質なんだろう。魔力を制御できないことも腹立たしいしね。実に傲慢な話だ。

あきらめるのも、折り合いをつけるのも、得意なはずだったのに、この世界に来てからというもの、意のままに踊れる身体を手に入れて、心地のよい好意をむけられて、きっと私は強欲になっているんじゃないかな。

「まいったもんだねぇこれは」

なんとはなしにそうつぶやいて、バルコニーへ続く窓を細く開けて滑り出れば、澄み切った夜空と満天の星。

空気は冷たいけれど風もない。

三日月が、この世界のこの星も丸いのだと教えてくれる。

シャガールの青が一面の雪景色を染め上げている中、吐く息は白く顔にまとわりつく。

手すりに載ってる雪を取りたくて手を伸ばしたら、訓練場を横切って宿舎へと向かう小道を歩くザザさんが見えた。雪明りでランタンは必要ないからか手ぶらだ。

（ザザさーんっ）

囁き声を張り上げながら、軽く握った雪球を放れば、見上げるザザさんと目が合った。

（今日も残業？）

（ちょっと呑んでただけですよ）

（そっかー。お疲れさま、おやすみなさい）

手を振り返してくれてから、また宿舎に向かうザザさんの背中を見送って、ふとその先へと視線を流せば。

訓練場の端に、ヒカリゴケと同じ色の発光が見えた。訓練場と森の境目に、ふわりと蛍みたいに漂ったあの光。あれは。

「――――リィッ、ゼェエエエ!!」

バルコニーの手すりを踏み台に飛び出し、障壁を次々出しては蹴って加速させ瞬時に訓練場を横切り、制止の声をあげるザザさんに来るなと叫んだ。

よくもまたのうのうと私の前に現れた。

礼くんたちのいるここに近寄らせはしない。

木々の隙間に消えていった光を追って森に飛び込む。木の幹を足場に方角を変え、視界を塞ぐ枝の雪を次々に叩き落しながら駆けていくのに、ふわふわと漂う光に追いつけない。

「うるぁ！」

光めがけて地面に叩きつけるべく重力魔法を飛ばしても、積もった新雪が雪煙をあげて残すクレーターには何の痕跡もなく、また離れた位置にぼんやり浮かぶ光の影。

勇者陣の誰一人追いつけない速度で走っているはずなのに、揶揄い誘う光が苛立たしい。

四つ目に穿った直径三メートルほどの浅いクレーターのど真ん中に立った時には、もうあたりに光が浮かぶことはなかった。

うなじがざわつく。興奮で息が荒い。ふーっふーっと響くのは私の息遣いだけだ。

「カズハ！」

背後に突然現れた気配に脊髄反射で飛びかかったけれど、私の名を呼ぶ声で静止できた。

「ザザさん、ザギル……見た？」

「いや。何を見た」

交互に二人の顔を見れば、そこには戸惑いと焦り。何も見ていないと横に首を振っている。

二人とも、見ていない――？

ざあっと、背筋に氷柱が突き刺さるように冷たいものが走っていった。

耳鳴りがする。おしまいを知らせる銅鑼の音のように。

がんがんと耳の奥で鳴る音を止めなくては。落ち着かなくては。

「──来るなといった」

自分の声と思えないほど低い声が漏れた。落ち着かなくては。目を閉じて深呼吸をみっつ。

「カズハさん」

「……すみません。ゴーストがいた、いたと思ったんだけど逃がしました。戻りましょう、二人とも風邪ひいちゃう」

「馬鹿が。殺気立ちすぎだ。産後の獣かよ」

ザギルに襟首を捕まえられれば、あふれんばかりに暴れていた魔力が凪いで、強張っていた首の力がかすかに緩んだ。

「氷壁、落ち着かせろ」

放り投げるようにザザさんへと押し付けられる。ハシバミ色の瞳が薄青の環をもつ金に変わった。

「平気です。落ち着きました」

「カズハさん」

「大丈夫です」

「──カズハ」

「……はい」

「判断が間違っている。一人で飛び出すのではなく僕やザギルを連れていくべきだった」

「私が一番速い」

「でも駄目だった。あなたにわからないはずがない。わからないなら大丈夫じゃないってことだ」

硬い口調とは裏腹に、頭を撫でる手は優しい。逆立っているうなじがなだめられていく。

「――裸足じゃないですか」

抱きかかえられて初めて自分の手足が震えていることに気づく。

こんなのは嫌だ。

恐怖だろうと怒りだろうと悲しみだろうと、振り回されたくはないのだ。

私のものは私が制御できてなくちゃ嫌なんだ。

ああ、本当に気に入らない。

私を抱きかかえたまま器用に上着を脱いで巻きつけながら、ザザさんが周囲を警戒している。

「リゼの姿を見たんですね？」

「……姿そのもの、じゃないです。あいつ、発光してるから。その光を、見ました、けど」

幻覚、じゃない。そのはず。

「ザギル、行くぞ。調査班を組んで辺りを調べさせる」

「んー」

ザギルはしゃがみこんで、氷の粒となった積雪の底をかき分けていた。

「……いたの。ほんとに」

「ええ、天気は崩れないと思いますが、城についたらすぐ手配します。痕跡が消える前に動けますよ。おい、ザギル」

「あー、調査班には研究所の奴ら入れろ。どうせあいつらこっそり残業してんだろ」

「ふたりとも、見てないって」

「――カズハさん？」

ザギルが掌に雪を掬いあげて立ち上がった。

「おう、やっぱなんかあんぞ。多分ヒカリゴケの残骸だ。あのガラクタと同じ光だったしよ。これだろ」

貧血が一気に襲ってきたように力が抜けた。幻覚じゃ、なかった。

「よく見つけたな」

「ちっせぇ魔力が消えてく瞬間がちょうど見えた」

「本当に腹立たしいほど有能だなお前」

「抜かせ」

……ヒカリゴケ？　確かにリゼと同じ色の光を発するもの。

現にヒカリゴケと同じ色だからリゼだと思った。

でもなんであの遺跡の壁にはりついているはずのものがここにあるの。

「ここ、どこ」

夢中で追いかけていたから、方向感覚が失われている。

「あー、……あの遺跡の入り口の近くだな」

まるで誘うように、揶揄《からか》うように、甚振《いたぶ》るように。

「――逃げて。二人ともすぐ！」

ザザさんの腕をふりほどいて、足が雪に埋まると同時にザギルの腕もひいて、二人を背中にかばった瞬間。

あの軽薄にのんびりとした、人を苛つかせる声が降ってきた。

「ふふっ、来ちゃったー」


ずっとひっかかっていた。

滅びた古代文明、建国以来ずっとひたすら記録を大切につなぎ続けていたこの国にすら、資料のない文明。カザルナ王国だけじゃない。三大国すべての記録に残らず、遺跡や長命種の伝承にだけ、おぼろげに存在を示すもの。

魔族や魔王の存在は各国の建国時点からすでに記録されている。というよりは建国以前から魔族との争いは続いていると言ったほうが正確だ。

オブシリスタをはじめ、築かれては消える南方諸国になど、記録どころか古代文明を扱う術などあるはずがない。古代遺跡に住まうオートマタ、あれをもし扱えるものがいるのだとしたら、一番可能性があるのは魔族だ。

調べても調べてもつながりを示すものなどなかった。

あのモルダモーデの襲撃以外、魔族が北の国境線以南に現れた記録はない。

ゴーストはずっと無害であると信じられていた。

とても憶測だけで言えなかった。

ゴーストは魔族と関係するかもしれないなどと。

いつどこに魔族がゴーストのように現れるかわかったものではないなどと。

「モルダモーデっ!!」

クレーターの縁、私に吹き飛ばされて積もった新雪に跡もつけず立っている二対の蝙蝠の羽を持つ者。

そいつに飛びかかろうと足を踏み出した時、私の襟首と腕をそれぞれ摑んだ二本の腕。

そのまま後方に投げ出されて、すぐそばの木から落ちてきた重い雪に埋もれる。

一瞬見失った上下感覚に、慌てて跳ね起きれば、私がしゃがみこんでやっと収まるくらいの透明な立方体に閉じ込められていた。

モルダモーデと私の間に立ち塞がるザザさんとザギルの背中。

ザザさんはロングソードを突くように構え、ザギルは低く腰を落としてククリ刀を鞘から抜いている。

「なにこれっ」

透明な壁を叩けば、掌が張り付くように冷たい氷。

打ちあがる信号火は赤と緑。もうこの色の意味は知っている。『勇者を逃がせ』だ。

「――カズハを連れて逃げられるか」

「いやぁ、アレは無理だろな。三分欲しい」

「三分は俺も持たん」

「何言ってんの！　何言ってんの！　私が一番強い！」

「……逃げては、くれないだろうな」

「だなぁ」

ははっと陽気なモルダモーデの笑い声。

「相変わらずの蛮勇っぷりだ。一番強いのは俺だろう？　ああ、でも閉じ込めてくれてるならちょうどいい。彼女に挨拶したかっただけだからさ」

なにこれ。この壁、ザザさんの壁なの。モルダモーデじゃなく？

「挨拶だぁ？　おいアレ、知り合いなのかよ」

「何言ってんだお前は」

「一応確認だっつの」

「魔族だ」

「おいおいおいおい……魔族って挨拶すんのかよ」

珍しいザザさんの荒い口調と、いつものザギルの軽口。

「酷いなぁ。というか、なんで君みたいなのがこんなところにいるんだ、竜人」

「うっせぇよ、あのちっこいのに雇われてんだ」

「ほお？　全く、今代の勇者は本当に予想を上回ってくれる。楽しくてしょうがないよ、ねえ？

カズハといったよね？　見違えたね。もうおばさんなんて呼べないじゃないか。ああ、俺があと五十年若かったら求婚してもよかったのに」

「断る！」

「それは残念。実に魅力的に育ちつつあるというのにねぇ。でも、そうだね、この二人にさ、おとなしくするように言ってよ。本当に挨拶にきただけなんだからさ」

「嘘つけ！」

なんで壁壊れないの。どうして。

「あ、そこの騎士くんがせっかく張ってくれたからさ。強化したんだよ。まだ君には壊せないだろうね」

「――っ、俺の壁に強化だと？」

「うん。騎士くん、なかなかのいい腕だよ。ただのヒト族とは思えないくらいだ。まだ未熟な勇者をかばう心意気も、実にこの国の騎士らしい。逃げない彼女を守るには、こうして閉じ込めて時間稼ぎするしかないよねぇ。はははっ本当にね、君みたいなのはまだ殺したくない。それに今ここで君が潰れたら、きっと彼女は壊れるだろうしね」

「モルダモーデ！　挨拶しにきたんでしょ！　こんばんは！　さようなら！　失せろ！」

「あはっあはははははっげほっ」

前と同じように、楽しそうにむせながら笑うモルダモーデは、左手で口を押さえながら、右手をあしらうように払った。

「まあ、挨拶だけってのは嘘じゃないよ。俺は嘘をつかない。ただね、少し用事があったからついでにさ」

空間を抱えるように曲げた右腕に、ゆらりと現れたのは体を二つ折りに閉じたリゼ。洗濯物を干すようにぶら下げられている紫の髪。

「結構愛着あってね、これ。返してもらいにきたんだけど……驚かないんだねぇ」

「――やっぱりお前のか」

子どもを抱きなおすように、丁寧にリゼを右腕に座らせる。

「なんで気づいたんだい？」

「お前の消え方と同じ」

「それから？」

「やり口が、同じ」

「やり口？」

「いつだって奪えるくせに、そのくらいの力があるくせに、決定的な攻撃をしない。前線は動かさないし、そいつも肝心なところで姿を消した。暇つぶしだかなんだか知らないけど」

目的のわからない魔族の攻撃。奪うでなく、殲滅するでなく、こちらが放置できない程度の攻撃を続けている。戦い続けることそのものが目的かのように。

簡単に壊せたはずの勇者を囲い込みながら、あっさりとリゼに切り捨てられたロブたち。

目的は拉致ではないのだとほくそ笑むように。

甚振り尽くせるゲームが終わってしまわないように。

いつまでも遊んでいたいというように。

「ふふふっ、いいなぁ。君本当に妻に迎えたかったよ」

「いらん！」

「……君は引くところは引ける女だ。そうだろう？」

ザザさんとザギルには目もくれず、モルダモーデは愛しげにリゼのもつれた髪を整える。

「ザギル、動かないで。ザザさんも。それからこの壁を消して。私も動かない」

「うんうん、いいね。褒美にいいことを教えてあげるよ。そうだな、これからしばらく前線の魔族は姿を見せない」

「――信じられる根拠は？」

じりじりと、私を隠すようにザザさんが後退する。早く、早くこの壁を消して。

「いいね。騎士団長だっけ。得られる情報は得ないとね。すぐわかることだけどさ。でも操り手のいない魔獣が残るからね、ちょっとは荒れるだろう。ただ魔獣相手だけなら勇者がいなくてもなんとかなるはずだ。俺たちにも予定があってね、少し時間をあげることにしたんだよ」

「なんのための時間だ」

「君には関係ない。君らが有効に時間を使えるように教えてあげてるんだ。時は金なり、だろう？あと大サービスするなら、南に気をつけるんだね」

「またオブシリスタみたいに差し向ける気なの」

「ああ、カズハ、俺の期待を裏切らないね。でも違うよ。次からは違う。言ったろう、嘘はつかない。君と騎士くんも殺さない」

誘うように、揶揄うように、軽薄としかいいようのない笑顔。

「――ザギル！　逃げて！」

「ざけんな！」

青く輝く雪影を濃紺に染めて中空から現れたマンティコア。トラの体軀とヒトの顔立ちを持つ獣。あの日もモルダモーデが連れてきていた紫雷を放つ魔獣が、一抱えもあるその爪を広げてザギルに振り降ろした。

破裂音が耳をつんざき、きぃいいんと残響する中。

私の周囲の壁は粉々に飛び散り、ザギルは魔獣の爪を地に這って躱し、真横に飛びのいた。

「くそがぁあ!!」

「落ちろぉおっ！」

重力魔法を飛ばせば、魔獣はほんの一瞬のけぞり、更に振り下ろそうとした前足が止まる。

真後ろへと落下するよう狙ったのに、マンティコアの膂力が凌いだ。

けれどその間隙を逃さず、ザギルは獣の腹にもぐりこみ薙ぐように左手を叩き込む。

「氷壁ぃっ！」

「おうっ！」

回り込むと同時にザザさんのロングソードがマンティコアの尾を斬り落とし、ザギルのククリ刀が喉元を切り裂く。

どす黒い血が刃のように一閃、吹き散らされた。

「――魔力喰いか？」

初めて見るモルダモーデの虚を突かれた顔。ザギルへと視線が捉われた瞬間を逃す馬鹿はいない。

魔獣の血しぶきが後を追うように走るククリ刀は、その勢いのままモルダモーデへと向かう。

虫を払うように刀の腹は受け流されるけれど、その軌道にそってザギルの左手はモルダモーデの脇腹を狙っている。

逆袈裟に振るわれるロングソードが、モルダモーデの進路を狭める。

スウェイバックするその先、そこに来ると思ってた！

顕現したハンマーと私の手足をつなぐ幾筋もの細い紫電が、パリパリと乾いた音を立てる。

咆哮とともに振り抜けば、軽い手ごたえ。

「えー、やられちゃったとかー」

モルダモーデの左半身を奪えたはずだった。なのにあるべきものがない空間は左肩から先だけ。そこからは鮮やかな赤が噴水のごとくまき散らされているのに、奴の声は相変わらずのんびりとしている。

リゼが汚れないようにと右肩に担ぎ上げる姿は、やはり勝者然としていて。

「うんうん、いいなぁ。ほんとにいいよ。あの坊やもよかったけど、やっぱり君がいい。その竜人も見逃してあげようっと、っと、っと」

ハンマーを旋回させて肉薄したのに、またあっさりと躱される。

次々と張る障壁を足場に、頭上から、足元から、ハンマーで、蹴りで、追い続けるけれども触れることすらできない。

ザギルのククリ刀が的確に私の攻撃の隙間を縫って薙ぎ払われる。

ザザさんの小さな障壁が私とザギルの急所をかばいつつも邪魔にはならないように展開され、自分は障壁に三角跳びを重ねてモルダモーデの死角から襲い掛かる。

剣舞のごとく青い舞台を所狭しと追う私たち。

けれどモルダモーデはリゼとワルツでも踊るかのよう。

拍子の違う舞踏に、軌道をかみ合わせられない。

「ねえ、追い詰めてると思った？」

見えない壁が私たちを三方に圧し飛ばした。

即座に跳ね起きれば、他の二人も同時に跳ね起きて追撃に向かおうとしている気迫が空気を震わせている。すでに三メートルほど上空に逃げたモルダモーデの、悠然と星明りを遮る姿——

ずしゃり
鈍い湿った音とともに、モルダモーデの左肩から奪ったはずの腕が伸び出た。

「ふふ、ふは、ははは、その顔いいなぁ！　けほっ、絶望は女を艶めかせると思わないか!?　ねえ、どんな気持ちだい？　どんな気持ち？　あはっあはははっ——げほっ、おえっ……あー、忘れるな、俺は魔王の側近、この程度じゃ落ちない。まだまだ足りないんだよ君ら、もっと、もっと駆け上がって来い」

巻き角の宝石を揺らし、蝙蝠の羽をはためかせ。

場違いにもほどがある愛しさを滲ませたような笑い方で。

「じゃあね、カズハ――もっと、遊びたかったよ」


あの日と同じようにモルダモーデはリゼとともにゆらりと溶けて消えた。

「がはっ――ぐっ」

魔獣の血を吸って黒く染まった雪に倒れこんだのは、ザギル。

「え」

もんどりうつ左肩口から、びゅう、びゅう、と脈打ち噴き出す真紅。

「ザギル!?　ザギル!!」

「ぐ、あ、あ、あああああ！」

「どけっ！」

呻く声とともに吐き出される吐しゃ物と血。

駆け寄って抱き起そうとして、ザザさんに押しのけられた。オレンジ色に光る手が、ザギルの左肩と左脇腹に圧しつけられる。革の肩あても胸当ても引きちぎられてぶら下がっている。

「……うぇっ、ぐっ、くっそ不味ぃぃ!!」

「俺ができるのは止血までだ。運ぶぞっ」

ねえ、ねえ、その肩、どれだけ、深いの。

ちゃんとつながってるの。

ぎざぎざに抉られた肩口から、引き裂かれた脇腹から、脈打ちあふれ出る血は、その傷の深さを見せてくれない。

「――カズハ！　石ぃ、寄越せ」

担ぎ上げようとするザザさんを制して、ザギルのオパール色の虹彩がぎらぎらと射貫く。

腰元に飛びついて、革鞄から魔乳石を摑み出した。

私の震える手にむしゃぶりつくように、がつがつと石をかみ砕く。

「ザギル、ザギル、足りるの、それで足りるの」

「……ぐっ、う、うっせ」

「ねえ、あげるから、食べていいから」

いつも勝手に食べていくのに、私の下腹部へと血まみれの右手を押しつけても振り払われてしまう。

なんで。

いつも断りもなく食べていくくせに。

かみ砕いた石を飲み下して、ぜいぜいと喉を鳴らし、ザギルは念じるように目を閉じた。

「後でな――頼む氷壁」

「止血は続けてるが、揺れるぞ。耐えろ」

「おう」

ザギルを担いで立ち上がるザザさんの背に飛び乗った。

「軽くする！　そのまま駆けて！」

触れていれば軽くするのは楽にできる。

見おろす城の灯りにめがけて、分厚く雪帽子をかぶる樹々の上へと、障壁の階段を張り巡らせる。

これならほぼ直線ルートだ。雪に足もとられない。

あやめさんのところまで連れて行けばなんとかしてくれる。

「……おま、使い、過ぎ」

「今使えないもんならいらん！」

私とザザさんとザギルの三人分、力強く踏み切れば蹴った障壁は割れていく。

それでいい。足場にためらう必要のない速さで、ぎりぎりの強度で、何枚も何枚も、展開させていく。

自然落下の速度では足りない、ザザさんが駆ける方角へぴったりと加速を合わせる。

蹴り続けながら空を疾走するザザさんの背にしがみついて、ザギルの肩の傷を押さえつけるように握る。

もっと力の分散を最低限に抑え、
もっと効率的に推力が合成されるように、
もっとリズムを合わせて、

給食のおばちゃん異世界を行く
2
豆田麦
Illustration しろ46
初回版限定
封入
購入者特典
特別書き下ろし。
餃子からなるフルオーケストラ
EARTH STAR LUNA

「はい！　勇者陣集合ー！　しゅーごー！」

「はーーい！」

和葉ちゃんがパンパンと頭上で手を鳴らす。

おやつの後で少しだらっと気を抜いていた僕らは、食堂から厨房をつなぐ出入口で仁王立ちしている和葉ちゃんの下に集まった。礼くんはダッシュだ。食堂そんな広くないのに。

「今日は！　餃子です！　みんな自分で食べる分くらいの数を包みましょう！」

召喚当初は陛下たちと晩餐室で食事をとっていた僕らも、今は普通に騎士たちと同じに食堂でビュッフェスタイルだ。でも和葉ちゃんはこうして僕らにだけ一品つくってくれる。

ビュッフェに並ぶ品はどれも全部美味しいし、和葉ちゃんがレシピを渡すようになってからは向こうの世界のメニューも出るようになった。でも和葉ちゃんが直接つくるものはやっぱりどっか違うんだ。

「うーわ、皮も手作りだよね。やっぱ。さすが和葉ちゃん」

「幸宏さんだって作れるでしょ。料理何気に得意だって知ってますよ」

「作れるってだけで別に得意ってわけじゃないし、皮の自作はしたことないな」

幸宏さんって家事は一通りこなせるというか、結構きっちりしてるんだよね。アイロンがけ、ちょー得意よ俺って言ってた。でもアイロンがいる服は舞踏会の時くらいしか着ないから、その得意なとこ見せてもらったことはない。メイドさんが全部やってくれてるし。

大きな丸い平皿には、僕の掌と同じくらいの生地が少しずつずれながら花のように並べられている。その皿を三枚いっぺんに持った和葉ちゃんが長机にどんどん置いていった。それからまた厨房に引っ込んで、今度はお肉の入ったボウルとか、何だろ、刻んだチーズや大葉らしきものはわかるんだけど……チョコ？

「和葉ちゃん！　チョコあるよ！」

「ふふーん。ぱららっぱらー！　ロシアンルーレット餃子！」

「ぱららっぱらー！」

礼くんと和葉ちゃんはいつも通りにハイテンションだ。

「……ねえ、翔太」

「ん？」

あやめちゃんがつんつんと服の裾を引っ張った。

「包んだことある？　わかる？」

「ないから和葉ちゃんに教えてもらう」

「もー！　じゃあ私もそうする！」

もーって何!?　あやめちゃんも和葉ちゃんも時々変な見栄の張り方するんだから！　もーはこっちだよ！

ちょっと楽しそうだし嬉しそうなのバレバレなのにさ！

「はい！　片手に皮をのっけます！」

「はい！」

「餡は、え？　こんだけ？　って思うくらいがちょうどいいです！」

「こんだけ！」

「そして水につけた指でくるっと！」

「くるっと！」

「ぱたんとしてこう」

「待って！　和葉！　そこもう一回！」

げらげらとみんなで笑いながら、餃子はどんどん積みあがっていく。

ちょっと変わった包み方を教えてもらったり、普通に包んでるつもりなんだけど変わった感じになっちゃったり。

本格的にピアノをやってる子にありがちなんだけど、僕も包丁や火を扱うようなことは禁止されていた。母さんも家事を完璧にこなすことにプライド持ってるようなとこあったし、余計に手伝いとかそういうのは求められたことがない。

でもこういうのもあったんだなって思う。だからどうというわけでもないんだけど、ただ楽しいのが嬉しい。

意外と器用なのはザギルさんだ。大きな手でちまちま素早くひだをつくっていく。

「へぇ、ジャムやらチョコやら入れたのはハズレってことか」

「焼くのは全部厨房でやってもらうからわかんなくなるよ」

「……」

ニヤニヤしてるとこにそう伝えたら、むぅっとへの字口になって僕にぱちんと水滴を飛ばしてきた。

「そんなの少し考えたらわかるだろうが」

澄まし顔のザザさんだけど、普通の餡だけ包み方変えてるのを僕は見た。横でセトさんがしれっとその形でチョコ入りを作ってザザさん作の餃子の横に並べてるのも見た。

いつの間にか訓練を終えて食堂に戻ってきた騎士たちが次々と餃子を包みだしている。皮も具もどんどん厨房から出てくるから、あれは和葉ちゃんが作ったのとはまた別のものなんだと思うけど……なんか速さを競いだしてるテーブルもある。

そうかと思えばザザさんとザギルもやたら手の動きが速くなってきていて、幸宏さんが二度見してから吹いてた。

「あやめちゃん、なんで鼻の頭に餡ついてるの」

「え!?」

よく見たらスプーン使ってるのに全部の指が餡だらけになってるからだった。あやめちゃんは時々本気でこういうことする。

「翔太君もついてるよ」

「え!?」

「うっそー!」

礼君がけらけらと笑う。もー！　礼君だってほっぺた粉だらけなのに！


山盛りの餃子は厨房に下げられていって、ジャーっていい音と香ばしい匂いが流れてくる。焼けるまでの間は他のおかずをそれぞれで食べて待つ。

こっちに来てからすごくお腹がすくんだ。向こうにいた時なんて運動も体育の授業で少しするくらいだったから、こんなに食べられなかったのに。

厨房からは規則正しい包丁の音、鍋をふるう音、時々おばさんたちの笑い声。食堂は落ち着いた大人の男の声ばかりだけど、時々和葉ちゃんが野菜を騎士たちの皿に問答無用で追加していく声が加わる。

僕の耳はもうこの喧噪の中でもすべて聞き分けるようになってるし、なんなら外の音だってわかる。でもうるさくなんてない。僕にとって心地のいい音だけを拾ってこれる。

「焼けたよー！　はいはいはいはい！　次々持ってってー！」

料理長の叫びに歓声があがる。賑やかで楽しくて明るいフルオーケストラな時間が、僕はすごく好きだと思う。

あとジャム入りの餃子は案外美味しかった。

ずっと戦い方も、走り方も見てきた。抱きかかえられて駆けてもらった。

あなたが駆けやすいように、ちゃんと支えて推していける。

城の方からいくつもの灯りがこちらへと向かっている。信号火を見た騎士たちだ。

彼らの頭上すれすれに障壁の進路をとれば、ザザさんが速度を落とさないまま声を張る。

「最厳戒態勢！　城を固めろ！」

厳めしい扉が自動ドアのごとく荒々しく開かれ、飛び込めばもう装備を整えたあやめさんたちが待機していた。


茜、桃、橙と、折り重なる夕暮れの雲みたいな光を瞬かせ、あやめさんの手がザギルの肩と脇腹をゆっくりと撫でていく。溜まった血は押し出され、肉芽が盛り上がり、薄皮が張っていき。

植物成長映像の早送りのように、穿たれて割かれた傷は再生していく。

「――すごい」

「……医療院にここまでの怪我人は運ばれてきたことはないけど、ちゃんと神経もつながってるはず」

詰めていた息を細く吐いて肩の力を抜いたあやめさん。

引き絞られるようだったザギルの呼吸が和らいでいく。

ザザさんは警備と状況の確認するために出て行った。幸宏さんと翔太君も。礼くんは私を後ろから支えるようについていてくれている。

「内臓が無事でよかった。二か所同時の上にそれはまだちょっと厳しいから」

「もう、大丈夫?」

「うん。ここまでくれば後は医療院の医官にも対応できるくらいだもん。それに自己治癒力が尋常じゃない」

「……ありがと、あやめさん」

光が、見慣れてきたオレンジ色単色になっていく、と、ザギルがその手を払った。……起きてたんだ。

「——もういい、二割切った」

「……ほんとに?」

「んあー!! すげぇな勇者サマの回復!」

感覚を確かめなおすように、力んでから脱力して叫ぶザギル。

「自分でわかるか?」

「ううん……うん、二割切ってもわからないことがわかったわ!」

「そりゃあよかった」

「明日酔ったら治してちょうだい。翔太スタイルで」

「遠慮しねぇで「翔太スタイルで」——お、おう」

それでも少し眉間を寄せながら、枕の居心地を直して身体を沈めるザギルの顔色はよくない。

「明日、エルネスさんにちゃんと魔力回路とかのほうも診てもらって。私がちゃんと治せるのは魔力が影響しない部分だけなの」

「アレに診てもらうのはちょっとぞっとしねぇな……」

「エルネスさんは回路治療の最高峰なんだからね！」

「はいはいはいはいはい、わぁーったよ。……助かった。借りは返「返すって言ったわね？」……」

ザギルのへの字口に、あやめさんはにんまりと笑んだ。

「……うふふ、エルネスさんと相談して返してもらう」

「礼くん、あれが墓穴を掘るといいます」

「おけつをほる」

「惜しい。ぼけつ」

うん。それおっきな声で言わないようにね。

傍らの洗面器にあるお湯でタオルを濡らし、ザギルの肩や手をそっとぬぐう。

もう血の縁は乾き始めてて、ほろほろと粉状に肌を転がっていった。

まだ生々しく桃色に肉芽が浮き上がっている傷跡。左の肩口から肩甲骨にかけて歪んで伸びるそれを、横切って並ぶように古傷が何本も走っている。

肩甲骨のあたりには、身体の外側に向かって大小の鱗がたくさん生えていた。青みがかった黒い鱗は、魚のそれというよりは綺麗に並べられたカラスの羽根のよう。一枚、一枚、丁寧に血を拭い去る。

「痛い？」

「そりゃなぁ。まあ、死にてぇほどじゃねぇな。腹立つ程度だ」

新しいタオルをまた濡らし、顔から首へと拭いていき、もう一枚新しいタオルを使って脇腹も拭く。

あやめさんは指先や腕の動きをテストしていく。

「魔力回路はね、あっちの世界にはないから。医学知識が役に立たないの」

それは、確かにそうだ。けれど血液を失えば死んでしまうのと同じに、この世界の生き物の身体には魔力も密接に影響している。もう魔力をもつ私たちもそれは同じ。

「魔力の知識と、私たちの医学知識をすり合わせなくちゃいけない。そのためには私が魔力を学ばなきゃなの。まだ、足りない。……残りの治療はエルネスさんに診てもらって魔力回路と同時に治療したほうがいいかも」

「……それは魔力回路に影響ありそうってこと？」

「ううん。わかんないから。私にはもう大丈夫に見えるけど。それにザギルは獣人だから、私の医学知識がどこまで通用してるか、ちゃんとできてるか、確かめてもらったほうがいいと思う」

「問題ねぇと思うぞ。いい腕だ」

「ありがと」

「そいえばザギル」

「あー？」

「何が不味かったの？」

「はぁ？　……あー、あれだな。魔獣の魔力だ」

ぱっと取り出されたあやめさんのメモに、ザギルが顎を引く。おう……。

「……攻撃の通らないような硬い魔物とかいんだろ」

そうだ。前にもあの魔獣は、騎士たちの矢も火球も通さなかった。

「うん」

「あいつら、魔力でも防御してんだ。だから喰いつくしてやれば、攻撃が通りやすくなる。死んだ魔物の皮は普通に捌けんだろ？」

「……うん、なるほど。それでザザさんのもザギルのも一撃で通ったんだ」

「だけどなぁ……めっちゃくちゃ不味ぃ。不味すぎて吐くわ酔うわ、滅多なことじゃやりたくねぇな」

吐くとか酔うとかならもうそれ不味いとかの味のレベルじゃなく、既に毒なんじゃないだろうか。

「そっか。ザギルが攻撃するの初めて見た」

「ありゃ出し惜しみできる相手じゃなかったからよ」

ザギルの瞼が重そうに降りてきている。

「魔力は？　足りてる？」

「石もうねぇだろ」

「直接私から食べればいいじゃん」

「んあー……今胸やけしてんだよ」

「胸やけ!?　魔獣の魔力で!?」

本当に食べ物と同じなんだ……。エルネスの魔力ももたれるそうだし、そういうこともあるのか……。

もうほとんど瞼が閉じかけている。寝ちゃったほうがいいんだろうな。

「後で喰わせろ」

「うん、好きなだけ食べていいから」

「――そっちじゃねぇ」

「どっち?」

思わず振り返ると、礼くんも「どっち?」とさらに振り返った。うん。そっちはドアだな。

「……お前、てっきり下限切ったかと思ったが持ちこたえたな」

「魔力酔い、してないよ。平気」

「おい、坊主、ちょっとこいつ貸せ」

手首を摑まれて、あれ?　と思う間もなくベッドに引き込まれた。

「うん?　いいよ。じゃあ、ぼくこっちね」

「ちょっ!　おまっ俺怪我人、なに、押してん……えぇー」

ぐいぐいと容赦なく私ごとザギルを押し出して、礼くんもベッドに入ってきた。

いくら私のサイズでも、長身の礼くんと筋肉マンのザギルがいれば、セミダブルのこのベッドはもうぎゅうぎゅう詰めだ。

「……何やってんのあんたたち」

ザギルと礼くんに両側から抱きかかえられるように挟まれて見上げると、あやめさんが本当に気の毒そうな憐み深い顔をしていた。

いやもう私に聞かれてもね。

ねくぺんぴあねくてかぴあ　おまじないはあいのことば

お布団の中はほかほかで、愛しくてたまらないものを抱きかかえて、閉じた瞼にはやわらかな光が感じられるけれど、このまどろみが心地よくて目を開けたくない。

ああ、そうだ。まだザザさんたちが警備の確認やら打ち合わせやらから戻ってないのになぁなんて思いながら眠っちゃったんだ。

抱きかかえているものに頬ずりをしようとして、身動きがとれないことに気づく。

いつもふんわりと軽いお布団がやけにがっしりと身体に巻き付いている。

抑えた声が遠くに聞こえるのを感じて、あ、みんな戻ってきたのかな、なんか楽しそうだから起きて仲間に入りたいかもな、でもこうして聞いているのも楽しいしなんだかとても眠くて気持ちいいから、まあいいかと、またまどろみに身を任せたのを覚えてる。

目が覚めたのは昼近くで、ザギルはとっくに出かけていて夜遅くまで戻ってこなかった。

明け方近くに、ザザさんたちと最厳戒態勢の連絡を受けて登城したエルネスが部屋にきた時には、礼くんを抱きかかえた私をザギルが抱きかかえて眠っていたそうだ。

なんだこの絵面と笑う幸宏さんと、大型犬が赤ん坊の面倒見ている動画を思い出したという翔太君と、カズハもついにとテンション上げたエルネスと、ザギルを叩き起こそうとするザザさんと、こんなのでも怪我人だからとザザさんを止めるあやめさんで一瞬盛り上がったらしい。ついにじゃないよエルネス。

前にザギルが言っていた親の魔力が子どもに流れているという話。

何故同衾《どうきん》（同衾て！）してるんだと詰め寄るザザさんに、ザギルは私に雇われた当初、私と礼くんが親子だと思っていたということから説明を始めた。何故なら私の魔力が同じように礼くんに流れていたから。

そのうち、お互い無意識にほんのわずかだけ礼くんは魔力を受け取り、そして何故かそうしていると魔力をとられているはずの私も安定しやすいことに気づき、私が弱った時には礼くんにくっつかせるようにしていた。言われてみれば確かにそんなようなことをたまに言ってたし、そうしてたと思う。

「いやぁ、二十三年と十歳じゃちっとばかし計算合わねぇな？　とは思ったんだけどよ」

と、もういい加減そのネタ忘れてくれないかな？　ってことも言っていたということは置いておく。

あの怪我は魔乳石がなければ城までもたなかったであろうくらい、そしてすでにかなり減っている私の魔力にうっかり手を出したら喰い尽くしかねなかったくらいにやばかったと。

あやめさんの治療で持ち直したけれど、すぐ動きたいのにどうにも魔力の回復が追い付かなくて参ったなと思っていた時、礼くんが私から魔力を受け取るように、私の魔力量が下限を切らない程度で回復速度に合わせてゆっくりと少しずつ喰えばいけるんじゃないかとひらめいて試してみたらできたらしい。

それがあの抱きかかえての睡眠で、私が眠くてたまらなかったのはその影響っぽい。

あれですね。携行食から一気に点滴へとクラスチェンジです。

全く覚えていないけど、一瞬だけ私も目を覚ましたようだ。回復したザギルが出かけるためにベッドから降りようとした時に、

「よしよし偉かったね、出かけるの？　おなかふくらんだ？　たーんと食べなきゃだめよ。またいい子でちゃんと帰っておいで」

と、ザギルの頭を撫でてまた寝たんだと、これまた幸宏さんが大笑いしながら教えてくれた。その時のザギルの顔がサイコウだったとのことだけど、どうサイコウだったかは笑いすぎて全く説明になってなかったからわからない。

つか、もうそれ給食のおばちゃんいうより田舎のおばあちゃんだよね！　何やってんだ私！

百合の花びらのようなレースの襟は首元をすっきりとさせながらも、装飾品いらずの華やかさ。胸から裾まではシャーリング、バッスルとたっぷりのパニエでひざ丈のスカートはラインこそ幼いけど、生地と色で甘すぎず子どもすぎずに仕上がっている。さすがのエルネス。花街で習ってきたという地味顔用メイクもばっちりで、心置きなく「これが私……」をやらせていただいた。

なんかすっかりやりきった気分で、あやめさんとその周りに群がる容姿端麗なお見合い相手たちを眺めている。……あなたなんで今メモとったの。何話してるの。

華やかな令嬢たちに囲まれている幸宏さんは、結局お相手の選別基準に年齢をいれてもらったらしい。「所詮俺は固定観念と罪悪感から逃げられない小物なんだよ……」とかつぶやいてた。

翔太君も同じく令嬢に囲まれていて照れ臭そうにお話しているけど、ちらちらとBGM用のピアノを見ている。楽団のピアニストが奏でてるんだけど選曲がなかなか素敵で、自分も演りたくて仕方ないのだろうな。あれは。

礼くんの縁談は以前から門前払いされている。本人わかってないしね。何故か紛れ込んでいたルディ王子と、会場の隅っこでボードゲームして遊んでいる。かなり交渉してこの時間を空けたと言っていたけど、父の会メンバーに遊んでもらっている礼くんが輝いて見えたのか、あっさりあちらに釣られていた。王子ちょろ……ほほえましい。

舞踏会が開かれた大広間とはまた別のこの広間は、来賓接待用の温室とつながっていて、窓の外は雪景色なのにかぐわしい花の香りが漂っている。

予定通り開催されたお茶会という名の合コン。生まれて初めての合コンである。

あの日の深夜、ザギルが持ち帰ったのはオブシリスタ以外も含めた南方諸国のアングラ情報。情報部や近衛が押さえていなかったものまで含まれていたそうだ。勇者拉致や勇者暗殺、果てはテロ計画まで。

前からちょこちょこと出かけてはいたけど、そのあたりの情報収集と情報網構築をしていたらしい。単に息抜きだと思っててすまんかったと言ったら「お前……それを計算にいれて俺を雇ったんじゃねぇのかよ」って脱力してた。知らんがな。あんな屑に使われてたのにそんな有能なんてどういうことなの。そりゃ引き抜きもくるよね……。

ザギルの情報によって、モルダモーデのいう「南に気をつけろ」は裏付けがとれたといっていい。北方国境線の魔族も、魔獣を残して姿を消したそうだ。

警備強化と編成変更、北方国境線の配備見直し、各地で判明している古代遺跡入口の警備強化が一斉に行われた。私たちはまた日常にしれっと戻っている。

「戦争してない時なんてないんだから、状況に応じてやれることやれば後は変わらないわよー」なんてエルネスの言。

広間に集っているのは、勇者と縁続きになりたい他国を含む王侯貴族。貴族から選ばなきゃいけないわけでは勿論なく、勇者自身の意思が一番重要なことには変わりない。勇者が望むのなら、調査こそすれ平民でも問題ないのだけど、如何せんまだ未熟な勇者たちに接触させられる人間は限られている。

そしてこの世界、特にカザルナ王国の貴族というものは『与えるもの』であり、いざとなれば勇者という世界の存続を左右する存在を死守する矜持があって当然だとされるし肝も据わっている。

なので、つい先日前代未聞の魔族の襲撃があったばかりであろうとも、「やれることやれば後は変わらない」のだと、合コンの予定も変わらないわけだ。

「カズハ様は各地の農産物等にご興味がおありとか。城下に珍しい食材を取りそろえたレストランがあるのですが」

「芸術もお好みなのですよね、演劇舞台などの鑑賞はいかがですか」

「先日の装いも素晴らしかったですが、今日のそのアームレットは魔乳石ですよね。ああ、これほど美しい色合いがでるのですか」

ずっと縁談断り続けてたし、もう弾切れだろうと思ってたのに、エルネスの言う通り私の縁談相手も来てた。

つらい。こんなつらいと思わなかった。

自慢じゃないけど、顔も薄けりゃ存在すらも薄い青春時代を過ごしてたのですよ。何人もの異性から興味津々に話しかけられることなんて経験にないのですよ。そりゃ大人ですから、笑顔貼り付けて無難な会話を続けることくらいできるのですけど。

農産物に興味があるっていうか、食べたいもの食べるのに欲しい調味料とか食材探してるだけでして。

舞台演劇なんて見たこともない。

美しい色だなんてそんな手放しに初対面で褒められてもドヤ顔していいものなのかどうかもわからない。

しかも皆さん、種族は違えども容姿端麗な二十代後半から三十代半ばで、実に気品ある丁寧な物腰。そりゃザザさんだってセトさんだってそういう人だけれども、初対面時点での前提が違う。縁談だよ縁談。

断る気満々なくせに、礼儀正しい大人相手に失礼な態度をとるわけにもいかず、つい愛想まいてしまう日本人根性が恨めしい。

もう帰りたい。厨房行って芋の皮剝いていたい。私の魂帰ってきて。

半分魂飛ばしながら他のメンツの様子観察して、半分自動運転で愛想まいてってしてたら、くすりと笑いながら新しいグラスを差し出してくれた人がいた。

「本当に踊りがお好きなんですね。ピアノのリズムにのってしまってますよ」

「へあ!?」

え、嘘って思って見回すと、紳士たちは生暖かく微笑んでくれる。

あ、これやっちゃってたね？　やっちゃってたね？　魂が家出してたのもばれてるね？　うわ。

変な汗出てきた。

「最近流行してきたジルバやタンゴも楽しいですが、今のこの曲はちょっとリズムの取り方が違いますよね？　これも勇者様たちの世界のものでしょう？　ショウタ様やユキヒロ様ものってしまってますし」

よく見てらっしゃる。幸宏さんは足で拍子をとっちゃってるし、翔太君に至っては指が太ももで弾いている。あやめさんは……またメモとってるね。

「ショウタ様は音楽家と聞いておりますが、ユキヒロ様も？」

「翔太君のピアノは本当に素晴らしいんです。音楽家と言われたらきっと喜びます、いえ、照れちゃうかもですけど。幸宏さんはそういうわけでもないんですけど、踊りも上手だし、特に歌はすごく素敵なんですよ」

あのマイケル祭りからこっち、しょっちゅう一緒に踊ってるし、幸宏さんも歌ってくれる。お互い大好きなダンサーのコピーをしたりと、なかなかバリエーションも増えてきていた。

「アヤメ様も音楽を楽しまれてるようですが、それよりもお話の方に夢中みたいですね。お相手たちも研究畑の者が多いですし」

「あ、そうなんですか。道理で」

そうかそうか。エルネス直伝の好奇心が炸裂しているんだな。上手いことかみあったもんだ。共通の興味があるのは強いよねぇ。

「ショウタ様の周りのご令嬢は音楽関係に造詣が深い者ばかりですので、もしかしたらおねだりをうけたショウタ様に弾いていただけるかもしれませんね」

「……幸宏さんの周りの方は？」

「うーん、これといって趣味などの共通点はないのですが、どのご令嬢も社交上手な方たちですね」

ほっほお……選別基準には当人たちの好みそうなタイプまで入っているのかな。担当の人やるなあ。

っていうか、この人も随分よく見てる人だな。それとも貴族社会では当たり前なんだろうか。つい見上げると、悪戯めいた微笑みが向けられた。この人もイケメンだ。王道タイプの王子様的な。だけど笑顔じゃなければ少しとっつきにくい顔立ちかも。

「私たちの共通点も気になりますか？」

なるほど。言われてみれば私にも私が好みそうなタイプを選別しているのかもしれない。担当官の心眼やいかに。頷いてみせると、すっと屈んで一瞬の耳打ち。

「内緒です。ライバルにアピールチャンスを与えたくないので」

ふぉおおお！　この人やり手なんじゃないの!?　怖っ！

やり手さんは、またすぐ先ほどまでの人の好さげな笑みに切り替えた。

「この曲もおそらくジャンルがあるんですよね？　先ほどから続いてる数曲は同系統に思えますし」

「これね、ジャズっていうんです。翔太君が楽団に教えたんですけど気に入ってもらえたみたいで」

「ああ、やはり。それではこれもまた流行りだしますね。町の者が祭りで踊るような感じでしょうか」

「そうですね。発祥が庶民発のものなので」

他の紳士たちも、ダンスの話にのってきてくれる。曰く流行にのってジルバを練習しているけどなかなか難しい、曰くさっきからこの曲が気になっているのにどうのっていいのか戸惑っていた、などなど。

そうよね。貴族社会では曲はクラシックでダンスはソシアルダンスが主流だもの。でもやはりこの世界の人たち故なのか、新しいものへの興味は強いようだ。

「実はね、今日楽しみにしていたんです」

やり手さんはまた身を軽く屈めて目線を下げてくれる。この人距離感が絶妙だ。近すぎないのに親近感だけを伝えてくる。話しやすい人だなぁ。

「先日の舞踏会には、公務で出席できなかったんです。後からカズハ様と騎士たちのダンスの話を聞きまして、もし場が許すのであれば一曲申し込みたいと……茶会でもこの形式なら通常少しはスペースがあるのですが」

他の方も同意してくれる。そうか。私も実は踊れたほうがよかった。会話の茶が濁せるからね！

「実はあれ後で怒られちゃいまして」

「怒られる？」

「何故スカート姿で跳ね回るんだと……だから今回はスペース許しませんからねって」

「それはまた……どなたに？」

「……エルネス神官長に」

あー……と、一同揃う納得の声と苦笑。エルネスすごい。さすが有名人。

「仲がおよろしいんですね？」

「そうですねぇ。すごくよくしてもらってるし、彼女自身魅力的ですし、話していてとても楽です」

「スカート姿でも問題のない程度の踊りなら怒られないのでは？」

「それは、まあ」

「あ、この曲ならどんな感じで踊るのでしょう」

流れ出したのは定番中の定番A列車。これなら多分踊りやすいと思いますよーなんて上半身揺らす程度にリズムをとったりしていたら、さらっときっちりついてくるやり手さん。他の人もリズム感いいけど、この人体幹が一番しっかりしてる。

「もしかして体術とかお得意ですね？」

「一応騎士の修練はすませてますよ」

「やっぱり……共通点？」

「外れです」

「むぅ」

気づけば、広間の各所におかれた小さなテーブルは少しばかりずらされていて、幸宏さんたちのグループもスウィングしてるし、翔太君はピアノの近くまでにじり寄っていた。

……大丈夫。まだエルネスに怒られる範囲じゃない。問題ない。なんなら黙ってればばれないと思う。

最初に我慢できなくなったのが翔太君。

えへへとピアノにたどり着き、いいの？　って顔したピアニストと並んでの連弾から始まって、あれよあれよとオンステージ。楽団の人らも最初は苦笑してたけど、やっぱり楽しんでるのは隠しようもない。

ご令嬢たちも、にっこにこできらきらしてるのでいいんだろう。音楽好きな女性ばかりだというしね。

ジャズからレゲエ、ヒップホップ、パンクロックに果てはＪ－Ｐｏｐまで。いつものアレンジしまくりで。本当にレパートリー広すぎる。何気にこの世界の人たちがついてこれるように選曲していってるし、しっかりみんなついてきている。どんだけエンターテイナーなんだ。

しかも途中から幸宏さんにアイコンタクトを送りはじめた。誘ってる誘ってる。はじめのうちは、いやダメだろって顔してた幸宏さんだけど、彼の好みはすでに翔太君に押さえられている。Shape of Youのイントロを三回繰り返されて堕ちた。

この世界の自動翻訳システムで不思議なとこなんだけど、いや、勝手に翻訳されてる時点で充分不思議なんだけど、おそらくどの言語でもこちらの言語として伝わっている。だけど歌はそのまま聞こえているようなのだ。英語の曲は英語の音に、日本語の曲は日本語の音に。ちなみに私たちにもこちらの歌の意味はわからない。原語の音で聞こえてくるから。楽器判定なのかもしれない。

それでも幸宏さんの少しハスキーな色っぽい声で、呪文のような〝こっちにおいで〟を歌われたらば、そりゃ、ねぇ？　もうご令嬢たち真っ赤ですよ。真っ赤。意味通じてないはずなのに真っ赤。

私は耐えた。踊るの耐えていた。

「ユキヒロ様の歌声も艶っぽいですけど、カズハ様もそれそのまま本気で踊ったらどうなるんです？」

くすくす笑いでやり手さんに囁かれて、肩が揺れていたことに気づく。耐えれてなかった。

あ。あやめさんが福山雅治に食いついた。メモ握りつぶしてるよ！　なんだよスライムじゃないのかよ！


こちらを見てにっこり笑った翔太君のLiberian Girlで私も堕ちた。

ボディウェーブとヒップシェイクで、歌う幸宏さんと踊った。

ツイストスネークキックスシーウォーク織り交ぜて。

ゆったりと粘るような波に飛沫は鋭くキレを持たせて。

肩と腰で誘って脚で弄ぶ。

かなり合わせて練習したから息もぴったり。

跳んでないよ！　そんな曲じゃないからね！　だからセーフ！　怒られない！


「こう言っていいのかどうかわからないですが、扇情的な踊りでしたね」

「……多分怒られない、と、思いま、す？」

「私にはとても魅力的でしたし、エルネス様もお好みの踊りだと思いますよ？」

気が済んだらしい翔太君も、つらーっと平常心の幸宏さんも、より一層ご令嬢たちにきゃっきゃされてる。あやめさんはまたメモとってる。お相手もみんなメモとってる。なんだあそこ。

やり手さんはさり気にエスコートに現れて隣をキープしてる。や、さきほどまでお話していた紳士たちも一緒に歓談してますけども、こう、なんというか、近いね？　やり手さん、さっきより近いね？

　この人のおかげで逃げかけてた魂半分帰ってきたし、少し話しやすくなって居心地よくなったんだけども、あれだよね。断るのは担当官さんだもんね。言えば断ってくれるんだもんね。ザザさんそう言ってたし。今日は警護で会場のどこかにいるはずのザザさんを目で探すと、礼くんとルディ王子とでにこやかにお話してた。アイコンタクトならず。

「ああ、そうだ。私の領地は北にあるんですが」

　やり手さんが何か思い出したらしい。領地持ちさんか、この人。

「カズハ様は穀物や豆類に興味がおありと聞きまして、うちの特産品を少しお持ちしたんです」

　あー、大豆とか米とか色々探したしねぇ。

　特産品といっても領民がよく食しているもので、単にうちでしか生産していないってだけなんですけどねと、差し出された巾着はじゃらじゃらと小さめの豆が詰まっている感触がした。覗いてみれば、つやつやとした赤茶の輝き。

「――これっ、どうやって食べてます？」

「普通にスープや粥にしたりとかですかね」

「これっこれっ頂いていいんですかちょっとこれ炊いて味見してきていいですか」

「今ですか!?」

「あ……ですよね」

　結構本気の爆笑をいただいた。この会お開きまだかな。二時間くらいって言ってたはずだから、もうそろそろ予定時間だと思うんだけども。

「す、すみません。そんなに興味を持っていただけるとまでは思っていなくて。一応味見用にと用意はしてますよ」

やり手さんがお付きの侍従らしき人に合図を送ると、さっと差し出された蓋つきの容器。速攻手を出すと、その手と容器を押さえるザザさんと慌てたようなやり手さん。それから。

「ふがっ」

ザギルが私の鼻を抓んでひっぱった。お前今までどこにいた。

「失礼、先に試させていただいても？」

「ええ、どうぞ。城の検査は受けていますが、今お呼びしようと思っていたところです」

ザザさんが先に容器から一粒つまんで口にして頷く。

「い、いらい、ざぎ」

「てめぇ、ついこないだ痛い目みなかったか？　あ？」

ザザさんとやり手さんは一見穏やかだけれど、今までお話していた紳士たちはそれまでの和やかさをかなぐり捨てて、ザギルにきつい視線と警戒の姿勢を見せている。正装した彼らの中で浮きまくっているザギルの普段着が、どっから湧いたってくらい唐突に現れたわけだからいたしかたない。

即座に戦闘モードが入るのはさすがカザルナ王国貴族だわぁ。噂に違わない。

「……ザギル、いいぞ。問題ない」

「……」

ザギルさん離してくれず。

「ご、ごめらしゃいらいいらい」

ギブギブとザギルの腕を叩くと、舌打ちしてやっと離してくれた。せっかくエルネスが化けさせてくれた鼻をさする。イタイ。

「……随分と手荒な護衛ですね」

「アレはカズハさまが個人的に雇っている者です。騎士ではありません」

「も、もういい？　食べてもいい？」

めちゃめちゃ深いため息とともに許可をもらって、一粒つまむ。

ふわり広がる素朴な味わい、もさっとした歯応えと舌触り、少し渋くて苦いのは渋抜きが甘いせいか。けれど、やはりそうこれは、A・ZU・KI!!　君をずっと探してた!!

「これこれこれこれぇぇぇ！　ずっと探して……でもちょっとしかない」

「よろしければご希望の量を数日中に届くよう手配し」

「ほんと!?　ありがとう！　ありがとう！　請求書私にくださいー！」

「せ、せいきゅ……？　いえ、贈りますよもちろ」

「それはだめです！」

「……ちょ、ちょっとすみません」

やり手さんは背を向けて自分のお腹と顔を押さえた。うん。ものすごく肩が震えてる。もういいよ！　笑うならちゃんと笑えよ！　あともち米ないですかね！

黄金色のきめ細やかな生地、表面はほかほか暖かそうな濃い茶色、ふわふわの衣に挟まれているのは艶光りするぷくぷくの小豆が混じったあんこ。

粒あんのどら焼き出来上がりました！

頂いた小豆は両手いっぱいほどしかなかったから、あんこだけのどら焼きと、生クリームも一緒に挟んだどら焼きの二種類。エルネスの応接室で試食会である。

「いい出来だったのに、あっという間に化粧落としちゃって……」

「顔窒息する」

「しないわよ！」

どら焼きは勿論好評だ。そうだろうそうだろう。

合コン終わってすぐにドレスと化粧を脱ぎ捨てて厨房へ走りましたからね！

「後はもち米があればおはぎつくれるのに……」

「そんなことはいいのよ」

「何言ってんのよくないよ」

「いいの！　で？　戦果はどうなのよ」

「ほら、小豆が」

「違う！　トビアス氏とまた会うんでしょう⁉」

「誰それ」

そんな全員で、なんなのあんたって顔しなくても。礼くんはいつも通り天使でほくほくとどら焼き食べてるけど。

「――この小豆を持ってきた人ですよ」

「あー、なるほど」

「カズハさん、今日のお相手連中の名前なんてその様子だと」

「やだな！　覚えてますって！　礼儀じゃないですか！　ははっ……いやもしかして自己紹介してないかも？」

「してますから。間違いなくしてますからね。彼らが何しに来たと思ってるんですか」

「あんた私がどれだけがんばって飾り立てたと」

「ありがとうエルネス！　おかげで探し求めてた小豆が！」

「もうそれはいいから！　アヤメ、あんたは」

「聞いてくださいエルネスさん、ほら、魔力回復と回路の関係性についてって最新の」

「あんたも何してきたの！」

「めっちゃメモとってたよね。そらもうエルネスばりに」

「私はちゃんと相手の名前覚えてるもん！　次また会う約束した人何人かいるもん！」

「どこで？」

「図書館」

「やだもうほんとこの子かわいい」

「カズハ、あんたはどこでトビアス氏と」

「厨房」

「それ取引よね!?」

「そうだよ!? 当たり前じゃん! ちゃんと払うよ!」

健全な取引は健全な経済を支えるからね。陛下もきっと喜んでくれるであろう。

「……ザザ、トビアス氏ってあれよね。三十過ぎのエルフ系で」

「そうですね。領地経営で最近頭角を現してきてます」

「あ、やっぱりあの人やり手さんだったんだ」

「やり手さんって……確かにそういう評価ですが」

「なっかなかの美丈夫だったはず」

「そうねぇ。きれいな顔してて頭切れそうだった」

「カズハの好みだった?」

好み。好みねぇ……前半魂飛んでたし、そりゃ話しやすかったけど。そもそもあやめさんのための合コンにお付き合いしただけだし。私の相手来るとか思ってなかったし。

「そんな悩むこと……?」

「うーん、断ることには変わりないし、それにあの人」

「なんでよ！」

「興味ないもん。あ、でもこうして特産品情報がくるなら合コンも悪くないかも」

「カズハさん、それなら普通に城の高官や文官使ってください。なんでも調べてきますから……」

「ですよね」

「和葉ちゃん、それにあの人ってなに？」

「ああ、やり手すぎてちょっと怖い。外堀から埋めて気がついたら囲い込まれてそう」

「……囲まれてるのに気づかないまま突破してそうな奴が何言ってやがる」

「そうね……カズハはそうね……」

「ほんと君ら失敬ね!?　あ、そうだ。ねえザザさん、トビアス、さん？　が言ってたんですけどね」

「はい？」

「みんなそれぞれの好みに合いそうな人を選別してるって。翔太君には音楽好き、あやめさんには研究畑、幸宏さんには社交上手って」

「ちらっとは聞いてますよ。今回の形式が形式ですからね。会話の糸口があれば、みなさん楽でしょう」

やっぱり本当だったんだ。みんなも納得顔してる。

「まじか。それで今日随分話しやすかったんだ」

「僕も舞踏会の時より話しやすかった……」

「担当官さん凄い……」

「私のところにはどんな傾向があったんですか？」

「……カズハさんの好みがわからなかったそうで、通常の基準だったはずです」

「ほほぉ……トビアスさんは共通点あるって言ってましたけど」

「どんな？」

「ううん。内緒って。ライバルにアピールさせたくないからって教えてくれなかった」

「なるほど……確かにやり手だわね。次会う時に聞いてみたら？」

「なんでエルネスそんなやらしい笑い方してんの」

「カズハの外堀が埋められるのかどうか興味深くて」

「怖っ！　まあ、三日後に小豆と一緒に来るはずだから聞いてみるよ。覚えてたら」

「……小豆がメインですね。すっかり。確かに美味しいですけど」

「そりゃそうですよ！　ずっと探してたのが最高のタイミングで来ましたもん！」

「タイミング？」

「リトさんたちの出発が十日後でしょ？　料理長と相談しながらつくっても余裕で間に合います」

もともと前線は定期的に人員交代が行われている。私たちが来る前はザザさんも年に数か月配置されていたそうなんだけど、今回、前線やあちこちの配備見直しも兼ねて結構な規模の入れ替えがあった。

リトさんを含む父の会メンバーや私たちに馴染みの騎士たちも何人か前線に配置されて、その出発が十日後になる。

　礼くんはちょっと不貞腐れてた。それがまたかわいいと、今日の合コンの間もリトさんたちにちやほやされていたのだ。

「え？　つくるって」

「携行食です。チョコバーよりも優秀なんですよ。羊羹っていうんですけど」

「優秀だよな。確かに。俺も非常食用に常備してた」

「それの素材なんですか？　小豆って」

「栄養豊富で日持ちがして即座にエネルギーとなる優れものです！　しかもちょうど保存方法も最近研究所でいい感じの結果出してきてもらってるんです！　チョコバーとか元々つくるつもりだったというか、もうほとんど準備できてるんですけど、羊羹もリトさんたちに持って行ってもらおうかと。すっごいベストタイミングですよ！　それにトビアスさんの領地って、前線のあたりに近い位置なんですよね？　レシピをトビアスさんにも渡すことになってるんで、上手くいけば補給の足しにするルートができるかなって――ザザさん？」

　その話をしたらトビアスさんの目が一瞬めちゃくちゃ鋭くなって怖かったのだけど。

「……あ、いえ、驚いて……ありがとうございます」

「お世話になってますもん。礼くんも手伝ってね。いっぱいつくるからリトさんたちに一緒に渡そう」

「リトさんたち喜ぶ？」

「礼くんがつくるんだもの。そりゃ喜ぶよ！」

「がんばる！」

「わ、私も混ぜて」

あやめさんもおずおずと名乗りを上げる。

「うんうん。包丁も使わないからね！　大丈夫だよ！」

「そんな心配してないもん！」


勇者の身体はお手入れ要らず。

両脚を前後に開いてぺたりと床に腰を落とす。ゆっくりと筋を伸ばして、呼吸に合わせて上半身を倒して。緩やかな弧を描く両腕も指先を遠くに合わせたまま、天から爪先へ。

ストレッチをする時間も余裕すらもなくて開かなくなっていく体を忌々しく思っていた頃とは違い、今の体は何をするわけでなくても、きちんと私の命令に従ってくれる。――魔力だけはなかなか思い通りにはなってくれないけど。

体の向きを逆に変えて、また同じく緩やかに前へと倒す。

何度か繰り返して、今度は両足を左右に開いて。

普段レッスンに使っているこの部屋で一人、ストレッチを続けている。

お手入れ要らずのこの身体になった今でも、こうしてる時間は結構好きだ。

一通り終われば今度はバー《手すり》に手を置き、基本ポジション。つま先を外に向け踵をつける一番の足。真横に左足を伸ばして重心を移動させて二番の足。床を足裏で舐めるように、踵が床を離れる時には爪先がしっかり伸びるように。左手の動きをつけるのも忘れない。

はたからみたら、何の苦労もない動作だけれど神経を張り巡らせて、ゆっくりとした静の動作を続けることは見た目よりもかなりの筋力を使う。慣れていなくては腕を水平に持ち上げて一分その姿勢を維持するだけで、二の腕が震えてくるはずだ。

まるで禅僧にでもなったかのように、一日の終わりのこの時間は私の中をほぐしてくれる。


礼くんはご飯が終わってから、リトさんたちの宿舎へ遊びに行っている。一緒にシャワーしてゲームもするそうだ。少しずつ少しずつ、私がそばにいなくても大丈夫な時間は増えている。

一抹の寂しさが混じる喜びは、子どもたちが幼い頃にも感じたもの。

飛び立つ鳥を見送って一人佇む自分を俯瞰する自分がいて、それでもなお泣きたくなるほどの愛しさがあふれてくるこの感情は、忙しない毎日を送っていた私を支えてくれた。それもすっかり感じられなくなってしまっていたのだけども。

モルダモーデは見違えたと言っていた。からからに干からびた魂が姿を変えたのだろう。私にそれは見えないけれど、礼くんがいてみんながいるこの世界は、確かに水分を与えてくれていると思う。

だって、乾いて硬くなっていたはずのところが、桃の皮の産毛をこするようにちりちりとする。これは私が変わったのか、それとも取り戻しているのか、覚えがあるようなないような、知りたいような知りたくないいような。

……思い通りにならない魔力のように忌々しいだけの気がするな。

「――カズハさん？」

「うひゃっ」

バーに乗せていた片脚を落として振り向けば、細く開けた扉から頭だけ出してるザザさんがいた。

「すみません。ノックはしたんですけど」

「あー、その扉厚いですし、私も集中してたから気づかなかったんだと。どうしました？」

身振りで招き入れると、革鎧を外した軽装のザザさんがためらうような素振りではいってきた。脱いだ外套を手に、生成りのシャツとゆったりした黒いロングパンツ。部屋着かな。珍しい。

「寒くないです？　宿舎からわざわざこちらに戻られたんですか？」

「ええ、あ、すみません。こんな格好で」

いやいや眼福ですとも。かっちりとした正装や普段の勇ましい革鎧姿もいいけど、滅多に見られない緩い姿もまたいいものです。レア感。

「急なお仕事？」

「えーと、レイが宿舎に来てまして、で、カズハさんはレッスン室にいると聞いて……あいつは？」

　あいつ、と言うザザさんはちょっとだけ苦々しい顔をするのがおかしい。

「ザギル？　なんかどっかに出かけていきましたね。戻るまで魔力使うの禁止だって人の鼻つまみながら」

「……本当になんであれが有能なのか腹だたしいですよ——なんですか」

　つい吹き出してしまった。

「いえ、そんな嫌そうな顔して褒めてるから」

「……嫌いだからといって盲目になるのはいただけませんからね」

　そんな嫌いなわけでもなさそうなのになと思うけど、それは黙っておく。というか、私に用事があったようなのに話しにくいのかな。

「んっと、部屋とか食堂行きます？」

「いやいやいや、すぐ出ます。邪魔するつもりもなかったんで、ただ」

　また言い淀むザザさんの顔は、レアな緩い服装と同じくらい珍しい。

「レッスン、付き合ってもらえます？」

「へ？」

「ザザさん、体柔らかいでしょ？　ちょっとお試し」

　戸惑うザザさんの右手をバーに誘導して、私は左手をバーに。

「本当は柔軟からしなきゃなんですけど」

「シャワーの後に柔軟するのは日課なんで筋肉はほぐれてますよ」

そう答えるザザさんからは確かに石鹸のいい香りがする。

私の立ち姿を真似させて、少し姿勢を直してあげてから、さっきまでしていた基本ポジションのレッスンを続ける。真剣な顔してるザザさんに首や肩の力を抜くようにとか、時折姿勢を直してあげながら。

「これは……なかなか効きますね」

「ふふっ、幸宏さんにね、レッスン手伝ってもらうじゃないですか。終わるとひっくり返って泣き言言ってますよ」

向かい合って右腕を水平に横へ伸ばし、そのまま右足も高く横にあげて静止すれば、鏡映しにザザさんが左足を上げる。そのまま三十秒。

「いや、いやいやいやいや、ちょ」

「まだまだ。ほら指先やつま先が落ちてきてる。肩も力はいってますよ。息も止めちゃだめ」

さすがザザさん、きりっと姿勢を正して耐えきった。

「はい、じゃあ向きを変えてもう一度――っぷ、休憩どうぞ」

滅多に見られないザザさんの貴重な泣き顔に笑ってから、座り込むことを許して私はそのまま続ける。ゆっくりと、ゆったりと、グランバットマン。

胡坐をかいて見上げるザザさんをギャラリーに、指先につま先に、視線に腰に、しっかりと神経を張り巡らせて。でも筋肉は硬くならないように、無駄な力をいれないように。

「小さな頃から続けてたんですよね。バレエ」

「はい、四歳の頃にはもう始めてましたね。覚えてませんけど、私が強く強請ったそうです」

覚えているのはバレエを特集したテレビ番組のワンシーン。映画だったかもしれない。糸で吊されているように高く、空中で静止するかのようなジャンプに、何もかも持っていかれた。

バーから手を離してくるりとピルエット、最後のポーズをきっちり整え、向きを変えてまた最初から。

「カズハさんの見かけによらないバネの秘密ですね、これ」

「体術とかとは鍛える筋肉がまた違いますからねぇ。向こうの世界じゃ、格闘家がダンサーとは喧嘩するなとまで言うそうですよ」

「納得です……ああ、やっぱり、こっちの方が僕は好きです」

「どっち？」

「昼のね、ユキヒロと踊った踊りも、こう、なんというか、えー……」

「あのやり手さんは扇情的と言ってましたけど」

「やり手さんて。ああ、まあ、そうです」

「幸宏さん風にいえば、もっとエロい踊り方もありますよ」

「あ、あれ以上ですか……いやとてもそう、素敵でした、けど」

「けど？」

「バレエのほうがカズハさんって感じしますね。んー……、そう、凛としてて」

思わず手が止まって、一瞬目が合って、素知らぬ顔を装ってまた続ける。やだなにそれぐっとくる。

「どのジャンルの踊りも好きなんですけど、あの曲もとても大好きな曲で。でも元の世界にいた時は体がついてこなくて踊れなかったんです。こっちにきたら踊れるようになってて。嬉しくて幸宏さんと合わせまくってたんですけど、やっぱり最後はバレエに戻っちゃうというか。こうしてると落ち着きます」

「あー、なんかわかります。無心になれるというか、僕も素振りとかでなりますね」

「そうそう」

ゆっくりと、一定の速度で左腕を前へ、上へ、それから緩やかに真横へと。

「……あの曲、ユキヒロの歌声もですけど、曲自体もすごくよかった」

「ああいうの好きですか？」

「好き……そうですね。惹かれます。あちらの言葉なんですよね。何を言っているのかはわかりませんが、響きが、あ、カズハさんも一緒に歌っていたところあるじゃないですか。あれがとても。なんて言っているんですか」

「あの歌は、私たちの母国語じゃないんです。大部分は私もかろうじて意味がわかるんですけど、あのフレーズは、その言語とはまた別の国の言語でね、意味は私も知らないんですよね」

英語ならかろうじてなんとか大雑把に聞き取りはできるけれど。前へと伸ばした指先より視線は遠く、左脚を後ろへと。

「そんなに違う言語があるんですか」

「こちらは訛りがあっても大陸中同じ言語ですもんね」

「南方のへき地あたりだと訛り強すぎてやっぱり通じないですけどね」

「それは私の国の中でもそうですよ。訛りが強すぎて同じ言語なのに何言ってるかわからないことあります」

またくるりとピルエット、最後のポーズを整えてから、ザザさんと向き合ってお互い笑う。

あ、でも翻訳されないのは歌だからなんであって、歌わないで言葉としてしゃべったら翻訳されるんじゃないだろうか。スワヒリ語だったっけか。音程にのせないように、言葉としてつぶやく。

『私も愛してる　あなたがほしいの　愛しいひと』

――固まった。

二人して氷魔法かけられたように固まった。

眼球すらお互い動かないけど、いや待って、今翻訳されたね？　された。え。なんつった？

は？　え。え。え。

「――『かし！　い、今の、さっきの、あれの、歌詞です！」あ」

だーーーっと汗が噴き出してきてるのがわかって頭が熱くて。両手を突き出してザザさんに向けて開いた。ないわ。マジないわー引くわーなにいまのおおおお。その上赤面とかないわあああ。

P:Yo!!
P:Yo!!
P:Yo!!
P:Yo!!
P:Yo!!
P:Yo!!
P:Yo

「か、かし」

「そ、そう。歌じゃなくて、言葉として発音したら翻訳されるか、なって、さっきの、ほら私もわかんないっていったフレーズのっ」

「あ、あああああ、あの」

「そうっあのっ」

「で、ですよねっ、や、なかなか情熱的なうた、なんですねっ」

「はいっ、幸宏さんですからっ彼のねっうたった歌、あれ全部ラブソングですからっ」

「ユキヒロですからねっははっ」

「幸宏さんですからっあはっあははっ」

やばいやばいやばいどうしようどうするこの空気！　お互い視線逸らしまくってるくせに、なんかちらちら目が合うし！

「――え、あれ、カズハさん、今魔力使ってます？」

「へ？」

「あれの魔力禁止でてるんですよね？　大丈夫ですか。具合は？」

あれってあれか。ザギルか。

突然それまでのうろたえっぷりから通常モードに戻ったザザさん。何事だ。

何故がっつり目を合わせる！

何故、頬に触れて顔を向けさせる！

「え、いや、何も」

「本当に？　魔色が出てます」

「ま、ましょく……？　あれ、でも私」

魔力や魔法を使うと、瞳の色が変わる。ザザさんはハシバミ色が金色に変わるし、あやめさんは紫とピンクに変わる。魔乳石と同系統に変わるそうなんだけど、私は元の色が黒だし、魔乳石もベースが黒だからほとんどわからないと言われた。ザギルも普段虹色だけど、同系色なのか魔力を使っても輝きが増すだけで色は変わらない。

「確かにカズハさんは普段魔色出ないし、僕らもわからないと思ってたんですけど、この間魔力切れで寝込んだ時に出てたんですよ。本当に僅かな時間だけ、ですけど」

「で、でも何も使ってない、と思う。ほんとに？」

「……具合悪くなってないですね？」

「ないですないです」

心臓ばくばくいってるけどこれちがうし！

やーめーてー！　本気でザザさん心配してるっぽいのに、私めっちゃ疚しい！

気が抜けたような脱力をさせて、頰に触れていたザザさんの指が離れていった。空気が少しだけひんやりした気がするのは、熱の名残だろうか。でもそれがザザさんのなのか、私のなのかはわからない。

「えっと、私も出るんですね？　魔色」

「ええ、結構はっきりと魔乳石と同じ色になりますね……黒と瑠璃でとても、あ、消えました」

「全然、心当たりないです……」

「前回が前回だったんで、もしかして弱るとそうなるのかと思ったんですが、具合が悪くないのならよかったです」

「なんか……すみませ、ん？」

「いやいや、何か違うパターンがあるのかもですね」

私はぺたんと床に座り込んで、ザザさんは向かい合わせに胡坐で何か考え込んでて。

「ザザ、さん？」

「――あ、すみません、あー、えっと、そう、忘れてました」

「なにを？」

「お礼をね、もう一度ちゃんと言いたいと、そう思って来たんです」

「なんです？」

「携行食の、小豆のあれです」

「やだな。さっきも言ってくれたじゃないですか」

「なんというか、ちゃんと？　僕は、確かに言葉で礼を伝えますけど、何故うれしいかを伝えるのが苦手で」

胡坐の膝を両手で摑み、こちらへ真っすぐに向きなおって。

「チョコバーの時もそうですけど、今日、あんなに小豆に反応してたのってずっとそのヨウカン？

のことも考えていてくれたからですよね。探してくれていた」

「あ、まあ、でもそれだけってわけでも。私も食べたいし」

「カズハさん、他の人に比べたらさほど食べませんよね」

「つくってる間に味見でつまんでるからそう見えるだけですよ。結構食べ」

「あなたはいつでも誰かに食べさせるためにつくってる。食べさせて喜ばせようとしてる。勿論、レイのためが一番でしょうけど、僕ら団員にもそうしてくれている。携行食なんて僕らのためだけでしょう」

うわ。うわ。うわ。そんなそれは、これはちょっと居心地悪いよ？

「団員はみんないつでも喜んでます。支えてもらえていることに安心して、また帰ってくることを誓って胸に刻めます。士気がね、すごくあがるんです。士気があがれば生存率もあがります」

「はい」

ザザさんが率いると、生存率が異常に高いと教えてくれたのはセトさん。勿論生き残るだけでは戦果にならない。武功をあげて、なお、その生存率を維持できるのはそれだけザザさんが心を砕いているということ。

「こんな仕事ですから、何も失わないではいられません。時には多を優先して少を切り捨てなくてはならないこともあります。士気の高さは窮地を凌ぐ力になります――僕は部下たちがかわいいです。あいつらを大切にしてくれることが、とてもうれしいです」

ありがとうございます、ともう一度頭を下げるザザさんのつむじをつんとつつく。

「へ？」

意表を突かれてあげた顔は、こちらの意表も突くほど間抜けに可愛らしい。

どいつもこいつも本当に反則技ばかりかけてくる。

私たちは、ついていけないから。

まだ未熟だから、今のままでは、みんな私たちを守ろうとして盾になってしまうからね。それでも。

「私は支えることができてるんですね」

「勿論」

「それが最高のご褒美です」

私は上手に笑えているだろうか。

お礼なんて要らないよ！　ちきしょう！

この広げた両手が届く距離

麻袋いっぱいの小豆が二十袋、厨房の倉庫に積まれている。

「確かに。料理長よろしくお願いします」

数と中身を確認し、料理長に受け取りのサインをしてもらって、トビアスさんと倉庫を出る。こちらが頼んだとはいえ、仕事として外部の人との接触だからとザザさんが警護についてくれていた。ザギルは多分どっか近くにいると思うけど、なんでか最近ご機嫌悪くて姿を現してくれることが少ない。

「本当に三日で運んでくれたんですね。すごく助かりました」

「いえ、どちらにしろ王都まで来たついでに商売しようとしてた分なんです。私より遅れて到着しただけといいますか」

ああ、やり手さんだもんね。

「そしたら渡りに船でした？」

「それ以上、望外の成果でしたね。もっとも一番の望みは果たせませんでしたが」

「あら、そうなんですか。遠くからせっかくいらしたのに。あ、この先のお部屋に今後の取引とか契約の担当者がいますのでご紹介しますねって、どうしました？」

　倉庫から文官のいる部屋がある棟へ向かう小道を連れ立って歩いてるのだけど、トビアスさんが立ち止まった。なんでそんな微妙な顔してるんだ。

「あの……私が王都へ来た目的ってご存知ですよ、ね？」

「え？　小豆以外の――あ」

「……カズハ様は縁談全てをお断りになってるとお聞きしてましたが、本当に関心がなかったんですね」

　素で忘れてた。もう完全に仕事相手というか出入りの業者さん感覚だった。こっそりザザさんの顔を窺ったら、目合わせてくれない。助けてくれる気ないやつだこれ！

「や、やり手さんはやり手だと聞いたのできっと他にもメインのお仕事があるんだと思ってただけで」

「トビアスです」

「え、はい。トビアスさ、ん……私今なんて言いました」

「やり手さんと」

「ごめんなさい。間違いました。縁談のことも忘れてました」

「潔くきましたね！」

「撤収判断は大事ですから！」

　ひとしきり大笑いされるのに、じっと耐えた。怒られなくてよかった……。

「――失礼しました。耐えられませんでした」

「ほんと申し訳ないです……」

「……先日のドレスアップも素敵でしたが、今日はまた印象が違いますね」

すっかり仕事のつもりだったからね！　すっぴんにいつも通りのシャツとロングパンツにエプロンして、今はお外だからもこもこのフード付きコートだからね！　ちなみにスパルナダウンです。自給自足。

「とても愛らしいです……って、何故そんな訝しそうな目で見られるのでしょう……」

「いえ、話の流れについていけなくて……えっと、冷えますでしょう？　お部屋向かいませんか」

「ふむ……今回の取引と、今後の小豆製品の生産と販売の商談ですよね。カズハ様はご同席いただけるのでしょうか」

「え？　勿論担当の文官がお相手します。私がわかるのはレシピだけですし」

「私、王都まで魔動列車と馬車で片道五日かけて来たんです」

「うっ」

怒られる前フリ？　ねえ、前フリ？　やだーもうー笑ってからのフェイントで怒るとかー。

「意中の方にせめてひと目と思いきや、即日振られた挙句に、見合い相手どころか取引業者としてしか見ていただけなかった哀れな男に、食事にお誘いするチャンスをいただけませんか？」

「え。待って。一文が長いです」

……そんな片膝ついてうずくまるほど笑わなくてもいいと思う。もう君、幸宏さんとのほうが気が合うんじゃないかな？　かな？

「――たびたび失礼しました」

「い、いえ」

「正直に飾らず言いますと、カズハ様ともっとお話がしたいのです」

「ほお」

「縁談を断られてからの申し出が不作法なことは承知の上です。今回の取引で我が領は大変な利益を得るでしょう。その感謝も当然ですが、それ以上にカズハ様を知りたいし、私を知っていただきたい」

「えーと……、ではですね、文官が待ってますので、まずはそちらの御用を済まされたら、えっと、食堂？　ザザさん、食堂って使ったら駄目ですか？」

「食堂」

「はい。食堂……え、やだそんなにしかめっ面するほど駄目？」

「――っ、一応、関係者用、ですので、手続きが必要ですが、……ええ、取引の間にやっておきましょう」

　トビアスさんを文官に紹介し終えてザザさんと二人で廊下を歩いてたら、いつものごとく突然現れたザギルが足許に倒れこんできた。同時にザザさんは廊下の壁に向かってしゃがみこむ。

「い、息できねぇっ……氷壁、お前よくあれに耐え続けたな……っ」

「……さすがに食堂はもう俺も駄目だと思った——っ」

なんかザザさん俺になってるし。ザギルお前機嫌直ったのか。二人とも息も絶え絶えだし、やっぱり仲良いんじゃん。

食堂の一角で、トビアスさんにお茶と小豆とかぼちゃもどきの煮物を小皿で出す。トビアスさんが契約している間にさくっとつくった。

ザザさんは私の斜め後ろに直立不動で護衛モード。ザギルは隣のテーブルでくつろぎモードだ。

……少し離れたテーブルに、エルネスとか勇者陣や騎士たち数人が素知らぬ顔して居座っていた。何してる。お昼ご飯にはまだちょっと早いぞ。

「……どうしてこの豆がこんなに美味しくなるのでしょう。先日届けてくださったドラヤキとヨウカンもとても美味しかったですが、これは甘味とは違う美味しさです」

「お口にあったならよかったです。ちょっと不思議に思って文官に調べてもらったんです」

「なんでしょう」

「先日おっしゃっていたように、そちらでの小豆は、生産量は高いけれど、苦くて渋いため平民にも不人気なものという扱いだそうですね。どちらかといえば貧しい者の食べ物だとか」

「ええ。王都まで持ってきたのも何か他に活用法がないか探るためでした」

「試食でいただいた時に思ったんですよ。渋抜きが甘いんです」

「しぶぬき」

「あれはそのまま炊いただけでしょう？　茹で汁は捨てるんですよ。試してみましたけど、この豆なら二回茹で汁を捨てたほうがいいですね」

そっくりでもやはり日本で品種改良されてきた小豆とは違う。この豆は煮崩れしにくい代わりに渋みが強かった。渋抜きしないでスープや煮物にしてたらそりゃ美味しくないだろう。

「……それだけですか？」

「それで苦味と渋みはなくなります。こんな感じに他の料理にも使いやすくなりますよ」

「たったそれだけ……」

「それだけです。ですが貧しいとそれだけのことをする余裕はないと思います。それに茹で汁を捨てることも惜しいと感じるかもしれません。お金がなくても、美味しいものをつくること自体はできますが、お金の代わりに手間や時間が必要なんです。そして手間と時間ってのは余裕がないとできないし、余裕はお金がないとつくるのが難しい。貧しい者の食べ物として位置づけられていたのなら、なかなか試すこともなかったんじゃないですかね」

思わず実感こもりますけどね！　貧乏暇なしってのは本当で、金で時間を買えなきゃ労力で補うしかないのですよ！

「なるほど……確かにそうです。よかったんですか？　さきほどの取引でドラヤキのレシピは買いましたが、そのことは教えていただいてません」

勇者がもたらした『知恵』は原則貴族層に公開される。利用するなら申請して、あがった利益に税が少し割り増しされる仕組みだ。特許的なものに近いのかな。これまで私が料理長と一緒につくった料理のレシピも公開されているし、ついでに言うならちゃんと勇者のお手当にも反映されている。陛下万歳。

トビアスさんは、渋抜きが知恵として公開されていないのに教えていいのかってことを聞いているのだろう。

「どら焼きのレシピにもこの手順は入ってますし、羊羹の生産と販売の契約は結ばれたんですよね？　これから料理長と相談して羊羹のレシピができあがれば、トビアスさんのもとに届けられますし、それにもこの手順は入っています。そちらでも職人が生産しますよね？」

「それは勿論」

「だったらこの手順が重要だと気づきますよ。個別の知恵ではないです。……ザギル、食べたいなら厨房にあるからもらっておいで」

後ろで袖ひっぱってきてたザギルが厨房に向かった。はらぺこザギルめ。

「ありが、とう、ございます。——お分かりですか。これがうちの領にもたらすものが」

「む、難しいこと聞きますね……素人考えでしたら、そうですねぇ。雇用でしょうか」

今日の取引で、前線へ羊羹を携行食として生産、販売、輸送を一手に引き受けることとなったはず。小豆はトビアスさんのところでしか生産してないし。そうなるとつくる者、売る者、運ぶ者の雇用が増える、はず。

「うちの領はけして豊かな土地ではありませんでした。それでも私の代で領地経営は向上してきているると白負していいます。しかしあと一手。あと一手が欲しかったんです」

うんうん。頭角現してきてるって話だったもんねぇ。

「これで雇用が増えます。甘味は嗜好品ですし、富裕層が購入しますから利益率が上がります。さらに主食としての需要が増えます。利益はさらに雇用を産み、領民全体の生活の底上げを呼ぶでしょう」

おー、経済の好循環ですね。

「うま！　これなんてぇんだ」

「小豆とかぼちゃのいとこ煮。あ、トビアスさん、そろそろ昼食の準備ができたみたいですよ。ビュッフェ形式なんでお好きなものをお取りください。ちょっとお昼ご飯には早いですかね？　お腹まだすいてなかったりします？」

ザギルがなんか吹いてむせだした。鼻痛いとか言ってるし。

「お誘いしたかったのは……いえ、あの、カズハ様の縁談相手の共通点、お分かりになりましたか？」

「ああっ、わからなかったんですよ。教えてくれるんですか？」

「私は領地経営ですけど、他の者も事業こそ違えどそれぞれの分野で活躍を期待されています。いいところにきてるんだけどあともう一手が欲しいと思ってる者たちですね」

「みなさん貴族ですし、私のお相手に限ったことではないのでは？」

「その中でも、スタート地点が今ひとつなためにあと一手が欲しい者ってことです」

「ほほお……」

「現に私はその一手を今いただけました」

「すると……」

「はい」

「王都に来た一番の目的が果たせたってことですね。そうか。渋抜きが決め手でしたか」

「……そうきますか」

「……違いましたか。あんまり難しいこと言われてもわかりませんよ？　私そもそも平民ですし」

トビアスさんは、顎に指をあててちょっと考え込んだようだった。

「……ザザ騎士団長殿、今代の勇者様たちはみなさん謙虚なんでしょうか」

「お答えしかねます」

「私見でかまいませんので」

「――みなさん驕りを知らない方たちです」

謙虚さは日本人の美徳ですからね。うん。

「なるほど……カズハ様。確かにその通りです。縁談を受けてもらえることが一番でしたが見込みは薄いとも思っていました。なので、せめて大量に備蓄があるのに上手く活かせない小豆の扱いを教えていただければとお持ちしたんです。勇者様たちの知恵の功績の中でも、カズハ様の場合は食に大きく偏っていて数も多い」

「あー、レシピですからねぇ」

「既存のものの再活用や価値の見直しなんです。カカオも利用価値があがりました。スパイスもそうです。塩の……にがりでしたか。それもそうですね。あと今回知りましたが、羊羹の容器、パッケージですか。あの素材開発もカズハ様の案だと」

「開発したのは研究所なんで、手柄は研究所のものです。私は希望を言っただけ。でもあれいいでしょう」

アルミは無理だったけど、ビニールに近いものを開発できたのだ。浄化魔法と熱を与えることでぴっちりとラッピングできるから、保存期間が大幅に伸びる。

「あれは素晴らしいものです。驚きました」

「んっと、ご期待に応えられたようで何より、です?」

にっこりと、実に綺麗な笑顔をトビアスさんが見せてくれたから、妙に達成感がわいて笑顔を返した。

「欲が、刺激されてしまいました。勇者様としてではなく、女性としてのカズハ様と親しくしたいと」

「それはないでしょう」

「いきなりぶった切りましたね。何故？」

「だって今の話の流れでそんな要素なかったじゃないですか」

「これから女性としての魅力に移ろうと思ってたんですけどね」

「む。それは展開が見えないですね。んっと、私の縁談相手の共通点は納得しました。要はあれですね。私が優秀な駒になると思われたのですね」

「駒だなんて。あなたたちは世界を救う者ですよ？　将になることはあっても駒はない」

「ん？　優秀な駒ですよ？　いいじゃないですか。光栄ですし、そのほうがいいです。駒として優秀でも将としては別です。逆もしかり。でも、駒がいないと何もできないのが社会です」

「……」

「優秀な駒は将を選べます。陣地を選べます。最高ですね。でも女性である必要はないです。私がたまたま女性だったからってだけの話でしょう？　駒を獲得するにあたって攻めるポイントとしてはありだと思いますけど……正直それではちょっと惹かれないというか」

「――私はパートナーとしてありたいと思っていますが、そのたとえですと、将ですか。私はあなたの将としての魅力はないですか」

「私何気に陛下を尊敬してるんですよね。素晴らしい上司です」

対価を与え、環境を整え、より大きな成果があがればそれに見合う報酬を。ちょっとお目にかかれないほどのホワイト企業を取り仕切る能力と器の持ち主、それがカザルナ王！

「陛下を出されると張り合えませんね……そもそも世界を救う勇者様を女性として独占したいというのもおこがましい願いではありますけど」

「うーん？　世界とかほんとどうでもいいです」

いくら恵まれた扱いを受けたとして、それはそれ。これはこれ。私によくしてくれたのは別に世界とかそういうのではない。

「え」

「そんな世界規模で愛着なんて湧いてるわけないじゃないですか。まだ召喚されて一年たってないんですよ？　いやその規模だと何年たっても湧くかどうか怪しいですけど」

「ご、ごもっともです」

「なので、申し訳ないのですけど、トビアスさんの領にも興味ないです。さっきも言いましたけど、私平民なんです。厨房で働くおばちゃんなんです。手の届く距離にいる身内が幸せならそれでいいんです」

「身内、ですか」

「はい。勇者陣は当然としてここにいるザザさんもザギルも、エルネスや騎士たちも厨房の人間も、陛下たちもですね。この城で一緒に過ごしている人間ってことになりますか」

「思ったより規模が大きかったです」

「私も自分で言いながら結構人数いてびっくりしましたね」

「じゃあ、カズハ様の陣地はもうすでにここなんですね」

「いいこと言いますね。そう、陣地はここに選びました。んー、まあそれなら最初から見合いすんなって話でしょうけど。それはほら、見返り、得ましたよね？」

　だからチャラってことで！　という意味をこめてエルネス直伝の笑顔をしてみたら、トビアスさんはテーブルに肘をつき、両手で頭を抱えた。エルネスはこれでごまかせないものはないっつって教えてくれたのに、効き目のあった試しがない。

「……勝てそうにないどころか完敗です。私があなたの駒になりたい」

「え。そういうのはちょっといらないです」

「まあ、そう言わずに。私はかなり役に立ちますよ。……そうですね。もち米でしたか。探してきます。報酬として友人の枠をください。城に出入りできる人間の規定枠がありますよね。その枠が欲しい。あなたの友人としていつでも会える立場です」


「いやもう笑ったなんてもんじゃねぇな……」

トビアスさんは、もち米の特徴を細かに聞くと、さっさと帰っていった。

なんでか騎士たちがやたらとお茶をいれてくれたりおかずをとってきてくれたりして、どうしたのかと思ったけど、好きにさせてやってくれってザザさんが言うからありがたくお世話してもらう。

ザギルは散々笑い転げて、やっと今お昼ご飯を本格的に食べることにしたみたいだ。こんなに笑い続けてるザギルも珍しい。

逆にザザさんはなんか妙に無表情だ。何故。

「どうしたのザギル。ご機嫌直ったの？」

「ああ？　別に機嫌悪かねぇよ」

「うっそだぁ。最近ずっとご機嫌斜めだったもん」

「んあー……気のせいだろ。つーか、こんだけ笑えば大概のことはどうでもよくなるわ」

「やっぱ機嫌悪かったんじゃん……もういいならいいけどさ。すっごい笑ってたね。幸宏さんみたいだった」

「あんだ？　てめぇ喧嘩売ってんのか？　買うぞコラ」

「いや待って、なんで俺そこで流れ弾くらうの。俺みたいだと駄目なのかよ。てか、俺もさっき苦しかった……あの人すっげぇやり手ってだけあって強いね……」

「――やり手っぷはっ、て、てめぇ思いださ」

「――っ」

ザザさんもまた無言で椅子に座ったまま丸くなった。あ、やっぱり笑うことは笑うんだ……無表情に思えたのは気のせいか。エルネスもずっとにやにやしてたけど、身を乗り出してきた。

「なになにどうしたの。何よザザまで」

「こ、こいつ、な」

「ちょ！　ザギル！　内緒って言ったのに！」

「ひっひひっ、くっ、約束したの氷壁だろ。お、俺返事してねぇし」

またた！　またザギルはそういうこと言うんだ！　いっつもだ！

「――見合い相手どころか取引業者扱いしてるのばれた上に、脳内あだ名で面と向かって呼んで、ジョークを交えたつもりの渾身の口説きを完全にスルーして、食事の誘いは食堂を指定したと。

……あんたすごいわね。どんだけ外堀深いの」

「そう聞くと、ひどい話だね」

「本当は違うみたいな言い方してんじゃねえよ！　そのまんまだわ！」

微に入り細に入りのザギルの説明で、あやめさんと翔太君は震えてるし幸宏さんは悶絶してる。納得がいかぬ。

「いや、待ってほしい。確かに取引業者と間違えたし、やり手さんとうっかり呼んだ。でもそれだけだし。口説きとかじゃないし、食堂美味しいし」

「おう兄ちゃん、口説くつもりの女メシに誘ったら職場の食堂で昼飯のついでとかどうだよ」

「おー、笑ったほんと笑った……まあ、折れるね。俺は無理。あの人まじ強いよ」

立ち直った幸宏さんが、お茶を一息で飲み干して自分で新たに注いだ。礼くんはいとこ煮が気に入ったらしくておかわりしてる。試食用だからお鍋一杯分しかないので、テーブルにどんとお鍋ごとおいて各自適当によそってた。

料理長とも後で相談することになってるし、エルネスも気に入ったみたいだ。またメニューにいれてもらえるかなぁ。

「かぼちゃ美味しいよ和葉ちゃん」

「でしょー？　食堂美味しいよねー」

「ねー」

「いや、美味いけどね……口説く場所としてどうよって話でね……」

「普通に仕事の話だったじゃないですか。そりゃね？　私だって途中から、あれー？　とは思いましたけど、でもあれは、うーん、そう、引き抜きでしょ？　私が有能だから、引き抜くのに口説く体をとっただけじゃないですか。有能だから」

「二回言った」

「大事だったので。ま、まあ、それは冗談としてもですよ。万が一口説きであったとしても、ちゃんとそれは断ってる感じになってたでしょ？　私めっちゃ頭使いましたよ疲れましたよ」

一応最初に無礼な間違いもしたわけだし。その分角が立たないようにちゃんとしたしね。

「感じも何も滅多切りじゃん……。かなり笑った俺が言うのもなんだけど、少しかわいそうにも思えたぞ」

「僕、やり手の大人ってすごいなって思っちゃったよ……負けないんだもん」

「完敗だって言ってたじゃないですか」

「……えー」

「でもあんなにぐいぐい来られたら、私ならちょっと怖いかも……」

「あー、ぐいぐいっていうか、あの人最初会った時とちょっと印象違った、かも」

「そうなの？」

「うん、最初はもっと居心地のいいというか適度な距離感っていうかもっと話しやすかったですよ。すごいなって思いましたもん」

「へぇ。和葉ちゃん的にどうすごいと思ったの？」

むぅ。なんだろう。言葉にするのはちょっと難しいなぁ。適度な距離感とかそういうのって、幸宏さんのほうが敏感だと思う。

「あのねぇ、他の人はね、私が農作物や文化に興味があるとか調べて話振ってきたみたいなんですけど。あの人は、みんなのこととかを教えてって感じに話をしてきたの。んで、農作物に興味があるんじゃなくて、何かを探してるって気づいて小豆持ってきてた。だからやり手だなぁって。今日はちょっと違ったみたいですね。どうしたんでしょう」

「ほっほぉ……あー、なるほどねぇ。確かにそれは随分と……たらしだね」

「やだカズハ、あんたそれはわかったの？　ほんとに？」

「失敬だな。私空気読める女よ？」

「空気読めたら、なんでなのかもわかるだろうよ……」

「ザギルに言われたくない。ザギルに言われたくない」

「てめぇ……、まあ、焦ってがっついたんだろ。思ってた以上に獲物がでかいのに気づいてよ。確かに最初のうちはもうちょっと余裕かましていやがったしな」

ザギルはすごくご機嫌なのかまたにやにやしてる。悪人ヅラ凄い。

焦ってがっついたねぇ……、それだけ領の利益が予想以上に上がりそうだったってことなのかな。よい取引だったたってことか。

「ザギルさんって、本当に気配消すのうまいよね……最初からそんなにわかるくらいはりついてたんだ。忍者みたい」

「ニンジャ？　知らねぇけど、護衛なら当然だろ。表の護衛は騎士がいんだからよ……さすがに今日はちょっと気配消すの耐えられなくなって出てきたけどな」

「あ、お昼ご飯だったからじゃないんだ」

「お前……ほんと考えてんだか考えてないんだかはっきりしろや……」

「ザギルははっきりと常に失礼だね⁉」

「しかしそれでも友人枠の交渉してったしなぁ。すごいよ。俺だったらあそこから持ち直せない。ザザさん、あれきっと探してくるっすよ。そしたら友人枠の許可だすんすよねぇ？」

「条件はカズハさんにもち米を一番に探し出して見せたら、ですよね。そのうえでカズハさんが承認するなら出しますよ。一番に探せたら、ですけどね――くっ」

　すっかり持ち直してお茶飲んでたはずのザザさんが、また何かにツボったらしくて握りこぶしの手の甲を口にあてて顔をそむけた。な、なんだなんだ。

「ふはっ、無理だろうなぁ。さっき近衛が走ってったしよ」

「……ほんとお前、近衛の動きまで押さえてるとか腹立たしいのも限りないな」

　ザギルもそうだけど、近衛も近衛っていうより忍者みたいでいつどこにいるのかわからない。だけど、やっぱり同類なのかザギルにはわかるみたいだ。

　どうやったらわかるようになるんだろ。魔力感知なんだろうか。……私も魔力操作の訓練したらわかるようになるのかな。訓練意味ないってザギルには言われたけど、一時的なもんだっていうし。落ち着けば上達するようになるかなぁ。

「――カズハさん？」

「へ？」

「どうかしましたか？」

「いや、ちょっとぼーっとしちゃいました。頭使いすぎましたかね」

いかんいかん。今できないこと考えてもしょうがない。えへへと笑うと、ザザさんが少し首を傾げて話を続けてくれた。

「小豆ももち米も、おかしいと思ってたら要望出してなかったんですね？　てっきり専門の奴らが探せないくらい希少なんだと思ってました。欲しいものがあるならいつでも要望出してくれって前から話してるじゃないですか」

「いや、要望出してますよ。塩のにがりだってそうだし、研究所には保存用フィルム開発してもらったし。ただ、あるのがわかってるものとか、明らかにないけど作ってほしいものはお願いしますけど、あるのかないのかもわからないってものは探すの大変じゃないですか。研究所だって人手不足だし、どう活用できるかも未知数なわけですしって……なんでため息なんですかそこで」

「カズハ、ないことを知るってのも研究のうちなのよ？　そこはあんたが気にしなくていいわよ……まあ、人手不足は確かだけどね」

いやそれは一応研究者の娘として理解はしてるけどもさ……それとこれとは別じゃないかな。あくまで私個人の希望だし。

「まあ、もち米は管理部なり資料部なり適切なとこが結果をすぐ出しますよ。いくらやり手でも所詮個人の力です。負けはしません」

「え？　でも」

「近衛が走ったってことはそういうことです。もち米の詳細情報を報告に行ったんですよ。もう探せって指令でてますね間違いなく」

「えええええ？」

「カズハさんに尊敬する優秀な将と言われて、陛下が張り切らないわけないでしょう」

「ま、そうね。ふっ……トビアス氏もお気の毒に」

……なんかザギルはともかく、ザザさんもエルネスもちょっと変というか。同じようなことを感じたのか、翔太君とあやめさんも不思議そうにしてる。

「ザザさん、もしかして怒ってるの？」

「……そう見えますか？　ショウタ」

「うーん？　トビアスさんのこと嫌いなのかなってなんとなく」

「エルネスさんも、いつもなら和葉をもっと煽ってそうなのに……」

「別に私は怒ってないわよ。ただあの男はあの扱いで十分ね。ザザ、なんなのあれ。合コンの相手はみんなあんなんだったわけ？」

「……アヤメたちの相手はみんなまともに見えましたよ。でもカズハさんの相手については程度の差こそあれ軒並みいただけませんね。担当官にはもう苦情いれました」

え？　なにが……？

エルネスとザザさんのお眼鏡にかなわなかったってことなんだろか。え。パパ？　ママ？　どっちがパパ？　エルネス？

「ど、どうしたの二人とも……私別に誰にも嫌なことなんてされてないよ？　そりゃトビアスさんには少し戸惑ったこともないわけじゃないけど」

「……トビアス氏はちょっと途中から改めてたようだけどね」

「遅いですね。僕は見合い直後に苦情いれましたので。今日はカズハさんの小豆の件がありましたから対応しましたが、もう彼の扱いは縁談相手じゃありません。だから僕も近衛もついてたんです」

「あやめさん、私ちょっと話が見えないんだけどわかる？」

「え。わかんない」

「よかった。私だけじゃなかった……」

エルネスは前に言ったでしょうって顔で片眉をあげてみせた。

「──勇者に対して常に誠実であること。これが大前提よ。利用価値のあるモノとしてしか見ないなど言語道断。ましてや縁談という場を使ってるの。アヤメ、恋愛や結婚をしましょうと言ってきたはずの相手が、実はあなたを利用することしか考えていなくて恋愛感情は二の次だなんて許せる？」

「え、やだよそんなの。……そういうこと？　和葉の相手はそういう人たちばっかりだったの？」

「女性としてのカズハさんと親しくしたい、と。それは最初にあるのが当然です。縁談なんですから。あの男は自分で言っていたでしょう。勇者としてというのが先にきてたんですよ。僕が見たところ他の男もそうでした。……あの男は共通点を『あと一手が欲しい者』と言っていましたけど、何よりも野心のみが強い者と言うべきでしょうね」

あー、そっか。それで二人ともざまあみろみたいな顔してたんだ。『勇者に対して常に誠実であること』は、彼らの矜持でもあるものね……。言われてみれば納得だけど。そっかぁ……なんか気を使わせちゃって悪いなぁ。

というか、勇者じゃなきゃ私の相手なんて来るわけないじゃない。そんなので誠実さなんてはからないのにな。

「何よカズハ」

「や、なんか、私の思ってた縁談と違った。そんなの全然気にしないのに」

エルネスもザザさんも、揃って眉をしかめて首を傾げる。揃わなくても。

「縁談なんて利益求めてするものでしょと思ってたんで、別に恋愛二の次でも気にしないというか、まあそうよねーっていうか？　むしろ断るつもりなんだから気が楽なくらいで？　ていうか、やっぱりほらトビアスさんは領地の儲けのために私を引き抜こうとしてたってだけで、口説いてたわけじゃないでしょ？　合ってるじゃない。やだなぁもうみんな」

「やだ、ザザ、私どこから突っ込んだらいいのかしら」

「神官長が無理なら僕も無理ですね」

「えっと、和葉は平気なの？　利用しようとしかしない人とその」

「んー、私が欲しいものをくれるならそれもありだろうって思いますよ。利用したきゃすればいいんです。さっきも優秀な駒でいいって言ったじゃないですか。それと同じです。お互い納得してるならいい話でしょう？」

むしろ利用価値があるってんならそれもまた嬉しいといえば嬉しいし。勇者補正ありがたや。

「……まあそれはそうだしカズハがそうしたいってんならいいんだけど」

「したいわけじゃないよ。今幸せだから欲しいものないし」

「和葉ちゃん、じゃあ逆に恋愛結婚したいとかそういうのは」

「む？　私が？　……ちょっと想像つかないですね。現に見合いの相手はみんな利益優先だったじゃないですか」

みんなほんと何言ってんだ。

そしてみんななんでお前が何言ってんだって顔してんだ。

そんなの、当たり前じゃないか。

「っつぅことであれだろ？　氷壁、あのやり手殺しにいくんだろ？　俺にもやらせろ」

「「「何言ってんだお前」」」

「はあ？　そういう話じゃねぇのかよ」

「なんでそういう話にお前の中でなったのかわからんぞ」

「むかついたじゃねぇか、あいつ。お前だってさっき」

「それだけじゃ殺さないんだ。そろそろ覚えろお前は！」

「……くっそめんどくせぇ」

不貞腐れ顔でザギルは両足を投げだして天井を仰いだ。呆れ顔のザザさんは鼻を鳴らす。

「ザギル……あんたなんでむかついたの？」

「ああ？　いや、あんだけ笑わせてくれたからもうどうでもいいんだけどよ、あいつ俺を値踏みして威嚇しやがったからな。氷壁が殺すんなら俺だってついでにやったっていいだろ」

「そんなのしてた……？」

「お前にはわかんねぇよ。してたんだっつの。氷壁にもしてたぞ」

「……ザザさん？　そなの？」

「まあ、してましたね」

「えー、やだ私全然わかんなかった。空気読める女なのに」

「お前それ勘違いだからな。言っとくけど」

ほんとザギルに言われるの納得いかない。

もち米は毎日のように候補が資料部から届けられて、なんと四日目にはものすごく近いものが見つかった。教国の一地方で作られているらしくて、まとまった量と苗が一か月後には届くという。

ほんとにザザさんの言う通り素直にお願いすればよかった話だった。……結構図書館とか色々通って調べてたんだけどな。文字の壁厚い。というか、資料部が優秀すぎるのを私が舐めてたといえる。ごめんなさい。

そして当然のごとくやり手さん友人枠ゲットならず。

探し続けてたら可哀そうだから、一応お知らせと礼状を送ろうとしたら、城から報告出すから要らないと陛下に言われた。ザザさんとエルネスから同じこと言われてるところに、ひょいっと現れたのだ。後、頭ぽんぽんされた。なんで。

でもまあ、陛下に言われちゃしょうがないよね？

勇者陣パワーで、大量の携行用羊羹もでき、勿論保管用シーリングも完璧にこなした。リトさんたちの出発は明日になる。

だから今夜は礼くんの初めてのお泊りだ。礼くんの部屋の窓から見える距離にある騎士の宿舎ではあるけど、向こうにはザザさんもいるし、なんなら部屋にいつだって戻ってこれるからなんの心配もいらない。

私は久しぶりに自分の部屋に戻ってもいいんだけど、いつも一緒に寝てる礼くんの部屋にきて、やっぱりちょっと寂しいなぁなんて思いつつ寝た。

「――けほっ」

そして真夜中にまた目が覚めて、そのままトイレに駆け込んで吐いている。

多分悪夢を見た。全く覚えてない。

耳鳴りと頭痛がひどい。心臓も痛い。

吐くものがなくなってもえずきが止まらなくて胃が痛い。

なんなのなんでなんでなの

一人で眠れないのは私のほうじゃないか。なんて情けない。

部屋の空気が重たくて、息が苦しくて、広い部屋を恨めしく感じながらバルコニーまで這っていって、手すりのそばに積もっている雪に顔をうずめた。

うつぶせに寝転がったまま宿舎の方を見れば、明かりはいくつかしか灯ってない。どの部屋で礼くんは寝てるのかな。宿舎のベッドはシングルベッドだと聞いているけど、リトさんと一緒に寝てるとしたらぎゅうぎゅう詰めなんじゃないだろうか。それとも何人かで雑魚寝なのかな。

冷たさが頭をすっきりさせてくれたら、ベッドに戻らなきゃ。

風邪なんてひいたら心配かけちゃうし。勇者補正の身体が風邪ひくかどうかはわからないけど。

「てめぇ、何してんだ」

バルコニーの手すりの上にザギルがしゃがんでた。ザギルの部屋、隣なんだよね。うるさかっただろうか。声が、出ない。

「……ばっかじゃねぇの」

私を抱き上げて部屋に入ったザギルは、雪に濡れた貫頭衣を手際よく着せ替えてくれた。ああ、リコッタさんに裂いたシーツを巻き付けてくれた時の手つきだ。髪もふかふかのタオルで拭いてくれた。

「調律してやるから寝ろ」

こいつはきっと私が覚えていない悪夢を知っている。

悪夢の元は間違いなくあの古代遺跡でのことにある。それをこいつは目の前で見ていたから。

聞いたら教えてもらえるだろうか。思い出せば悪夢は消えるだろうか。

思い出すことで、悪夢が現実になったりはしないだろうか。

すっぽりと腕の中におさまれば、今度は朝までちゃんと眠れた。


死角に入り込んで踵落としと見せかけて、空中で体を倒して短剣を横薙ぐ。

軽く受け流されても、そのまま片手倒立からひねり蹴り。

躱された。

即座に張った障壁を踏み台に裏回し蹴りからの払い蹴り。全部躱され続ける。

重力魔法を駆使して、雪玉もあらゆる角度から降らせて、雪煙で視界を塞いで、ありえないはずの角度から狙っていってるのに。

「そこまで！」

「くそおおおお！　ザギルのばかあああ！　くやしいいいい！」

組手の時間制限三分をフルに使って、有効打どころか掠らせるのが精一杯だった。

礼くんが持って構えていてくれたダウンコートに飛び込んで着せてもらう。

「前は決められたのに！　落とせたのに！」

「へっ、二度もくらうか」

「……強いとは思ってたけど、これほどかよ。和葉ちゃん今かなり本気だったよな？」

「――三割くらいです」

「和葉……そんだけ悔しがってから張る見栄に意味あんの」

「ザギルさん！　次！　次僕！」

幸宏さんが啞然として、あやめさんが私に呆れ、翔太君が挑む。

訓練場で、ザギルに組手してもらっていた。

いつも私の魔力量を見張っているザギルが参加するのは初めてだったりする。

最近あやめさんは戦闘訓練自体に参加することは少なくて、私たちや団員の魔力を観察する訓練に集中している。研究の一環なんだそうだ。

以前にザギルがあやめさんに返すといった『借り』は、ザギルが三日に二時間、研究に協力するということで決着がついた。今日はその日で、エルネスとあやめさんとクラルさん、あと数人の研究員がじっとザギルの動きを注視している。

ザザさんの審判で、翔太君とザギルの組手がはじまった。

生きている蛇のように四方から飛びかかる鉄鎖と不意に現れる鉄球を、その筋肉量からは予想できない俊敏さと柔らかさで躱し続ける。ザギルが反撃することはない。三分間躱して受け流していくだけだ。掠らせもしない。

「そこまで！」

「くそおおおおおお！　ザギルさんのばかあああああ！　くやしいいいいい！」

翔太君が幸宏さんの胸に飛び込んだ。翔太君の頭をぽんぽんしながら、幸宏さんが眉を寄せる。

「ザギル、お前、コピーしてる？」

「コピー？」

「模倣。翔太には翔太の動きをコピーして、和葉ちゃんには和葉ちゃんの動きをコピーして合わせてる。……和葉ちゃんの動きはかなりトリッキーだから難しいはずなのに」

「それだけじゃなくて鏡合わせの模倣ですね。……お前ほんとにどこまで行っても腹立たしくないところがない」

ザザさんは苦そうなため息をつく。かがみあわせのもほう。

「へっ、存外やりにくいもんだろ。てめぇそっくりの動きなのに左右上下逆とくる。三分逃げ回るだけなら、広さと小細工があればなんとかならぁな。さすがに攻撃までは手が回らないし、時間無制限ならこうはいかないけどよ、それにしたってお前ら勇者補正に頼りすぎだ」

軽く弾んだ息を整えながら、魔乳石を一粒口に放り込んでる。アームレットを両腕に二本ずつつけるようにして、絶賛大量生産しているから食べ放題だ。

エルネスたちはぼそぼそと何か報告しあってた。

「念のために聞くけど、魔力、使ってるわよね？」

「使ってなきゃ石喰ってねぇよ」

エルネスの問いに、挑発的なにんまり顔で答えるザギル。

「使ってないように見えるの？」

「……元々ザギルの魔力は見えにくいのよ。こう、体にぴったりと薄く一枚布が巻き付いているような感じかしらね。普通魔力を使えば、私には色の濃淡や動きが見えるんだけどそれがほとんど確認できない」

「私は色じゃないけど、……ほとんどどころか全然わかんない」

「あやめさんにはどう見えるの？」

「んー、灰色で、形は人それぞれかな……翔太は蜘蛛の糸や蛹の糸みたいに身体の周りに渦巻いてるし、和葉は線香花火みたいな火花が散る。ザギルは粒がみっしり身体に張りついてる感じだけど、動かないの」

クラルさんをはじめ、他の研究員も似たように感じるらしい。

「魔力制御が完璧だってことなんでしょうね……なんなのほんとに」

「はっはっはあ、ケンキュウしてみろしてみろ見えるもんならなぁ」

「くっ……あんたが教えてくれればっ」

「知るかよ口でなんか説明できねぇしぃ」

魔力制御。習得が遅いものは花街を使ってでも身につけなくてはならないものなのに、私はその訓練すらも無駄だといわれている。

制御ができなければ、私はいつ魔力切れで倒れるかわからない。いくら高い攻撃力があろうが敵陣ど真ん中で倒れれば、足手まといにしかならないし、もしそうなったら騎士たちはたやすく自らの命を盾に使って助けようとするだろう。

私は自分の力を早く完全に制御したいのに。

続いて幸宏さんが挑んで、有効打とはいえないまでも腕に一撃入れたけど、そのまま引き倒された。大の字にひっくり返ったまま地団駄踏んで悔しがってる。

礼くんは、三分たつ前に剣を飛ばされてきょとんとしてた。鞘にはいったままのククリ刀がうねったと思ったらもう礼くんの手から顕現された剣が離れてたのだ。

「巻き上げ――っなんでザギルがそれすんだよ！」

「お前がこないだやってただろうよ。騎士相手によ」

「ねえ！　今のかっこいい！　ザギルねえぼくにも教えてそれ教えて！」

「兄ちゃんに習え」

「今は礼相手なんだから礼のコピーじゃなかったのかよ！」

「だぁれがそれ決めたんだぁ？　俺ァ、必ずそれで相手するなんて言ってねぇぞ？　あん？」

「えー、今のザギルのがかっこよかったもん。ザギルが教えてよ」

「ぐがあああああああ！」

十八番《おはこ》らしいその剣道の技を、以前騎士に教えていたのを見ていたそうで……幸宏さん、更に大暴れだ。何気に礼くんがトドメ刺してる。

「ねえ、ザギル、誰のでもコピーできるの？」

「一度見りゃ大体な」

魔乳石を二粒口に含むザギルの息はもう落ち着いてきている。

「モルダモーデは？」

「ああ？　ありゃ化けもんだ。上っ面くらいならなぞれるけどよ。劣化版にもほどがあっから訓練にはなんねぇぞ」

「それでよろしく」


ワルツのようなモルダモーデのステップは右に左に、風に吹かれる木の葉みたいに上半身をそよがせる。本人の軽薄さを体現するようなその動き。

追っても、追っても届かない。

先回りしたくとも、次にどこにくるのか予想できない。

揶揄うように、嘲るように、誘うように、目前に現れては次の瞬間気配ごと消える。

早く、強くならなくては。

誰にも庇われることにないように。

ザザさんやザギルの背中を見ながら何もできないなんてことがもうないように。

力を持たないのなら、別の方法なりを探すけれど。

力があるのに使いこなせないなど怠惰にすぎる。

もっと早く。


硬く均された雪の地面が、弾丸を撃ち込まれたかのように弾ける。

ふくらはぎにパリパリと紫電が走り始めるのを感じた。

何枚もの鏡合わせをつくるがごとくに障壁を張り巡らせて、死角を狙って跳び駆ける。

劣化版だというのに、モルダモーデより筋肉があって的も大きいはずのザギルを捉えられない。


礼くんがリトさんたちを交互に抱きしめて涙目で見送った日から、いつもと変わらず一緒に寝ている。

そろそろ一人で寝ようかなんて思い浮かんでもいない礼くんだけど、もしかしたら本当は私のほうが危ういのだと無意識にでも感じているのかもしれない。

私がうなされていても自分がそばにいれば落ち着くから大丈夫みたいだと、礼くんはそうエルネスに言っていたのだから。

もっと重く。

指先に紫電が散る。

辺りに直径一メートルほどのクレーターが鈍い音とともにいくつも現れる。

透明な球体を圧しつけられたようなそれは次々と、飛び跳ねるザギルがいた場所を抉っていく。


飛び立とうとする鳥を押さえつけるかのような行為は依存と同じ。

私から巣立つ礼くんを歓びをもって見送りたい気持ちに嘘はないのに、まだこの子を抱えていたいとしがみつこうとする私がいる。

そんなものは毒と同じだ。呪いと同じだ。いつか愛しい子を自分で蝕んでしまう。

そんなものは許さない。そんなものになりたくはない。

私がなりたいのはそんな姿じゃない。


もっと高く。

回り込み、死角をくぐり、頭上をとる。

「カズハ！」

「和葉ちゃん！」

鼻先を走っていった魔力矢と眼前に展開された障壁。

――邪魔。

咆哮が喉を震わせれば粉となるほどに砕けたけれど、その向こうにもうザギルの姿も気配もない
――

「おし、終了」

「んなああああああ!?」

肩と首の付け根に突如生じた違和感が全身に鳥肌を泡立たせて硬直した。

「なっなっんなっ！　ちょ！　やめ！　あっあはっあはははっうわあああんごめん、ごめなさんがあああいやあああああ！」

がっしりと背後から抱きすくめられて身動きのとれない私の首元に、ザギルが顔を埋めてる。いや、喰われてる！　かじられてる！

「いやあああ！　首やめ！　首駄目っな、舐め、にぎゃああああ！」

「ほお。首が弱点、と。てめぇ覚えてろよ――坊主、このバカ抱えてろ」

ぽんと雑に放り投げられた私を、礼くんが慌てて抱き留めてくれた。

駆け寄ってきたザザさんは、額にかかった髪をかきあげてくれて、金色の瞳で覗き込んでくる。

「か、和葉ちゃん、大丈夫？　減ってない？　首減ってない？」

「――大丈夫、ですね？」

「……うっうっう、なんか、色々喰われた……」

「和葉ちゃん、首くすぐったいんだもんね……」

よしよしと礼くんが頭を撫でてくれる。天使。ほんと天使。

「下限まで喰ったからな。お前今日はもう魔力禁止だ。おう兄ちゃん助かったわ」

幸宏さんの魔力矢が、私を一瞬足止めしたおかげで背後をとれたとザギルが幸宏さんに言い、幸宏さんは手を振って応えた。

「いやー、びびったよ。どうしたの和葉ちゃんアツくなった？」

「く、くやしいのぉくやしいのぉ」

「お、おう」

「――カズハさん？」

真正面から捉えようとする金の瞳を見返すことができなくて、噛まれた首をさするふりして俯いた。

これはない。これは、ちょっと顔を合わせられない。訓練で我を見失うだなんて情けない。

「ザギル？　障壁を出した僕に礼はないのか？」

「……いや別になくてもいけたしよ」

「ほお？　……神官長、まだ予定時間余ってますよね」

「ええ、まだあるわよ」

「じゃあ次は僕が相手しましょう。僕相手ならザギルも攻撃する余裕あるでしょうし」

「はあ!?　てっめ、んな立て続けにやってられっか」

鞘からロングソードを抜いて払うザザさんが微笑んだ。

「カズハさんから魔力補給しただろう？　ああ、そうか。無駄な筋肉は重いからな。持久力に問題があったか」

「あぁ？」

ザザさんとザギルの激しい剣戟は、三分の間みっちりと勇者陣の目を奪い、エルネス達研究者陣の固唾をのませ、集まってきた団員を湧き立たせ。

私は全力ではしゃいだ笑顔をつくりつづけていた。

勇者付は特権だそうです多分パフェとかプリンアラモードとかのこと

騎士に女性は少ない。制限があるわけではなく、希望者が少ないそうだ。特にザザさんの率いる国内の魔物討伐、北の国境線防衛を管轄する第二騎士団にはほとんどいない。近衛騎士団にも、王都や王城警備を管轄する他の騎士団にもザザさんのところよりは多いけれど、やはり少ない。魔法があるこの世界では総合的な戦闘力に性差はさほど出てこない。ただ、魔法による戦闘力をのぞけば、やはり身体能力で女性は平均的に一歩及ばないのは確かだ。その代わりエルネスが管轄する神兵団は魔法使い集団のためか逆に女性が多いと聞いている。

希望者が少ないのは、単純に遠征が多く、さらに配置換えで国内を転々とするせいらしい。むさいからに決まってんでしょってエルネスは言ってたけど。

以前リトさんが夜間の警備巡回をしていたのは、私たち勇者陣の暮らす棟だったから。本来王城の警備は、それを管轄する騎士団が他にちゃんとある。ザザさんの騎士団に所属する全員が勇者付では勿論ないけれど、勇者たちの生活圏の警備は第二騎士団で別途担当していた。

だから今まで私たちの身近にいる騎士は全員男性だったのだ。

そしてリトさんたちの後任として配属されてきた騎士たちには、その数少ない女性が数人いる。

今回の大規模編成変更は、新人育成強化の目的もはいっていたらしく、本来エリート中のエリートであるザザ騎士団長直属の隊にも新人が配属され、その中に彼女たちがいた。

ザザさんの直属隊だからといっても勇者付ではないのだけど。

「――何してんの？」

「……髪をいじられてます」

すでに本日の魔力禁止が出てしまった私は、大人しくみんながおやつの時間に帰ってくるのを食堂で待っていた。料理も禁止されてるから本読んだりとかテーブル拭いたりとかして。

そうしたら件の女性騎士二人と、彼女らと同じ班らしい男性騎士二名が寄ってきて、何故か私の髪をいじりだしたのだ。いやなんでそうなったのかほんとうによくわからない。おやつにきたあやめさんから聞かれてもまったくもって説明できない。

食事する場所である食堂で髪をいじるとかちょっと駄目だろと思うんだけど、彼女たちは全然気にしてくれなかった。

プリンと果物をとって同じテーブルについたあやめさんへ挨拶する新人騎士四名は、実に快活で朗らかだ。

「私たち担当巡回が終わって休憩時間なんです。そうしたらカズハさまがテーブル拭いてるんですもの。お止めして、で、御髪も乱れてたので少し整えさせていただいてるんです。綺麗な黒髪ですよねぇ。以前から触らせてもらいたかったんです」

女性騎士のミラルダさんは熱魔法を少し使っているのか、丹念に梳いてくれている髪は艶が出てきている。いつまでやるんだろう……。

「……そ、そう。和葉あんた大人しくしてろって言われてなかった？」

「大人しくテーブル拭いてたんですよ」

「ザギルに怒られなきゃいいけどね」

「えー……、魔力使ってなきゃ怒られませんて」

「私が出てくる時、ザザさんやエルネスさんと話してたけど、きっともうすぐ戻ってくるよ。――いただきます」

「そのイタダキマスって、勇者様たちの世界での食前の挨拶なんですよね？　こっちの団員みんなが使っていて最初驚きました」

「世界でっていうか、私たちの国での挨拶ですね」

こちらでは御馳走様という食後の挨拶はあっても、食前の挨拶という習慣がなかった。だけどいつの間にかみんな使うようになってたのだ。……なんか髪まとめられはじめたぞ。何するんだ。

「カズハさまもいかがですか。これ、すごく美味しいですよ。どうぞ」

男性騎士のグレイさんが差し出したのは、カウンターにいつも置いてあるブラウニー。そうですか。美味しいですか。よかったです。

「あ、はい。ありがとございます」

あやめさんがすごく反応に困ったような微妙な顔をしている。うん。そうね。わかる。

「ここに配属されて驚いたことのうちのひとつが食堂なんです。すごく美味しいし種類も多いですよね。さすが王城だと感動しました。ずっと配属希望出し続けてたんですけどここまですごいなんて」

「ねぇ、憧れの団長の隊ってだけでも夢のようなのに、食事にお風呂、豪華すぎる！」

もう一人の男性騎士ディンさんと、女性騎士のベラさんも続く。源泉から湯を引く大浴場はまだ完成していない。露天風呂のほうのことだろう。

「あ、やっぱりザザさん憧れの的なんですね」

「そりゃあそうですよ！　私たちみんな団長に憧れて金翼騎士団希望してたんですもん！」

金翼っていうのはザザさんの率いる騎士団の別称だ。でもザザさん自身が金翼と呼んでるのは聞いたことない。第二騎士団って言ってる。

できましたよ、とミラルダさんが艶やかな紅をひいた唇で綺麗な微笑みをつくって鏡を差し出してくれた。

……ツインテールときたかぁ。しかもめちゃくちゃ耳の上の高いところに。いやね？　私の外見年齢では確かに普通といえば普通の髪型ですけどね？

しかもどっから出してきたのかベビーピンクのサテン生地のような幅広いリボンまでつけられている。

「えっと、このリボン、は」

「差し上げます。是非受け取ってください。こちらに来て驚いたのはカズハ様やアヤメ様に侍女がついていなかったこともなんです。身の回りのお世話をする者もつけないなんて。憧れの配属でしたけど、こればかりは男性だけだと駄目ですねっ」

「え、いや、メイドさんにお世話していただいてますよ？　ねえ？　あやめさん」

「うん。困ってないですね」

「侍女とメイドは違います。お二人とも身分の高い女性なのですから、身支度や身の回りのお世話専門の教育を受けた者がつかなくては」

「ああ、確かに最初の頃につけていただいてましたね。でも、身分が高いといっても……」

「う、うん……私たち自分で自分のことできますし。舞踏会とか正式な場に出る時はエルネスさんが助けてくれるものね……」

そもそも私はジャージやらだし、あやめさんは自分好みのデザインを伝えてつくってもらっている。私たちの感覚で好みの服というのは手伝いの必要がない服なわけで。

そりゃ中世ヨーロッパ風の文化なので、貴族層の女性が普段着る服や日常の過ごし方ならば侍女は必要だろうけど、私たちの日常は訓練や研究がほとんどを占める。……正直びっちりそばにいられるのも息が詰まるだけでして。

必要がないからすぐに断ったのだと言っても、ミラルダさんは納得のいかない顔のままだった。

「でも、やっぱり女性ならではの視点って必要じゃないですかっ。せっかくこうして配属になったんです。私たちがもうカズハ様にもアヤメ様にも不自由はさせませんからっ」

あ、これめんどくさいやつだ。女性ならではとか自分で言っちゃうあれだ。あやめさんを窺うと、ほんっとうにものすごく微妙な顔をまるで隠していない。

そして私の頭の上のリボンをみて「女性ならでは……」とつぶやく。腹パンされたみたいにぐふぉってなりそうになった。やめて。ツライ。

「カズハ様、すごくお似合いで愛らしいですよ。ミラルダはずっとカズハ様を着飾りたいと騒いでたんです」

「ちょっと、グレイやめてよ。でもやっぱり女の子ですもの。本当はこういうのお好きですよね？しかも勇者様に下働きのような恰好や仕事をさせて放ってなんかおけませんよ」

得意気なミラルダさんに、どこから突っ込んでいいのかわからない。女の子って。下働きのようなって。させてって。下働きってとこであやめさんが顔をそむけて肩を震わせた。いいじゃないか！　ジャージ楽だし！　動きやすい服いいじゃないか！

「……なんでお前そんな頭してんだ。またけったいなこと企んでんのか」

「出会い頭に言いがかりつけないでいただきたい！　おかえりなさいザザさん」

ザザさんとザギルが連れ立って食堂にはいってきた。ミラルダさんたちが一斉に立ち上がって礼をとる。顔つきがきらっきらだ。憧れだもんね。

エルネスがおやつの時間に食堂へ来ることはあまりない。今日はザギルの協力日だったし、多分いつもより忙しいだろう。

「ただいま戻りました。……レイたちはまだですか？」

リボンに一瞬だけ目をとめたザザさんの華麗なるスルーが入りました。隙のない紳士なはずなのに！

「翔太君は楽団で、礼くんはお勉強、幸宏さんは……何してるでしょうね。でももうすぐ戻るんじゃないでしょうか。プリンですし」

あやめさんの皿にあるプリンを見て、ザザさんの目が緩んだ。ザザさんもプリン好きだもんね。

「よかったらプリンアラモードにしますよ。あやめさんはちっちゃいチョコパフェつくりましょうか」

「あ、うれしいです。ありがとうございます」

「やったー」

「俺両方喰う。でかいやつな」

「はいはい――えっと、みなさんはどうします？」

「お前ら、休憩時間はそろそろ終了じゃないのか」

「は、はいっ失礼します！」

新人騎士四人に振ると、ザザさんが団長の声で退席を促した。

「別にかまわなかったのに」

「勇者付は特権です。新人なんぞ甘やかさなくていいんですよ――すみません。あいつらちょっと浮足立ってるようなんで指導しておきます」

退室する彼らを見送ったあと、ちょっとザザさんは憮然とした顔をしていた。ザギルが私の頭のリボンをしゅるりとほどくと、髪も一緒におりてくる。しばっていた紐が切れて膝に落ちた。

「え？　あれ？　あ！　何も紐まで切らなくても！」

「ふん。おう、姉ちゃん、こいつの髪結んだのどっちの女だ」

「……お前、女性の髪を気軽に触るな」

「ミラルダさん。赤毛の方」

ザギルは私の髪を手で梳きながら整えてくれる。ザザさんの注意は耳に入っていないようだ。いつもだけど。

「へぇ。氷壁、あの新入りどもこいつに近寄らせんな」

「指導はするが……何かあるのか」

「気に入らねぇ」

「あれでも一応優秀者として配属されている。お前の好みなど知らん。だが、そうだな。考慮しよう」

「え、えっと？　別に怒ってないよ？」

「お前は関係ねぇんだよ。おら、さっさとつくってこい」

ぱんと軽く後頭部を叩かれて追いやられた。何故今の流れで私関係ないんだ。


あの四人は、着任当日に廊下ですれ違った私を、宿舎に住む使用人の子どもだと思って追い出そうとした。ここは勇者様の住む場所だからと言って。

平謝りしてたし、後で色々勇者陣のことは教えられているはずだし、私の実年齢も知ってるはずなのだけど。何か、こう、距離感がおかしいというか。妙な子ども扱いが抜けないというか……。

「あの人たち、っていうか、ミラルダさん、私もやだ……ザギルと一緒なのも嫌だけど」

チョコパフェをつつきながらあやめさんがぽつりとこぼした。

むぅ？　普段からきつめの発言が多いけど、こんな風な言い方は珍しい。それにどちらかといえばこの手のことは直接本人に言うタイプだ。

「どうしたんです？　あやめさん。そんなこと言うなんて珍しい」

「まさかアヤメにも何か無礼なことしたんですか」

「もっていうか、私もさほど無礼なことはされてないですよ」

「ううん。そういうんじゃないんだけど、……なんか嫌なの。何もしてないし好意的なのはわかるから悪いんだけど」

口を少し尖らせて、もごもご何か言い続けてる。どうしたどうした。つんつん腕つついて促してみる。

「……なんで和葉にあんなだっさいリボンつけてドヤ顔してんの。全然似合ってなかった」

「お、おう。そこでしたか……あやめさんおしゃれだしセンスいいものね」

「和葉の服のこと下働きみたいだっていうし」

「あなたそれ笑ってたじゃないですか見てましたよ」

「だってちょっと面白かったんだもん！　でもやっぱり嫌なの！」

「そ、そう」

「てか！　なんで和葉が怒んないの！　おかしいでしょ！」

「えっ私!?」

「うー……ばかずは！」

ザギルがぶはっとパフェのクリーム吹き出して私の顔にまで飛んできた。

「ごちそうさまでした！　おいしかった！」

「あ、はい。お粗末様でした」

トレイを下膳口へと片づけて、あやめさんはぷりぷりしながら出ていった。あれ？　私なんで怒られたの……？

あやめさんと入れ替わりで戻ってきた幸宏さんは、プリンアラモードとチョコパフェを食べ終わってごちそうさまでしたと両手をあわせた。翔太君と礼くんはパフェを食べ終わってプリンアラモードにとりかかっている。

「あー、それでなんかあやめ変な顔してたのか」

勇者陣は消費エネルギーが多いのか、かなり食べる。みんな前はそんなことなかったというのでやっぱり勇者補正のせいなんだろう。そりゃ常人よりはるかに多い運動量をけろっとこなすんだから当然だよね。

「……赤毛のって、和葉ちゃん、新しく来たあの人たちのこと？　こないだ和葉ちゃんを連れてこうとした」

「なんですかそれ。聞いてないですよ」

「あ、あー、えっと、まあ、そうですね」

「和葉ちゃんは言うなってていったけど、あの人たちまだそんなのなの。そりゃあやめちゃんだって怒るよ」

「えっ翔太君なんで私が怒られたかわかるの!?」

私につけられたリボンがださかったのが気に入らなかったみたいだとしか今話してないのに。翔太君もあやめさんのようにプリンアラモードをちょっとつついた。

「ショウタ、詳しく」

「あの人たち、着任した時に僕らの部屋の近くで和葉ちゃんのこと迷子だと勘違いして、抱き上げて連れてこうとしたんだよ。僕がたまたま通りかかったから説明したけど」

「……なんですって？　カズハさんどういうことです」

「いや……まあ、ちょっと迷子扱いされたのは恥ずかしかったので」

「抱き上げてってなぁどういうことだ」

「未遂未遂。しようとしたってだけだよ。翔太君が止めてくれたし」

「小僧、男二人いたぞ。どっちだ。あと何時くらいだ」

「くせ毛の茶髪。うーん、二時くらいかな。抱き上げてたじゃん。僕びっくりしたんだもん。説明したらすごく謝ってたけどさ、もう和葉ちゃんのこと知ってるのになんでまだそんな子ども扱いすんの」

「俺が巡回してたくれぇの時間だな。くせ毛の茶髪の方か」

「んと、女性同士は結構髪いじりあったりしますし、そこまで子ども扱いってわけでもないですよ。

大丈夫」

「ツインテールなのに？　頼んでないのに勝手にしたんでしょ？　……まだ友達じゃないのに」

「まあ、あやめが怒ったのもそのあたりだろうなぁ……つーか、和葉ちゃんそれ他にもあるんじゃないの。リボンのことしか言ってないけど、あやめがそれだけでそこまで怒るかな」

幸宏さんが、あやめさんみたいに口尖らせてる翔太君の頭をぽんぽんした。ふむ……まだ友達じゃないのにってことは私に馴れ馴れしいのが気に入らなかったってことか、な？　やだほんとあの子かわいい。翔太君もかわいい。

「下働き女みてぇだって言ったんだっけ？　まあそう見えるだろうけどよ」

「違いますー。服装がそう見えるってだけですー」

テーブル拭いてたことは黙っておこう、かな？　えーでもどうしよう。

「……カズハさん、最初から詳しくお願いします。あいつらが言ったことやったことひとつひとつ」

「えー……いやほんと大したこと」

「カズハさん、団の規律の問題なので。セト、ちょっとこっち来い」

厳しい突っ込みを受けつつ、私が一通り話した後、ザザさんは頭痛をこらえるように両のこめかみを片手で押さえてセトさんに聞いた。

「セト、あいつらはゲランド砦からの推薦だったか」

ゲランド砦、王都より西側で帝国との国境線沿いにあるところだった、ような気がする。

「はい。……着任からこちら特に問題はありませんが」

「何かあるのか」

「指導役が少し言葉を濁していましたね。あとその着任日ですが時間から言って登城後、着任式前でしょう。宿舎で待機を命じられていたはずです。当人たちからの報告は勿論ありません」

「指導役はスルガか。口数は多くないが……珍しいな。後で僕の部屋に呼べ。それからゲランドへ監査役を送る準備を始めろ」

「すでに調整を始めさせています。一時間後には出発可能です」

「よし、ではそのまま出発させろ。呰ごとたるんでるならついでに再教育させてこい」

セトさんが礼をとってどこかへ向かっていった。

「ザザさん？　そこまで大ごと、だった？」

「――ゲランドは魔物発生も多くなく、豊かな地域です。帝国側も同じく安定して豊かなため……環境がぬるいんですよ。他の地域より。あいつらは地元出身でそのまま採用され、今回が初めての異動です。僕の直下にそこまでの新人が入ることは今までなかったんですが、新人教育名目で呰の推薦もあったものですから」

「さあっおっどりっましょ！　へい！」

「ザザさんにすごく憧れてて配属希望出し続けてたって言ってた」

「それで女性ならではとか自分で言っちゃうのかー。いやあ、悪いけど俺なら下に置きたくないなあ。他の男二人もそれおかしいと思ってないんでしょ？」

「らーんららんららんらんらんらっ」

ザザさんは幸宏さんに苦笑いで答えた。確かに私もそのタイプはめんどくさいなと思うけど、二人とも苦手なんだろうか。

「……坊主、それなんだ組手か」

「アルプス一万尺！　らーんららんららんらんらっ」

ぱぱぱぱぱんっと礼くんと高速アルプス一万尺。めちゃくちゃ速い勇者補正だ。最近凝ってるんだよね。礼くん。小槍じゃなくて子ヤギで歌うこだわり。槍だと痛いもん変だよって言い張ってる。槍じゃないし子ヤギも変だよ。

「おーはなばったけーでひっるねをすーれば」

「お二人とも、そういうタイプで痛い目にでも？」

「直接はないけど、まあ、他の部隊でね。はたから見てるだけで勘弁してくれよって思うだろうなとは思ってた。俺は女の子大好きだけど、仕事には持ち込まないし」

「ちょーちょがとんできってきっすをする！」

「へい！　なるほどー。ああ、そうですよね。こっちは持ち込んでないのに持ち込んでくるとか」

「性差による特性の有利ってこともないわけじゃないですが、すべては騎士としての土台があってこそです。未熟なのに特権意識など邪魔にしかならない――カズハさん、よくその高速組手しながら普通に話せますね」

「昔取った杵柄ですね。身体に刻み込まれてます」

「なーぜにぼっくだっけひとりぼち！　らーんらららんらららんらららんら」

「小僧と兄ちゃんもこれできんのか」

「いや……ガキの頃は女子と遊んだと思うけど、もう忘れたな」

「僕も女子がやってるのは見てたけど自分でしたことはないかな……」

「らーんららんらんらんらんらんらんらんらんらんら！　翔太君にも教えてあげよっか！」

やりきった感を満面に出す礼くん。九番までしか歌えない。でも九番まで知ってるのもすごいかもしれない。私は四番までだった。ほんとは二十番以上あるんだよね……。

「う、ううん。僕はいいや……」

「ルディだってできるのに。リトさんだってできたよ。お泊りした時一緒にしたの」

「む」

「リトさんはともかくルディ王子にその高速組手しかけてんのか……？」

「手加減してあげてるもん。翔太君にもちゃんと手加減したげるよ」

「いらないよ！　ちょっと教えなよ！　一回で覚えるから！」


結局、新人騎士四人は班を解体して、それぞれ別の班へ編入、再教育となったらしい。巡回してる姿を見かけはするけど、前から在籍しているベテラン騎士が一緒にいるからか、こちらに近寄ってはこない。

けど、食堂では当然普通に顔を合わせる。で、期待するかのような目でいただきますと言われる……。なんなんだろうな。一体。実害ないからいいけども。

あの後、あやめさんの頭撫でてお礼を言ったら、ばかずは連呼してた。でも怒りはとけたようでよかった。

過剰反応にも思えるけど、多分私が愛されてるってことなんだろうなぁ。自分じゃ別に腹も立ってなかったからぴんとこないけれども、ありがたい話だ。

騎士団の対応は、ザザさんの判断なんだからきっと必要なことなのに違いない。私がどういうことでもないいし、いう気もない。


夕食の片づけと翌朝の食事の仕込みが終わって厨房から出ると、ザギルと幸宏さんがお酒飲んでた。おつまみもちゃんとあるね。ナッツと果物。

「おつかれー」

「ありがと。私も一杯欲しいー」

「お。珍しいね。飲みな飲みな」

コップを持って寄っていくと幸宏さんが瓶から蒸留酒を注いでくれる。ぷはー。

「坊主は今日泊まりなんだったか」

「うん。ルディ王子のとこ。ゲームとかして遊ぶんだって」

「ふぅん。んじゃあ城下まで飲みに出るか」

「へっ!?」

「あー、たまにはいいかもなぁって、そういえば和葉ちゃんってほとんど城下行かないよね」

「幸宏さんが気軽に下りすぎなんですよ」

幸宏さんは騎士の振りしてちょいちょい城下で遊んでる。勿論若い騎士も護衛についているけど、一緒に飲んでるし実質仲良い騎士たちとの飲み会のようなものだ。あやめさんや翔太君も買い物に出たりはするけど、夜は出歩かない。

「ちょっと付き合う奴いるか誘ってくる」

「護衛なら俺がいんだからいいだろよ」

「そういうわけにいかないだろ。勝手に俺らいなくなったら大騒ぎだっつの」

「めんどくせぇ。おら、お前さっさと支度してこい」

あれ。決定か。飲みに行くの決定か。わぁ、もしかしてこっちに来てお店へ飲みに行くのなんて初めてだなぁ……前の世界もいれたら何年ぶりになるだろう。十年じゃ、きかないかも?

「……支度?」

「てめぇ、まさかそのジャージとエプロンで行くつもりか?」

「ですよね」

「あれ着ろ。あれ。紺色の。姉ちゃんが着ろっていってたやつ」

「あっはい」

……ザギル、お前私の箪笥の中もまさか把握しているのか？

紺色のひざ丈ワンピースにロングブーツ、フードつきのショートマントに髪を編み込みなおして、ほんのちょっと化粧して。それから食堂に戻るとザザさんとセトさんがいた。

「あれ。ついてきてくれるのってザザさんとセトさん？」

「騎士のふりできる幸宏ならともかく、女性連れていくのに若いのなんて使いませんよ」

「別に俺いるからいいっつのに」

「めちゃめちゃＶＩＰだ！　ありがとう！」

「……その服、初めて見ますね。お似合いです」

「えへへ。あやめさんがね、私用にデザインしてくれたの。今来る時にも見せてきました。ばっちり許可おりましたよ！」

「許可って」

褒められて嬉しいので存分にドヤ顔をした。

ワンピースはベロア生地でボートネックには同色のレース。ぴったりとした胸元から下はきれいに広がるＡラインだ。背伸びしてるようでもなく落ち着いて上品。ショートマントは銀鼠色でもこもこあったかい。

さあ行こうか、どこのお店にしようかなんて廊下に出ようとした時、ミラルダさんとグレイさんに鉢合わせした。

すぐに脇に控えて礼をとった二人の前を、ザザさんたちは目もくれないで通り過ぎる。

「——あのっ」

「……なんだ」

私に声をかけられたっぽいから振り返ったんだけど、その前にザザさんが間にはいった。

「城下に行かれるとお聞きしました。差し出がましいのですが、カズハさまの装いは少し大人びすぎてはいないでしょうか」

「……再教育が全く効果ないようだな」

「しかし夜の街におりるのに幼すぎる外見でその上そんな足までだしてはしたない」

あー、こっちの貴族層の女性は基本的に足出さないんだよね。夜は特に。と、いうかですね？

「黙って下がれ。カズハさんすみま」

ずいっとザザさんの前に出ますよ。さすがにね。私もね。

「ミラルダさんならどんな服装を提案してくれるんですか？」

「——それは勿論、カズハさまにふさわしく、ああ、そうですね色白でいらっしゃるし淡いお色のロングドレスとか」

「だっさ！」

「え」

「私あんまり淡い色似合わないんですよね」

顔薄いからね！　余計存在が薄くなるんだよね！

「あのですね、お聞きでしょう？　私は大人なんです。なんならミラルダさんの倍生きてます。一人前の女性が何故請うてもいないのに装いを口出しされなくてはならないんです？　女性ならではと以前おっしゃっていましたが、私から見るとあなたの振る舞いは大人としてあまりに慎みがない。そんなくだらないことより騎士として、きちんと上司の指示に従って精進してください。何故そんなに構いたがるのかわかりませんが非常に迷惑で不愉快です」

　嚙まずに言えた！　私だってね！　あやめさんが私のためにつくってくれた服けなされたら怒りますよそりゃ！


　薄暗い照明、重厚な調度品と落ち着いた寄木造の壁がいかにもエライ人の通うような感じの店だ。城ともまた違う夜のお店らしい華やかさと心地よい怪しさ。

　ふっかふかのソファにいい男侍らせて、いいお酒飲んでるとかもうほんとどうよこれ。

「やー、笑ったよね。和葉ちゃんをあんなに怒らせるなんてついぞないイベントじゃない？」

「褒めてくれていいですよ。あの長口上を全く嚙まずに言えたってすごくないですか」

「そこかよ」

「ほんっとうに申し訳ないです……」

　また頭を下げるザザさんとそれに追随するセトさん。管理職って大変だな……。

「ザザさんとセトさんのせいじゃないですって。やーめーてー。こんないい男達に頭下げさせてる女児とか怪しすぎます」

「いやぁ……正直参ります。なんなんでしょうね」

「全くです」

「お二人を参らせるとは、ある意味やりますよね。あの新人たち。まあまあ飲みましょう飲んでください」

「あの女、俺に噛みついてきやがったしなぁ。根性はあるかもな」

「え。ザギルに!? 噛みつくって物理的に!?」

「いや物理的にってねぇだろ。何言ってんだお前」

「わぁ。ザギルに言われるとか」

ザギルはまたあのにやにや笑いでナッツを口に放りこんだ。

「お前いつの間に」

「俺からじゃねぇよ。なんか食堂でこいつをつまみ食いしてるとこ見たらしくてよ」

「だからお前それやる必要ないって言ってるだろう」

「目の前にあんだから喰うだろうが。そしたら俺一人になった時いちゃもんつけてきやがった」

「これぱかりはいちゃもんとも言い切れない気がするがな」

「しかし、ザギルにも不干渉でいろと命令済みですよ……」

「だな……で、どうしたんだお前が黙ってるわけないだろう」

「人聞きわりぃな。髪の毛ひっつかんで壁に叩きつけてやっただけだ。あと目の前であのリボン燃やしてやった」

「「うわぁ……」」

思わず引いちゃう幸宏さんと私を見て、また笑みを深くするザギル。ほんっと悪人ヅラどころか悪人そのままだ。魔王か？　魔王なのか？

「女にも容赦ないのな……」

「あんな不味そうな女興味ねぇわ」

「不味そうって見た目でわかるの？　美人さんだよね。彼女」

「薄い上に生臭そうだ」

「「うわぁ」」

ミラルダさんは美人だ。赤い巻き毛をふわふわとなびかせ、姿勢も綺麗で颯爽としている。本当に魔力の味だけが基準なのか……。私のが美味しくて、エルネスのも美味しいけどもたれるって言うし、そういうことなんだろうなぁ。

「つぅか、そこまでされてさっきのあれって、なんであんなに和葉ちゃんに執着してるんすか」

「わからないんですよね。一応精神的な検査もしたんですが異常はなくて」

セトさんの言葉に驚いた。そこまで!?

「ありゃ本人の性質だろ。氷壁に似合いなんじゃねぇか？」

「何言ってんだお前言うにことかいて！」

ものっすごく嫌そうにザザさんが叫んで、さほど混んでいない店内の注目を集めた。慌てて咳払いするザザさんのグラスにお酒を注いであげる。そうかそうかそんなに嫌か。

「す、すみません。あまりのことに動揺しました……」

「だってあの女お前狙いだしよ。あの女ならあれだぞ。遠征だろうとなんだろうとどこでもついてくっから手紙いらねぇぞ」

「お前本気でやめろ怖気がする」

「女性に紳士なザザさんがそれほどまでに……」

「カズハさん、誤解があるようですけど、僕そんなに誰にでも紳士なわけではないですよ。そりゃ騎士としての礼儀は払いますけど」

「仮にそうだとしたらもっとご縁もつないでたでしょうにね……」

「セト？　もうやめてくれ？　な？」

「はいはいはいはいはいはい！　じゃあみんなで好みのタイプいってみようか！」

幸宏さんが手を挙げてのりだした。わぁ。あれか。これがうわさの合コンノリか！　さすがだ幸宏さん！　でも女性は私だけだから違うかな！　あれかな修旅ノリかな！　懐かしい！

「俺は明るくてノリのいい子だね！　優しければ最高だけど悪女タイプも捨てがたい」

「ほおはお。セトさんは？」

「妻です」

「おおおお……」

そういえばセトさんは愛妻家で名高かった。そんで奥さんは神兵らしい。家族用の宿舎にお住まいだそうで、まだお会いしたことがないけど。こういうネタで奥さんもってくるって素敵すぎる。

「素敵ですね……セトさん、今私うっとりしました」

「でしょう。この返し評判いいんですよ」

「意外と黒かった！　ザギルは……まあいいか」

「なんだてめぇどういうこった」

「だって……ねえ、幸宏さん……」

「魔力の味だけだろ……？　どうせ……」

「んなわけあるか。上手い女のがいいにきまってんだろ」

「今なんかニュアンス違ったよね？　違ったね？」

「だね！　予想通りでもあったね！」

「んなもん、男なら誰だってそうだろ。氷壁だって」

「お前と一緒にするな！　教えればいいことだろ！　……あ」

「待って待って！　今俺ザザさんらしくない言葉が聞こえたかも！」

「私も今ザザさんの新たな一面見た気がしました。エルネスに聞いておきます」

「本当に申し訳ありませんやめてくださいカズハさん」

お酒もとっても美味しくて。幸宏さんはいつも通り饒舌で、ザザさんとザギルがトムジェリで、セトさんは静かに突っ込みに回っていて。初めて食べるおつまみだって美味しくて、何を使ってるのか教えてもらったりして。

日本での話とか、カザルナでの地方の変わった風習とか、とりとめもなくおしゃべりをして。

綺麗な女性たちがお誘いに来てたりしたけど、みんなそっけなく断ってちょっと優越感だったり。ふふふ。みんないい男だもんねぇ。みんな私に優しいんだよ。いいでしょう。

そんでまたごっつい美人来たなと思ったら夜の街モードのエルネスで。

エルネスもよく使うお店だったらしい。お供の美青年と美少年を「あんたたち今夜はもういいわ」って帰らせて。なにそれかっこいい。

楽しいなぁ楽しいなぁ。仲良しさんとお酒飲むのって本当に楽しいよね、城で飲んでたのも楽しかったけど、お外だとまた違うんだね、なんて、ぽろっと素直にそんなことも言っちゃったりして。

「……？　和葉ちゃんだって、まあ家庭があるとそんなにいつももってわけじゃないだろうけど飲む機会はあっただろうに」

「んー、職場はパート主婦ばかりでしたし、歓迎会とか親睦会とか？　そういうのはランチが多いんですよ。成人してすぐ結婚しましたし、夜出るのは許してもらえなかったし、そうなると学生時代の友人とかとも疎遠になっちゃって」

「は……？」

（……ユキヒロ？　そういう）

（いやいやいや、今どきそんなのないっすよ。あっちでも……多分）

（やめてください。こっちだってあるわけないじゃないですかそんなの）

（セ、セト？）

「本当はね、結婚してすぐは別の仕事してたんですよね。パートはパートなんだけど、法律事務所の事務をしてたんです。そこは飲み会とかね、誘ってくれたりしたんですけど、やっぱり許してもらえなかったし、三か月で辞めさせられちゃったんで」

「……なんで？」

「んー、忘れました。何か色々言ってた気もしますけどね。だからこういうお外で飲むのとか初めてです。嬉しいなぁ。こっちに来てから初めてなこととか久しぶりなことといっぱいできて楽しい」

「まあ、飲みなさいよ」

エルネスが新たに注いでくれて、またうふふと笑ってしまう。美味しいねぇ嬉しいねぇ。

「カズハ。こっち向け、ほれ」

ザギルがぽいっと葡萄を一粒高く放り投げてくれたのを、ぱくっと口でキャッチすると拍手してくれた。ドヤァ！

ずっとピアノが流れていたんだけど、それが聞き覚えのある曲に変わった。バイオリンとチェロもいる。

「あれ。これ……like it or not?　なんで？」

「あー、あれだよ。翔太が楽団に教えてるじゃん？　で、楽団員が城下に来て飲んで弾いたりするからさ。結構あちこちの店でもう流行ってんだよ。これだけじゃなくて色々と」

「エルネスエルネス、この歌かっこいいんだよ。なんかね、ちょっとエルネスみたいなの。歌詞が」

どんなの？　というエルネスに、ソファに座ったまま勝手にリズムとりだす肩おさえつつ歌詞を伝えてみた。そうしたら幸宏さんが横で小さく歌ってくれている。横で歌われるのにつられないで歌詞伝えるの難しくて笑った。まさに私のための歌ねなんて、頬杖ついてふふんと口の端で笑うエルネス。あなた本当に素敵。

「ユキヒロがなかなか活用してると聞いてますよ」

「……セ、セトさん？」

「ユキヒロ、わかるでしょう。なんでか知ってるんですよこいつ。怖いでしょう怖いんですよ」

「かつよう？」

「あれだよ。兄ちゃん歌って女ひっかけてんだよ」

「なっ！　なんでお前までっ」

「ほっほぉ」

「私もそれ聞いてるわよぉ」

エルネスもにやついてる。そういえば前にも似たようなこと幸宏さんに言ってたよね。

「え。幸宏さんずるいなんでみんなばっかり知ってるの？　ねぇ仲間外れ？　ハミ子？」

「俺が聞きたいとこだからね？　それね？」

「カズハさん、大丈夫です。僕も知りません……」

「お前が今したみたいに歌わねぇで歌詞話すとこっちの言葉になるんだろ。なっかなか効率よく使ってるぞ」

「おーなるほど。さすがです幸宏さん」

なんかザザさんがめっちゃむせだした。おおう、どうしたんだどうしたんだ。よしよしと背中さすってあげる。ザギル、ザザさんにナッツぶつけるのやめなさい。

「来な、踊りてぇんだろ？」

「ん？」

ひっぱられてちょっと開けてるピアノ前のスペースにくると、ザギルが踊りだした。わ。いつの間に踊れるようになったんだろ。ちゃんと曲に合ってる……私たちの動きコピれるんだから当たり前か。こいつも大概ずるいな。

でもまあいいか。楽しいからいいね。

ザザさんたちも来てくれたし、他のお客もつられて踊りだしてるしね。楽しいね。エルネスにエロい踊り方教えたらはまりすぎててまた笑った。


化粧室はトイレというより豪華な控室みたいなお着替えとかもできるように設えてあるとこで、映画でこんなん見たことある！　見たことある！　ってテンションあがった。しかし何故ここで着替えできるようになってるのかよくわからない。

私が使おうとすると、その前に中を誰かがチェックするし、誰も入らないようにドアのすぐ外で待っててくれる。ＶＩＰ感半端ないんだけど、ゆっくりするものもできないわね……。なんて思いつつ、さくさくとすませてドアを開けて出たら、ザギルが妖艶なお姉さんとキスしてた。目が合ったら、しっしってされたから素直に席にそのまま戻る。

「あれ？　和葉ちゃん、ザギルは？」

「なんかね、ちゅうしてましたね。しっしってするから先に戻ってきました！」

「……今ちゅうって言った？」

「ちゅうですね。濃厚でした。ちょっとどきどきしちゃいました」

「カズハさん？　相手はどんなのでしたか？」

「綺麗な人でしたよ。エルネスとはまた違ったタイプの色っぽい人」

「ったく、なにやってんだあいつ……」

「……カズハ、一応ね、念のために聞くんだけどね？　あんたザギルとはなんでもないのよね？」

「なんでもとは――った！」

すぱんと後頭部はられて、見上げたらザギルが戻ってきてた。

「てめぇ、ぺらぺらしゃべってんじゃねぇよ。ありゃ取引相手だ」

「とりひき」

「まあ、色々とな」

「ちゅうの」

「それで何が成立すんだよ馬鹿か。こういう店やら花街やらは色々と情報が転がってんだ」

「それどうするの？」

「……俺を雇う時、護衛と情報収集って言ってなかったか？　ついこないだ俺が何持ってきたか忘れたか？　あ？」

「あっ――いやですよ覚えてるにきまってるじゃないですかそうでしょそうだと思いましたよ」

「……何かあったのか」

「いや、今んとこひっかかるもんはねぇな。あと、あの新入りども何かやるかなと思ってよ。念のためだ」

「……一応部下だから不快だが、まあ、仕方なかろうな」

確かについこないだ南方の情報とかすごいいっぱい持ってきて役に立ってたって話だった。そうか。こういうお店とか花街で探すのか。……ザザさんどころか私以外全員、ああ、理解したって顔してんだけど。幸宏さんまで……えー。

というか。

「ねえ、ザギル？」

「あんだよ」

「おきゅうりょう、たりるの？」

「は？」

「だって、このお店だって、花街？　だってあんな綺麗なおねえさんいるとこでしょ？　必要経費？　だっていっぱいかかるでしょ？　私そんなの考えてなかったよ」

「そらまあ、仕事内容覚えてねぇくらいだしな……」

「ねえ、ザザさん、ザギルこんなんだけど仕事すごいできるんだよね？　お給料てどのくらい出すのがいいの？　相場は？　普通、必要経費は別なんじゃない？」

「い、いや、カズハさん、落ち着いて」

「……お前、ほぼ俺に丸投げみてぇなもんじゃゃねぇか。今更何言ってんだ」

「「は？」」

「カズハ？　そうなの？」

「ち、違うもん。ちゃんと最初決めた額をね、部屋の金庫から渡してるよ」

勇者手当とか厨房のお給料は結構な高額になるからと専門官が管理していて、部屋の金庫には普段私たちが自由に使える分が用意されている。月に一度補充しに来てくれるのだけど、衣食住全部経費だからと城が持ってくれてるから全然減らなくて、ほとんどザギルのお給料分しか補充されていない現状だったりする。

「こいつ、相場も何も自分で買い物しねぇから金の種類もわかんねぇし、数えられねぇんだよ。そもそも最初の決めた額だって俺の言い値だし、それも銀貨と間違えて白金貨渡そうとしやがったんだぞ」

「色似てたから仕方ないし」

「白金貨って、貴族でも普段持たないものなのよ……？」

「……確かに城下にも下りないし、買い物も行かないもんな……」

「だから、こいつが金庫開いて、俺が数えて見せて持ってくぞっつってんのを、はーいってろくに見もしねぇで金庫閉じておしまいと。ついでに言えば俺の目の前で鍵開けるからな。番号もとっくに知ってる。最初唖然としたわ」

くっ……ばらされた。幸宏さんまで口開けてこっち見てる。いたたまれない。

「いや最初は覚えようとしたし覚えましたもん。でも自分で買い物しないから全然ぴんとこないし、そしたらすぐ忘れちゃうし、ザギルにやってもらったほうが早いし、なんか知らないけど金庫の中減らないし」

「それは専門官が補充してるからでしょうがあああ！」

久方ぶりのザザさんの野太い悲鳴。これ最初の頃厨房にいるの見つかった時によく聞いたな……。

本当にね、いっぱいあるんだもの。金貨とか。ありすぎてわかんないんだよ。種類だっていっぱいあるんだ。白大金貨だとか白金貨とか金貨とか大金貨とか。身の程超えると手に負えないんだよ……。

「団長……カズハさん、多分一番収入が多いんです。異常な減り方したら専門官が気づきますよ。変じゃないから補充され続けてるんでしょうね」

「ああ、レシピとかか……」

「まあ、心配しねぇでもおかしなことはやってねぇよ。あんな阿呆みたいな真似されたらやる気になんねぇし。あれだ。必要経費だとかなぁ、城の奴らにその分のっけて売ってっから問題ねぇよ。後お前らの魔力管理の手当も出てる」

「城に売るの？　なにを？　金貨？」

「今情報の話してたよな？　なんで金貨売るんだよ。結構酒回ってんのか」

ひょいと両脇に手をいれて膝に乗せられた。葡萄の小さな房を渡されたからとりあえず食べる。

この葡萄美味しい。旬なのかな。

「情報売るの？　なんで城に？」

「お前に情報渡して何か役に立てれんのか？」

「……なるほど。じゃあ、ザギル困ってないね？」

「俺ァ今人生で最高に稼いでるな」

「そっか。じゃあいいね！」

「──っよくないですよ！　授業もう一度受けなおしてください！」

ザザさんに両肩摑まれて、ソファに座りなおさせられる。渾身のエルネス直伝笑顔つくったのに
また効果なかった。えー……。

「……お前、時々その作り笑顔するよな。やり手の奴にもしてたろ。それなんだ？」

「ああ、僕も気になってましたね。なんですかそれ」

「やり手？」

「……和葉ちゃん、小豆の人」

「ああ、小豆の。なんかしましたっけ」

「もう脳内あだ名すら消したんだ……」

「してただろが。完敗だって言わせたやつ」

「うーん？　……ああ！　エルネス！」

「な、なによ」

「全然効果ないよ！　効果あったことないよ！　これでごまかせないことなんてないって言ったくせに！」

「はぁ!?　あんたそんなつもりで使ってたの!?」

「だってそう言ったじゃん！　なんでもごまかせるって！」

「……やっぱり神官長あなたですかほんとにろくなこと教えない」

「馬鹿ね、使いどころが違うのよ。そうじゃなくてね」

「神官長、いらないです。カズハさん、それ忘れてください。僕らみたいに毎日顔合わせてる男には効きませんから」

「……効いてるじゃないよ」

「神官長黙って」

「ということは普段あんまり顔あわせてないひとなら」

「カズハさん、やめてくださいね？」

「あ、はい」

エルネスが少し横座り気味に寛いで、脇からウェイターが差し出したグラスを見もしないで受け取る。

「へぇ。新人どもってそんなのが来てたの」

めっちゃかっこいい。真似してソファに身をうずめてみたけど、多分子ども社長にしかなってないと思ってやめた。

「女性ならでは、ねぇ。武力で叩きのめしたくなるわね」

「エルネス怖かっこいい」

「双方長所があんのよ？　男性ならではってのと並べりゃイーブンじゃないの。くだらない。叩きのめせば折れるか直るかするわよ。ただ随分カズハに執着してるってんなら気になるわよねぇ」

「班を離して、休憩時間をずらしてもやたらと仲がよいんですよ。あの四人――っ!?」

こっそり圧をかけて強い炭酸を仕込んでおいた酒を、無防備に口にしたザザさんが目を白黒させてる。気づいていた幸宏さんとくすくす笑ってたら、苦笑いを返された。まだ慣れてないんだよね。炭酸ね。こっちになかったから。

「神兵団にきてたらかわいがってやったのに。たまにいんのよそういうの」

「かわいがる」

「魔力使用なしで騎士と軍の特訓メニュー泣くまでやらせるわよ」

「泣くどころか吐いてもやめさせないじゃないですか……」

セトさんが小さく身震いしてる。……奥さん神兵だもんね。きっと詳しく知ってるにちがいない。

「魔力使用なしって？　身体能力強化もしないの？」

基本、攻撃魔法等を使わない戦闘訓練でも、身体能力を強化する魔法はみんな使っている。だから訓練もそれでやっとこなせるメニューだ。比較するなら、私たちの魔力使用なしでの身体能力とほぼ互角になる感じだろうか。……魔法なしで魔力使った上に鍛え抜かれた男性と同じメニュー？

「うちは女性が多いからね。女性中心の集団が特権意識もったら手に負えなくなるわよ。うちは魔法師団なの。魔法で勝負してくんなきゃ話にならないし、魔法がなきゃ戦えないことも叩きこまないと。それに男性が多い騎士や軍とは補い合う同格だからね。妙に見下しでもしてみなさい。あっという間に関係が壊れるでしょう」

補い合う同格。私まだそこにもいけてないんだよなぁ。

「騎士団でも軍でもやりますよ。定期的な集中訓練で、懲罰的には使いませんが……。魔力足りなくなってもある程度動けないといけないんで」

「魔力足りなくなっても動けるように」

「ええ。そうならないように魔力管理しますけど、不測の事態ってのはありますからね」

「それ私もできるようになる？」

「……なんでです？」

「お前は足りなくなっても動けるから問題なんだろうが」

「あ……そっか。まちがいた」

私は魔力切れで動けなくなるんじゃなくて、魔力切れに気づかないから魔力酔いで動けなくなっちゃうんだった。じゃあやっぱり魔力管理に戻っちゃうんだな。

「……ねえ、花街ってね」

「また一気に戻りましたね」

「騎士はつかわないんだよね？　訓練に。神兵も？」

「そうね。できなきゃなれないから必要ないわ。どうしたの？」

「幸宏さんは行ったんだよねぇ？」

「えっ急に俺にくる!?」

「だって行ったでしょ？」

「……こ、こっち来たばかりの頃ね？　魔力交感興味あったし？」

「それはどうなの？」

「どうって!?」

「訓練になるの？　こっちの人と違って私ら元々魔力ないとこから来てるじゃない。それでも訓練になる？」

「ええ……いや俺ほんとに興味で行ったから訓練なんて頭になかったし、な？」

「そっかぁ」

グラスに口つけようとして、ザザさんに持ってかれたから、代わりに葡萄をもう一粒食べた。

「カズハさん、どうしました？」

「……女の人はどうするの？」

「何をですか」

「だって花街って男の人が使うとこなんでしょ？　じゃあ魔力調整とか魔力管理の訓練しなきゃな女の人は？」

「カズハ？　その訓練必要なのはカズハのこと？」

「うん」

エルネスの掌が、頬を包んで、青紫に輝く瞳が覗き込んできた。綺麗。

「どうして必要だと思ったの？」

「だっていつまでもなおんないし、訓練したらましになるかなって」

「どうしてましにしたいの？」

「だってほんとはわたしが一番つよいのに、なおんないからわたしを守ろうとするんだよ。ザザさんなんか閉じ込めちゃうんだわたしのこと。ザギルだって死んじゃうかと思った。きっと他の騎士のみんなもそうするんだよ」

「守られるのはいや？」

「ううん。何もできないのがいや。ほんとはつよいのに何もしないのがいや。もうあんななにもできなくて見てるだけなのがいや」

「ゆっくりじゃだめ？」

「和葉ちゃん、それは俺も同じだから」

エルネスが調律をしてくれている。気持ちいい。

幸宏さんも、テーブル越しに覗き込んでそう言ってくれるけど。

ちがうんだよ。モルダモーデは私がいいといった。

私が一番最初に狙われる。

そして私じゃなきゃ礼くんがいいといったんだ。

悪夢が、きっともう私に時間が残ってないといっているのに。

時間稼ぎくらいしたいのに。

「……ゆっくりでもいい？」

「ええ。いいの。あんたのペースなのが一番いいの」

「えへへ。じゃあそうする」

チョップが脳天に振ってきて、見上げたら口に葡萄つっこまれた。えー。

「お前ばっかじゃねぇの。俺は自分から契約破ったことねぇんだよ。三年あんだぞ。三年」

「あ、はい」

「この国じゃ三年働いた実績と身元しっかりしたやつの推薦あったら、国民になれんだろ？　書いてくれんだろ？　推薦状をよ」

「あ、知ってた？」

「おうよ。こんな美味い契約破るほど馬鹿じゃねぇよ」

「私買い物上手だったねぇ」

「……まあ、騎士も守るのが身上なんで、そこは譲ってもらわないと困りますね。立場ないです」

「団長、あなたなんでそこで口説けな「なにいってんだセトおまえばかか」

「え。ザザさんて自分から口説けないタイプっすか」

「ユキヒロ、違うからな。セトのいうこと間に受けるな？　いいな？」

「おぉぉ……平時に敬語が抜ける貴重なザザさんを俺は見た」

「ほんとヘタレねぇ」

そう言って抱きしめてくれたエルネスはすごくいい匂いがした。

あちらとこちらの境目の　境界線のその上で

礼くんの部屋のベッドで目が覚めた。朝だ。朝。

気持ちこそこそと食堂へ行けば、もうゆうべのメンバーは朝食をとっていた。

「ああ、記憶なくすなんて誰でも何度かはやるって。別に変なことしてなかったし。和葉ちゃん、酒弱くないけど、初めての外飲みでペース崩れたんだろ。気にしない気にしない」

「外飲み初めてじゃないですよ。なんですかそれ」

「……直近の外飲みでは誰と飲んだの？」

「……夫の親戚」

「和葉ちゃんの見栄はるポイントってほんとわかんないね……それ接待じゃん……」

幸宏さんはオニオンスープを飲み干して、ふかふかのロールパンに手を伸ばす。礼くんはその横でクロワッサンを頬張っていた。

「カズハさんはむしろもう少し城下に下りたほうがいいくらいですよ。楽しかったのは覚えてるんでしょう？　ならいいじゃないですか」

ザザさんはオムレツをスプーンで掬っている。あの絶妙なふわふわさは料理長のスペシャルだ。

うん。すごく楽しかったってことと、エルネスがエロかったってことは覚えてる。

それに、悪夢を見ないですんだ。礼くんがお泊りだから覚悟してたんだけど。

山盛りのベーコンを次々口に運んでいるザギルは、わかってて誘ってくれたんだろうなぁ。

「――あんだよ」

「……お誘いいただきましてありがと――うございま、――す？」

ザギルに抱きかかえられたかと思ったら、手品みたいにザザさんに掬い上げられて床に立たせられた。なんだこの一連の流れ作業。雑技団か。ザザさんテーブルの向こうにいたよね？　さすが騎士団長素早いね？

「手配しておきますからね。今日は貨幣の授業もう一度受けてくださいね」

「え、なんで」

「忘れたんですよね？」

「なんで知ってるの!?」

二日酔い知らずの勇者仕様だけど、貨幣のお話は全然頭に残らない。わかったふりは上手にできてたはずだ。

授業の後は脳みそがぷしゅーってなっている感じがしたから、厨房仕事はお休みして温泉行こうかなと思ったけど、ザギルが見当たらない。一人で行ったら怒られるしなぁ。訓練場に行くとしても、それだってザギルがいないと訓練できないし。

棟と棟をつなぐ渡り廊下から、外を見上げながらぼんやりしてて、よし、やっぱり厨房行こうと振り返ったら鼻に衝撃があった。

「……お前はほんとに動きが唐突だな」

「いたの!?」

鼻ぶつけたのはザギルの鳩尾だったけど、ダメージは私の鼻だけにきた。鳩尾は急所だという常識がザギルにはない。

「いるだろいつも」

「いないから温泉も訓練も行けないなーって思ってた」

「で？　どっち行くんだよ」

「厨房」

「……」

「……間違いました。ザギルがいるから訓練場行く」

「よし。温泉行くか。支度してこい」


男湯と女湯の仕切り板の端に蒸留酒と薄めた果実酒、グラスがふたつ。それからみかんぽいオレンジ。一応手を伸ばせば届くところにバスローブ。それぞれ短剣とククリ刀も重ねてある。

「ほぐれますなぁ」

「んあー」

自分は入らないと最初言ってたザギルだけど、「やっぱり間に合わないほど近くに敵が来るまでわからない？」って聞いたら「あ？」って入った。ちょろい。

自分だけのんびり浸かってるなんて落ち着かないしぃ。

温泉の周りにはいつのまにか休憩小屋と簡単な炊事場までできていて、騎士たちも満喫してるらしい。春になったらきっと厨房の人らも使えるかな。

「思ったより騎士のみんなも使ってくれてて嬉しい」

「あー、魔力回路調子よくなっかんなぁ。結構日中もひっきりなしに誰か浸かってんぞ」

「そなんだ」

「誰もいねぇとは思わんかった」

「女性だけで来ちゃ駄目っていうから、あんまり私来れないもんなぁ。知らなかった。カップよこしなよ」

空のカップが仕切り板の向こうから突き出されたから、蒸留酒と果実酒で割って炭酸軽く仕込んでみる。

「来たきゃ俺に言えばいいじゃねぇか。騎士の女どもは普通に来てんぞ。お。なんだこれ結構いけるな」

「えー、なんでー」

「あれなんだとよ。女扱いしちゃ駄目なんだと。戦線が崩れるもとになるってよ」

「あー、なんか聞いたことある。女かばっちゃうからだっけ」

「男の本能らしいぞ」

「なんであんた他人事なの」

「俺別にそんなん思わねぇし。ほれ」

「なるほど」

突き出されてきた皮を剥いたオレンジを受け取る。美味しい。

「ゆうべもしかして調律してくれてた？」

「眠れたろ」

「うん。ありがとう」

「おう——おい、ローブ持て」

残りのオレンジを口に押し込んで短剣を掴むと、道の奥から人の声が聞こえた。

「女だな。いいぞ……バスローブ持てっつったよな？　なんで短剣持ってんだ？」

「からっぽひかもれらいも」

オレンジ突っ込みきれなくて、あふれた分手で押さえたら片手しか空かなかった。

ククリ刀をまだ身構えたままのザギルの上半身が仕切り板の向こうから覗いてる。にゅっと片手が出てきてはみ出したオレンジをもいでって、そのままザギルに食べられた。私のなのに。

「なんでオレンジ優先だよ」

「美味しかった」

樹に隠れていた道から顔を出したのは、まさかのミラルダさんだった。

「カズハ様！　なんでそんな男と!?」

この人ほんとに優秀なのかな。馬鹿なんじゃないのかな。

もう一人の女性騎士はベラさんじゃなかった。名前はまだ知らないや。休憩時間とかずらして配置してるって言ってたもんなぁ。なんか慌ててミラルダさんを制止してる。あの人はまともそうだ。

「ねぇな……おい、戻るぞ。服着ろ」

「えー」

「あんなのと風呂入んじゃねぇ。それともあれを追い返すか？　それでもいいけどよ」

「んー……はぁい」

追い返すほうがめんどくさそうだから上がることにする。もう一人の方がかわいそうだし。

「――お前ら、こいつが着替えるまでそっからこっちにくんな」

「えっそんな急かさないでよっ」

「急かしてねぇよ。お前は普通に着替えろ」

「急くわ」

慌ててバスローブ羽織って脱衣所に向かおうとしたら「そんなはしたない！」って叫び声。ロッテンマイヤーかお前。スルーして着替えはじめたけど、不機嫌そうなザギルの声が聞こえてきた。

「くんなっつってんだろうが。てめぇ、謹慎中だって聞いてたけどなぁ」

おおう。そうなのか。ザギル情報早いなぁ。さすが本職。……本職でいいんだろうか。

「あなたにそんなこと言われる筋合いじゃないでしょう！」

「ちょ、ちょっと謹慎って何。聞いてないっ。やめてよ、その人って」

うはー、あの人完全にとばっちりなんだ……。

「終わったー」

「おう」

「え。もう服着てる！　早着替え!?」

「手元に置いてるに決まってんだろが」

さすがです。堂々とあの二人の前で着たんですね。だよね。ザギルだもんね。

髪はあげてたけどほつれ毛とかが湿ってる。それをザギルが暖かい風魔法送ってすぐ乾かしてくれた。

「カズハ様、そんな男に髪を――っ」

ミラルダさんの身体は真横に飛んだ後、女湯に落下する。湯飛沫が二メートルは上がったと思われ。

ザギルも、とばっちりさんも目を丸くしてた。ザギルまで驚かなくてもいいじゃん。

「おい。浮いてこねぇぞ」

「うん。押さえてる」

「ふはっ、もういい。上げてやれ」

「ザギルの貴重な慈悲のシーンだ」

重力魔法を解除すると、くじらみたいに湯面から上半身が伸びあがり、溺れそうなところをとばっちりさんが引き上げた。むせ返ってるのが落ち着くのをちょっと待ってあげてたら、ザギルに抱き上げられる。子ども抱っこだ。いいね。這いつくばってるミラルダさんをさらに見下せるのがいい。

「あのね、ミラルダさん。この人はザギル。あなたにそんな男呼ばわりされる筋合いはないです。誰をそばにおくのかも誰に触らせるのかも、私が決めます。もう二度と私を含む勇者たちとザギルに話しかけないで。あ、あとそのカップとお酒、片づけといて」

反応も待たずに踵を返し走り出したザギルが高笑いしてご機嫌だから、ちょっと重力魔法で軽くしてあげた。


「ザギルばっかり和葉ちゃん抱っこしてるのずるい。もう降ろしてよ」

「お前まだ昼飯喰ってんだろが。終わったら代わってやらぁ」

「むー」

訓練終わって戻ってきた礼くんたちはお昼ご飯。礼くんの前にはナポリタンにグラタン、ハンバーグ。今日は子どもの大人気ラインナップだったね。もっこもっこと礼くんなりに急げども、残念ながらあまりスピードはあがってない。皿から口まで運ぶ手は早いんだけど、口の中に入ってる時間が短縮されてないんだよね。よく噛むいい子だから……。

一緒にご飯食べようと思ってたけど、口にスプーン突っ込まれる勢いでザギルに食えと言われて先に食べてしまった。ご機嫌ザギルはそれからずっと私を膝に乗っけたまま寛いでる。

「礼くん、ゆっくり食べなさい。ね？」

「ほれ、礼、茶も飲め。ザギルもなんでそんな機嫌いいんだよ」

幸宏さんが呆れ顔で礼くんのお茶を注ぎ足した。

「べっつに――ん？」

「な、なに」

「……ちょっと、なに」

目を眇めてじろじろと見始めるザギルに怯む幸宏さんとあやめさん。

「……お前ら、できた？　っつうか、やった？」

「「はあ!?　な、なななないってんの!?」」

え。まじで。まじで。翔太君とアイコンタクトしてお互い横に首を振る。だよね？　わかんないよね？

礼くんは真剣にナポリタンと向き合っている。かわいい。

「おまっ、俺いっくらなんでもそこまで鬼畜じゃないよ!?」

「え。幸宏さん少しは鬼畜なの？」

「やめて和葉ちゃん、綾だから言葉の綾だからね」

「エルネスさんが幸宏さんはやめとけって言ったし」

「あー、エルネスが言うなら少しは鬼畜なのかもね」

「もう何がどう伝わってるのかわかんないの怖い。ザザさんの気持ちわかった」

「まあ、そんなこたぁどうでもいいんだけどよ」

「よくないよ!?　お前発端だからね!?」

「——人騒ぎですねって、ザギルお前何してる」

「ザザさん！　ひどいの！　ぼくが食べ終わるまで駄目だってザギルが代わってくれない！」

「てめっ、食うのが先だろが！」

「……ほら、レイ、ゆっくり食べなさい」

お？　と思う間に、ザザさんが私を違う椅子に座らせていた。雑技団再び。

「うん！　……ふふーん」

「うわ。このクソガキむっかつく」

「……クソガキ度はお前のがはるかに上だろうが」

深いため息をつきながら、セトさんと並んでテーブルにつくザザさんのトレイにはハンバーグとパン、それにサラダとスープ。大人らしい組み合わせだ。セトさんはハンバーグの代わりにグラタン。

「カズハさん、ミラルダは騎士格剝奪で除名にしました。今は部屋に監禁してます。正式な手続きが終われば、そのまま城から追い出しますので」

「ザザさん、訓練中に呼ばれたと思ったらそのせいだったんすね」

「カズハさんたちが戻った後すぐに、あれと一緒にいた者が報告に来たので」

「……とばっちりさん、結局お風呂入れなかったのねぇ。お気の毒に」

幸宏さんがぷふっと鼻を押さえた。

「またなんか命名してるし」

「カズハさんをあんなに怒らせるなんてって取り乱してましたよ」

「あの人はまともそうだったし、別にそんなに怒ってみせてないと思うんですが」

「……和葉ちゃんは淡々と怒ってなさそうなのが怖いんだよ」

「わかる」

翔太君まで頷かなくても。

「別に怒ってないですって。あれですよ。軍事的G活動ってやつですよ」

「今発音違ったよね。示威だからね。作戦名かよ」

「……ほんとお前わかってんだかわかってねんだかわかんねぇな」

使い方合ってたのに！　合ってたのに！

「しかし即決っすね。幹部会とかに普通かけるんじゃないんすか」

「団長権限ありますから。度重なる命令違反に謹慎中の外出、勇者に対しての執拗な付き纏い行為。充分すぎる理由です」

「あ、やっぱり温泉は外出扱いですよね。敷地内判定かとも思ったんですけど」

「そこまで許したら謹慎の意味ないですよ。……カズハさん、温泉行くことを巡回中の騎士に伝言してくれたじゃないですか。その申し送りや報告をしているのを漏れ聞いて追いかけたようなんです」

「え。偶然じゃなくて？」

　ザギルがいるとはいえ、勝手にいなくなるわけにもいかないから行先は通りがかった騎士に伝えてもらうよう頼んだんだけど。

「……ザギルがいることに驚いてたってことは、私が一人でいると思って追いかけてきたってことでしょうか」

「そうらしいです……」

「「「なにそれこわい」」」

「行動理由も素直に供述するんですが、理解しがたいんですよね。検査も異常でませんし、僕も診ましたが正気は正気のようなんですよ」

　ザザさんが診るってのはあれだよね。私にしてくれた魔力操作だ。正気に引っ張ってくれるって言ってたけど、引っ張るためには正気かどうかがわからないとできないし。

「あれは本人の性質だっつってんだろ。あの仕上がりで正常なんだ。南方ではよく見たぞああいうの」

「ああ、そういうことなんだろうな。普通は見習い中に資質で撥ねられるんだが……ゲランド砦自体もあまりに全般的に質が悪いと報告がきた。今砦ごと再教育中だ」

「……理解しがたいってのは？」

おずおずと聞くあやめさんに、ザザさんの視線を受けてセトさんが答えた。

「どうもカズハさんが戦闘に不向きな子どもだと強固に信じてるようなんですよね。何故そう思いこんだのかはわかりませんが」

「訓練とか見る機会はありましたよね？」

「それでもなんです。つい先ほど温泉に叩き込まれたのも、ザギルがやったと言い張っています。……何かを探すように空を見上げているか弱くてかわいそうな子どもにそんなことできるわけがない、自分が守って導かなくては、と」

「何かを探すように」

「空を見上げて」

「「「「スパルナかー……」」」」

そうね。私もそれだと思う。

「和葉ちゃんって芸風もそうなんだけど慣れるまでは表情読みにくいんだよね。顔立ちのせいもあってそれが寂しそうに見えて脳内ストーリー組み上げられたとかかかなぁ」

「「あー……」」

「芸風ってなんですか。顔立ちが寂しいって言いましたか今。ちゃんとパーツは揃ってるんですよっ」

「和葉ちゃんはかわいいよ！」

「ありがとう！　礼くんも素敵！」

わかってる。わかってるって。顔うっすいから表情もうっすいんでしょわかってる。

納得するあやめさんと翔太君に、いつも天使な礼くん。礼くんは最近かわいいと言われるのを嫌がるようになってきたので、素敵とかかっこいいと言うようにしている。……ザザさんとセトさん、何故そんな微妙な顔するの。

「ユキヒロたちにも表情読みにくいんですね……」

「僕らにしてみたらユキヒロたちも最初そうだったんですけど、その中でもカズハさんは慣れるまで結構時間かかりました……てっきり世界の壁なのかと」

世界の壁て。知らぬ間に私世界に立ち塞がってた。

「自分らではわからないっすけど、国民性なのかなんなのか、向こうでもそう言われがちでしたよ。ザザさんたちみたいな顔立ちの人種は向こうにもいて、その人らにとってはやっぱり表情読みにくいみたいで」

「ほお……」

「まあ、それでも和葉はわかりにくいよね……和葉だって自覚あるじゃない」

「芸風ですしね」

「やっぱ認めるんだ」

いいえ、認めるわけでもないんですけどね。これだけ言われればそれもそうなのかなとか美味しいかなとか。

「ま、まあ、とにかく、ミラルダについては片がつきましたので。ご迷惑おかけしました」

「いえいえ。ザザさんたちもおつかれさまでした」

「ごちそうさまでした！　和葉ちゃん！　和葉ちゃん！」

「はいはい」

両手広げる礼くんの膝に座ると、きゅうっと抱きしめて後頭部に頬ずりされた。

「そういえば今日スパルナいたよね」

「えっ、どの辺ですか。さっきは見当たらなかった」

「ほんと毎日探してるのな」

「探さないと見つけられないじゃないですか。探してたって見つからないんですよ」

「んー、どの辺だろう。東の方だと思うんだけど、姿は見えなかったんだよね」

「……小僧、なんでわかった？」

「鳴き声聞こえた」

「ほっほぉ……」

さっきあやめさんと幸宏さんを見ていた時と同じ眇めた目でじっと翔太君を見始めるザギルに、ザザさんが訝しそうに尋ねた。

「……どうした」

「んー、姉ちゃんは昼前はほとんど魔力使ってねぇな？　午後の予定は？」

「あ、うん。これから医療院で診察の手伝いだけど」

「それ中止だ。連絡入れろ。あと兄ちゃん、さっきの訓練いつもと勝手が違わなかったか」

「……ちょっと調子悪かったな。酒残ってるのかとも思ったけど」

「二人とも、水球つくってみろ。これとぴったり同じ大きさで静止を保て」

ふわんとシャボン玉みたいにザギルの掌に野球ボールほどの水球が浮かぶ。魔法を習い始めの頃にした訓練だ。大きさや動きの制御を覚えるとっかかりだった。

「……？」

「や、さすがにそれできないほど調子は悪く――!?」

あやめさんはいつもなら瞬きの間に出せる水球に数秒かけ、出来上がった水球も大きすぎた。

幸宏さんの水球は形が安定しないまま弾け散る。

エルネスが悔しがるほど魔力制御に長けたザギルをして制御が上手いと言わせた二人が、そんな初歩もできなくなっていることに全員少し硬直した。当の二人が一番呆然としてる。

「二人して仲良く魔力の流れがおかしいから何かあったかと思ったが、どうも兄ちゃんのほうが変化大きそうだなぁ。……どうっすかねぇ」

ザギルだけが、のほほんと顎先を掻いていた。

ザギルが最初に出した礫と火球の大きさと威力を基準とし、幸宏さんの火球、あやめさんの礫が無数に撃ちつけられていく。

訓練場に設営されている雪壁には、大小さまざまに断面が溶けた穴と、そこまで大きさに差はないけど深さはまちまちな抉れた穴がつくり出されていった。

疲れんだよと、私を子ども抱っこしながらザギルは二人の様子をじっと観察している。あれか。バッテリーか？　バッテリーなのか？

呼ばれたエルネスと、ザザさんもずっと無言だ。礼くんは張り合うように私と手をつないでる。

残量二割を切ったと先に止められたのは幸宏さん、そのすぐ後にあやめさんも止められた。

「うーん、本当に自分じゃわからな……やべ、気持ち悪い」

「え、私気持ち悪くはない」

「兄ちゃん少ししゃがんで待ってろ。すぐ終わる。次、小僧。ちょっとそのあたりに立って目ぇつぶれ」

訓練場へ来る前に耳元で囁いたザギルの言葉通りに、緩めの雪球を十個、全て違う方角から翔太君へ飛ばす。

翔太君は目をつぶったまま全て躱した。

「よし、いいぞー。小僧、なんで雪球来たのわかった？」

「えーと、風の音？」

翔太君自身、いいぞと言われて開けた目をまん丸にさせている。

「神官長サマ、兄ちゃんが横になれて、姉ちゃんと一緒にしばらく観察できる部屋頼む。小僧はとりあえず問題ない」

「……あなたの結論がでるまでどのくらい？」

「兄ちゃんと姉ちゃんの魔力が完全に戻るまで、だ。半日はかかんねぇと思うけどどうだかな」


ソファで寛ぎ体勢のザギルに抱きかかえられて、手の届くところにはおやつと軽食と飲み物の山。完全なるカウチポテトスタイル。

鑑賞されてるのは、ベッドにぐったりと横になった幸宏さんと、幸宏さんに背を向けて一人用ソファに座るあやめさんだ。背を向けてるのは、好奇心に負けて幸宏さんの魔力をつい見てしまうから。魔力使うなっつってんだろとザギルに数回指導されてのこの配置。

私自身はうとうとしてたから、どのくらい時間たったかよくわからない。礼くんも私につられたのかザギルにもたれかかって眠ってしまっている。

「おし。いいぞ」

というザギルの声で少し目が覚めた。けど、まだ眠い。

「――結構きっついねコレ……ひっどい二日酔いよりひどい」

「だろうなぁ」

立ち上がったザギルがぽんっと幸宏さんとあやめさんを叩く。

「おお……すっきりした。マジか」

「私は別に変わりなし」

「姉ちゃんは魔力酔いしてなかったからな。今喰ったから、その残量くらいをとりあえずは目安にしとけ――小僧、神官長サマと氷壁呼んで来い。終わったっつって」

あやめさんの話し相手になってた翔太君が部屋を出ていくと、ザギルは唸り声をあげて、またカウチに倒れこみ私を抱きかかえ直した。あ、駄目だ。眠い。

「さすがに半日みっちり二人分はきっついぞおい……」

唇を一口ぱくっと食べてもう一度私を抱きかかえるザギルの頭を撫でてやる。

「よしよし。がんばった。偉いぞ」

「…………」

また重ねられた唇が、今度はいつもより深くかみあわされた。

「……ねえ」

「……おい、ザギル、それ少し本気すぎんだろ。いい加減にしとかないと」

ふっと身体にかかっていた重みがなくなったなとぼんやり目をあけると、ザザさんにアイアンクローされてるザギルがいた。

「――随分早ぇお越しで」

「……ほらみろ」

「よし。ザギル、今すぐ飯食うか、石食うか、制裁受けるか。どれかを選べ」

「その三択なら石だな」

カウチを回り込んで、ザギルに肩枕されたままの私にザザさんが目線を合わせてくる。ああ、なんかちょっと疲れた顔してるなぁ。今日はずっとドタバタしてたもんねぇ。

「カズハさん？　大丈夫ですか」

「大丈夫に決まってんだろ。んなヘマしねぇ。眠いだけだ」

「お前黙ってろ。……カズハさん？」

「ねむい、だけ」

ザザさんの頭もぽんぽん撫でた。大丈夫大丈夫。

「——お、おまっ、お前これほんと大丈夫なんだろうな!?」

「眠いだけだっつってんだろが！」


私が寝落ちしてすぐ、ザザさんとザギルのひと悶着があって、エルネスの一喝で収まったらしい。

惜しかった。あの名曲私のために争わないでを歌いながら間に割り込みたかった。寝落ちが悔やまれる。

どうもあのザギルのバッテリー役は眠くなってしょうがない。気持ち良いしお役に立てるので全然問題ないけども。

結論は、二人とも総魔力量の急成長が始まりかけてるらしいということ。

ただし、ザギルが来た時点で翔太君が急成長真っただ中だったのに対して、二人はそこまでには至っていない。ザギルがまだ見たことのない状態なので、らしいという保留がつくと。

「魔力の流れ方が変わってきてるし、魔力量の成長率も上がってきているのは間違いない。俺が来た時の小僧の成長率を十、昨日までの兄ちゃん姉ちゃんの成長率を三とするなら、今兄ちゃんは成長率七、姉ちゃんが五といったとこかね。流れ方が違うから昨日までできてた制御ができなくなってる。……魔力酔いのひどさは身体の成長期のせいだけでもなかったってことだな。兄ちゃん、しんどいだろうけど、多分真っ最中だった頃の小僧よりまだマシだと思うぞ。これから成長率が十まできたらどうだかわかんねぇけど」

寝落ち寸前のザギルがようやっとできた説明で、幸宏さんがうなだれてたそうだ。

その後数日観察を続けて、成長率が十まできたら制御の訓練も捗るだろうけど、今の段階では魔力の流れが安定しなさすぎて制御のコツが摑めないこと、つまり幸宏さんは私と同じくザギルのストップなしでは通常の訓練すら危なくてできない上に、制御の訓練は無駄なことがわかった。

あやめさんはまだそこまででもなくて、魔力酔いは出てきていないし、制御も苦労はするけどなんとかといったレベルにおさまっている。けれどこの先成長率があがれば幸宏さんと同じことになりそうだ。

ようこそこちら側へと歓迎してあげたら、地団太踏んでた。

訓練場の端のベンチに戻ってきた幸宏さんへ、ダウンコートを手渡して温かいお茶を勧める。

「おつかれさまー」

「くっそー、今日も制御できなかった……」

今まで幸宏さんを見ていたので、今度は翔太君が見てもらっている番だ。あやめさんは同じ魔力使うなら研究か医療院での治療に使うと言い張ったし、幸宏さんほど症状がひどくないので魔法の回数を決めて使った後、ザギルチェックを受けにくる。

翔太君は魔力管理で見てもらっているわけじゃない。

あの妙に音に敏感になっていたのは、新たな魔法の獲得を無意識でしていたから。

今はその魔法の扱いの調整をしているとこだ。

以前は翔太君と私を同時に見てくれていたけど、幸宏さんは翔太君より不安定だし今回の翔太君は前と見るところが違う。同時で見るのはザギルが持たないからと、交替制に落ち着いた。礼くんは父の会メンバーときゃっきゃしてる。

私は予備バッテリーとして待機だ。コシミズバッテリーとお呼びください。

「一応ゆとりもって止めてもらってるんでしょ？　私みたいに一日魔力禁止がでるわけじゃないんだから不便は出ないのでは」

「そりゃそうだけどさ。今までできてたことができなくなるって結構ストレスたまる……」

「わかります」

すっごくわかるよ。うんうん。

「ザギルが前に、和葉ちゃんは別に制御が下手なわけじゃないって言ってたのわかったわ」

「うん？　あ、あやめさんおかえりなさーい。今日はもう打ち止め？」

「ただいまー。うん。今ザギルに見てもらった。……予想より使ってた。悔しい」

幸宏さんとは反対側、私を挟んでベンチに座るあやめさん。

今日は陽射しが暖かい。ベンチのそばには焚火があるし、黙って座っていても冷えてはこない。コートもあったかいしね。もうすぐ春が来る。

「和葉は特定の魔法だけが妙に扱いが精密だって」

「そうなんですか？　ザギルが言ってました？」

「うん。重力魔法は他に比べて上手いけど、圧力鍋がダントツだってさ」

「すごく、らしい、ね……つか、自分で苦労してわかったけど、よく安定しない魔力の流れで困らない程度ながらも扱えるよね」

「効率が悪かったりして上手ではない結果に落ち着いちゃうけど、乱れと相殺して考えればなんでその結果まで持ってこれるのかわからんって言ってたよ」

「なんですか。どうして私のいないところで褒めてるんですか。ツンデレにもほんとほどがないですか」

「……調子に乗ると何するかわかんないからだって」

「冤罪です」

「いや、多分ザギルが正しい」

「そうね……」

「あ。雷鳴鳥だ」

雷鳴鳥は伝書鳩みたいに飼われている鳥で、遠方との連絡は主にこれが使われる。飼い慣らすのが難しいので軍や騎士団など公的機関くらいしか持っていない。翼の色で所属が分かるようになっていて個人で持ってることはまずないのだけど。

「……あれ？　第二騎士団《うち》の雷鳴鳥って、金翼だよね。赤い翼のってどこ？」

「あれはザギルのですね」

「はあ!?　なんであいつそんな持ってんの」

「前から持ってましたよ。長いこと内緒にしてたみたいなんですけど、城に出入りさせるためには登録しておかないといい加減不便だって申告したらしいです」

「ああ、未登録だと感知でひっかかっちゃうんだっけ」

「撃ち殺されたらたまらんって」

「あいつ、まだ引き出しありそうだな……感知範囲もこの城全域だって話じゃん。エルネスさんが半径百二十メートル、ザザさんが五十メートル強ってとこで騎士団では随一なのに」

翔太君の新しい魔法は音魔法に括られた。実にらしい魔法といえる。無意識に発動していたのはソナーみたいなもののようだ。効果範囲内の音を拾っていると。

『俺が感知できないってことは、城の敷地面積以上の効果範囲だってことだな。王都全域くらいは覆ってんじゃねぇか』

その一言で、ザギルの感知範囲が知らされた。エルネスはソファに拳を叩き込んでた。

「大概チートだよなぁ……俺らがいなきゃあいつが勇者とか英雄の位置にいてもおかしくないスペックだぞ。総合力では俺らと同格以上と言っていいくらいだし……まあ人格がね」

「そうね。人格がね……」

「ザギルだからね……」

「そうか。南方の情報って随分早く手に入れてると思ってたら、雷鳴鳥も個人で持ってたからってことか」

「南方では裏で取引もされてるんだけど、ザギルは山から獲ってきたらしいですよ」

「『山から』」

「山から。オブシリスタからここまで片道一日で到着するようなスピードなんですってね」

「あー、前に計算してみたけど、最高速度がマッハ一弱出てるみたいなんだよね。生物としてはあり得ないよ。ほんと魔力のある世界すごい」

「マッハってどのくらいですか」

「お、おう。戦闘機まではいかないけど、旅客機くらいの速さかなぁ。飛行機なら七時間くらいの距離なんだよね。オブシリスタからここまで。生物だから休憩とかが必要で一日ってとこかな」

「やだ。なんか幸宏さんが賢そう。遠く感じる」

「幸宏さんがマッハで遠ざかりましたね今ね」

「……くっ。得意分野くらい俺にもあるよ！　もてないから表に出さないだけ！」

「幸宏さんが帰ってきた」

「おかえりなさい。生物としてあり得ないってそこまで？」

「……雷鳴鳥の加速見る限りGも結構かかってるしねぇ。運動能力としておかしいっては勿論だけど、それはまあ、やっぱり魔法の世界だからなぁ……他にもいろいろあるけどさ」

「じー」

「飛行機とか車の発進する時に圧力かかるでしょ。あれ。二Gで自分の体重が二倍になったように感じるっつぅね」

「あー、ふわっと聞いたことありますね」

「雷鳴鳥の加速は魔法なしの生身ならちょっと耐えられないんじゃないかな——って、え」

ふむ。では必要なのは重力魔法では？　いけるのでは？　では？

いつもしてる加速をあげてもGとやらがあまりかからないようにしたらいいんだよね？　ね？

障壁渡りで上空まで来てから、適当な方角に向けた障壁を蹴ってみる。

地上からは、キィンっと甲高い衝撃音とともに私が星になったように見えたらしい。

ものすごく、本当にものすごく怒られた。

「下手すりゃ消し炭になってたぞ！」

烈火のごとくに怒声を張り上げたのは幸宏さんだった。


障壁を蹴った瞬間に、前後左右上下全くわからなくなって、やっと減速しつつも墜落同然に着地したのは王城の裏山を越え、更に森も越えた平原だ。

やばいやばいやばいめっちゃこれ怒られる早く帰らないとと思っても、自覚できるほどに急激に魔力を持っていかれてたので、これ以上魔力使ってもきっと怒られる。とりあえずこのくらいなら火球を空に上げることで合図を出してお迎えを待っていた。

一番に駆けつけてくれたのは礼くん。勇者補正フルに使ったら私の次に速いもんね。

「あやめ！　体内調べろ！　全身の血流、特に脳と心臓！　血栓できてないか！」

「はいっ――多分、ううん、大丈夫。臓器も、うん、大丈夫」

「和葉ちゃん、吐き気は？　目、見える？　頭痛しない？」

続いて真っ青な顔で到着した幸宏さんの指示で、あやめさんが抱きしめて調べてくれた。

翔太君はその前にすばやく礼くんを私からひきはがしてた。

「は、はい、大丈夫。飛んでる時熱くなってびっくりしたけど、すぐ冷やしたし」

「体の痛みは？」

「全身ぶつけたように痛んだけど、今はもう平気。すぐ治った――ご、ごめんなさい」

そしてザザさんとザギルが到着した瞬間に、幸宏さんの怒声が響き渡った。

「下手すりゃ消し炭になってたぞ！　重力魔法だけじゃ足りないんだよ！　他にもいろいろあるっていったろ！」

「他にもとは」

「——こっこの馬鹿がああああ！」

「ごめんなさいごめんなさいごめんなさいいいいい」

幸宏さんの激怒の内容を把握したほかの面子にも取り囲まれて、また更に怒られた。


「まだ礼起きてる？　今大丈夫かな」

その夜、翔太君とあやめさんも連れた幸宏さんが、私と礼くんの部屋を訪ねてきた。

「あー、昼間は怒鳴りすぎた。ごめん」

淹れたハーブティを一口含んでから、幸宏さんが切り出したのは謝罪。いやいやいやいやいや。

「やだ。悪いのは私ですよ。思い立ったが吉日すぎたんです」

「うん。それはそうなんだけど」

「あ、はい」

「俺ね、一応気をつけてたんだ。適性があればふわっとした知識で発動しちゃうだろ。魔法。でな、ちょっとこの先は他言無用でお願いしたいんだけど」

「――はお。多分ザギル聞いてますけど」

「ああ、ザギルはいいよ。立場が違うから」

「じゃあ、そういうことで」

しれっと現れて私の横で座り込んだザギルに、呆れた視線を向けてから幸宏さんは話を続けた。

「ザギルは、これから話すことに興味なんてないからさ。あったとしても組織ってものに肩入れしない。だろ？　なあ、ザギル、これ近衛聞いてる？」

「いや、今はいねぇ。……金になるなら別だけどなぁ。まあ自分からわざわざ売り込みやしねぇよ。何が手札になるかわかんねぇし」

「和葉ちゃんの頼みが最優先のくせに」

「うるせぇわ」

「エルネスさんたちは違うってこと？」

「俺らが頼めばね、報告しないでくれるかもしんない。でもそれってザザさんやエルネスさんを板挟みにおくってことだぞ。礼もわかったか？」

「んっと、わかった。内緒にしないとザザさんがこまる」

「よし。んでな、俺、元自衛官なのは話したよな？　技術屋や研究職じゃないから理論までは知らない。でも、兵器の知識は一通りある。小火器、えーと、拳銃とか、それなら組み立てから整備までできるわけよ」

あー、なんか幸宏さんの言いたいことがわかってきた。

「和葉ちゃん、気づいてるよね？」

「んー……続きどうぞ」

「うん。前回の勇者召喚が百五十年前。そこから現代までにどれだけ戦争事情が変わったか、技術革新があったか、それはみんなわかるよね？　礼にはちょっと難しいかもだけど」

あやめさんと翔太君もうっすら察し始めた顔をしている。

「で、だ。百五十年前に勇者がいて、その前だって何度も召喚されていて魔族との戦争にも参加していたのなら、この世界に伝わっていなきゃおかしいものがある。火薬と銃だ。これほど新しい技術や思想を取り入れることにためらいのない国なのに」

「……それは、魔法のほうが効率いいからだと思ってたけど」

あやめさんの言葉に翔太君もうなずいた。うん。私も最初はそう思ったんだけどね。

「戦争は数だよ。少なくともこの世界での今の戦争のやり方ならね。銃や火薬、爆弾な、あれは生活魔法しか使えない一般人も兵士にできる代物だ。鍛えられた騎士団と勇者が手こずる魔族だって絶対数は少ない。爆弾で殲滅して百人の一般人が銃を撃ち込んだらどうなる？　均衡している今の戦力に、昨日まで戦闘のせの字も知らなかった一般人を戦力として上乗せできるんだ。とっくに導入されてなきゃおかしい」

ザギルはあまり興味をひかれていそうにない。礼くんはきりっと真剣な面持ちだ。

「なのにされていない。調べてみたけど、火薬や銃が研究された気配もない。魔法と比較して劣るものとしたから導入されてないってわけじゃないんだ」

「……過去呼ばれた勇者には知識がなかったとか？」

「魔動列車のもとになった蒸気機関が導入されているのに？　火薬の材料はこっちにもあるよ。なのに蒸気機関の仕組みを知っている知識層の人間が火薬を知らないのはあり得ない。ってことは、この国に教える情報を、過去の勇者は選別してたんだよ」

選別、と翔太君が繰り返した。

あやめさんは視線を落として、思考を深めている。納得できないのではなく、理解するために。

「礼、障壁渡り、あるだろ？」

「うん」

「あれ、一枚目よりも三枚目の方を強く張らないと踏み抜いちゃうな？」

「うん」

礼くんが飲み込んでいくのを確認しながら幸宏さんは説明をかみ砕く。

「それは一枚目、二枚目でついた勢いがその分障壁にかかる力を強くするからだ。さて、今日和葉ちゃんはすごくスピードを上げようとした。そのための力がいっぱい必要になる。それは障壁を壊すのと同じ力を生む。和葉ちゃんは障壁渡りするのに自分を軽くするだろ？　本当は速度出すためには障壁を壊す力も必要なのに、和葉ちゃんは障壁を壊す力だけなくなれば大丈夫だと思って魔法を使った」

「うん」

「ところが、今度はそのすごい速度が出ることによって障壁を壊す力とは別の力が出てくる。空気の圧力、んー、風でいいや。風強いだろ。魔動列車の外の風。あの風の力。あと摩擦とか。空気がこすれて温度が高くなる。他にもいろいろあるんだけどね。順序良く、障壁を渡りながらスピードを上げていけば、きっと気がついた。風が強くなってきたなとか、熱くなってきたなとか。じゃあどうしようかって」

「うん」

「でもいきなりだから気がつかなかった。すごい速さで移動するためには他に何が必要なのか、試したり考えたりしなかったんだ。わかるか？　いきなり何も積み重ねずに大きな力を使うと、危ないんだよ。俺らが持ってる知識はそのくらい危ないことをザザさんたちにさせるかもしれないんだ」

「……わかったと、思う。でもゆっくり考える」

「よし。それでいい」

本日最大の失敗を例題に出された私、いたたまれない。

そう、技術的に再現困難な部分を、この世界は魔法でクリアしてしまうのだ。いともたやすくジャージを開発したように。私が雷鳴鳥と同じ速度を唐突に発生させたように。

幸宏さんの危惧は正しい。私たちの世界が試行錯誤した時間と理論と技術を飛び越えて、この世界は結果だけを再現させてしまう。

理論を積み重ねて危険性も十分検討されていたはずの技術が、元の世界でどれだけの破壊をもたらしたか。積み重ねてすらそれ。ならば積み重ねがなかったら一体どうなることか。

ダイナマイトを発明したノーベルだって、最初はニトログリセリンを安定させる研究で戦争を終わらせるためだったのに、最後は死の商人って言われた。ライト兄弟だって飛行機の戦争利用なんて考えてなかったのに、空中戦は戦争の形を塗り替えた。自身の発明を後悔した研究者たちだ。アインシュタインは言わずもがな。分野は全く違うけれど、両親に言わせれば研究者の宿命と業らしい。

どんなものだってゼロリスクはあり得ない。けれどリスクを検討しないのもまたあり得ないんだ。私たちの知識は、そのリスク検討の機会をこの世界から奪ってしまいかねない。

「……随分とすげぇ隠し玉あるっぽいなぁ。おい、坊主お前これ本当にわかんのか？」

「多分わかったよ！　内緒にしなきゃなんだ！　危ないからね！」

「お、おう。そうかよ」

ザギルは私の腰かけている一人掛けソファの背もたれ越しに、私の肩に両手を回して顎をつむじに乗せている。礼くんは私の脚の間に挟まって床に座り込んでた。

こう、客観的に見て、今の私すごい防御力高い体勢だ。モビルスーツぽい。肉の鎧。

「だから俺、言わないようにしてたんだよ。その手のこと。でも今日、うっかりちょっと話しちゃったらこれだよ。ふわっとした知識で発動した魔法が和葉ちゃんを殺しかけた」

「いやそんなことは」

「結果としてね、勇者補正の身体があったから無事だっただけだよ。後、本当に危険な領域にまで達してはいなかった。多分、雷鳴鳥が飛んでる姿をイメージしたんでしょ？　そのイメージの速度だったからだ。昼に見たザギルの鳥はザギルめがけて充分減速してたからね」

「俺の鳥がモデルかよ……お前どんだけ……」

「か、かたじけない……」

つむじにザギルの顎がぐりぐりと刺さる。いたいいたいいたいいたい。

「いいかい。雷鳴鳥の速さまでなら、まだ対策はとれないこともない。少しずつ試しながらやればいい。でもそれ以上の速さには、音の壁、熱の壁、俺らの世界でクリアするのに何十年もかかった壁がある。それだって最高峰の科学技術を使ってやっとだから生身ならもっと壁は厚い。そしてきっとその先に俺らも知らない壁がまたある。多分和葉ちゃん、速度出すだけならどこまでもできるんだと思う。でもそれだけじゃ死ぬよ」

「おい、知恵つけないいんじゃなかったのかよ」

「中途半端に知ったのなら、逆に教えない方が危ない。和葉ちゃんならすぐモノにしちゃうし」

「……えへへ」

「……くそが」

両方のほっぺたを思いっきり引っ張られた。

「……私たちどうするのが一番いいの？」

幸宏さんはあやめさんの問いに、冷めたハーブティを一口飲んでから答える。

「考えながら決めてくしかないよね。そっち方面に走りそうなら俺が多分止められる。あやめ、お前の回復魔法は今のところ多分大丈夫。それにこっちでほとんどしてなかった解剖にも手、出してるだろ？」

「うん……駄目だったかな。私だけじゃ無理だったんだもの。エルネスさんたちと一緒にしないと」

それは知らなかった。解剖とかあやめさんったら予想以上に肝が据わっている。

「だからいいんだ。あやめの回復魔法はこっちのとは違って特殊な勇者魔法らしいけど、言語化して説明できて、適性のある人なら使えるから浄化魔法と同じように汎用化できる。それに段階も一緒に踏んでるからね。ただ、遺伝子関係はよく考えろ」

「……うん」

「翔太、お前の音魔法は、やばいのそろそろ気づいてきてるだろ」

「……なんとなく」

「重力魔法は言語化できないし和葉ちゃんしか使えないから汎用化の心配はない。でも翔太の音は、こっちの人間にも理解しやすいんだよ。まだ試してる人間も少ないから翔太の固有魔法かどうかわからない。俺は試しても発動しなかったけど」

「え。翔太の音魔法って聞こえるだけじゃないの？」

「違うよな？　ザギル」

何故こちらの人間であるザギルに確認をするのかといえば、魔法というものを体感とはいえ深く知っているからだろう。そしてその期待通りにザギルは怠そうに答える。

「んあー、違うな。んでな、俺できるぞ。聞く方じゃなくて攻撃の方な。今日わかった」

「……まじかよ。ほんっとチートだな」

「……ザギルさん、僕だって今日気づいたし言わなかったのに」

「正確には、小僧の魔法に近い魔法がもうあんだよ。姉ちゃんの回復魔法みたいなもんだ」

ザギルが私の頭を軽くぺしりと叩いた。

「こいつが無意識に時々使ってる」

「初耳!?」

「障壁とかよ、咆哮で壊してるだろ。あれ、獣人の一部が使えるやつだ。俺も使える」

「あー、あー、あー、あれか。ザギル殺しかけた時のだ」

「心当たりないです」

「……無意識だからな。近いからっつって何でも真似できるかどうかは別だぞ。適性もいるし、言語化できたとしてもどうだかなぁ。消費魔力もでかいし制御がかなり高度だかんな。これから小僧がどんなの開発すっかによるけどよ、殲滅魔法としてはかなり凶悪なのができそうだ。兄ちゃんそれ心配してたんだろ？　でもそのレベルだと多分俺でも無理だ。魔力足りねぇ」

ザギルの知識に期待して話を振ったとはいえ、幸宏さんもここまで見切られているとは思っていなかったようで眉間の皺がひどいことになっている。

「……ザギルそれ」

「言ってねぇよ？　聞かれてねぇし。ただ氷壁はどうだかな。気づいてたとしても言わなかったってこたぁそういうことじゃねぇか」

「そっか」

「ザギルってば、やっぱりザザさんと結構仲良しだよね」

「お前はんとやめろそれ」

勝手知ったるなんとかで、幸宏さんが戸棚から酒瓶とグラスを取り出した。年長組飲み会のお供だ。

ザギルと私がグラスを受け取る。

「まあ、新しいことする時はまず俺とザギルに相談するのがいいってことだね」

「俺入れてんじゃねぇよ」

「ここまで聞いたんだから、入れないのはナシだ。和葉ちゃんもいいね？　気づいてたんでしょ？

和葉ちゃんしか使えないからマシだとはいえ、魔法としては一番やばいのは重力魔法だ」

「え。和葉そうなの？」

「んー、やばいですよね。渡す知識を選ぶのは賛成ですよ。ただ全てが勇者の選別にかかってるかっていえば違う気もしてます」

「例えば？」

「蒸気機関。あれがあるのに産業革命が起きていない」

「……ほんとだ」

幸宏さんがグラスに口をつけたまま目を丸くした。

ジャージも騎士たちの分まで生産するのに時間がかかっているのは、何も素材のせいだけじゃない。機械生産を前提としていないからだ。羊羹がすぐに雇用の拡大に直結するのもそう。家庭内手工業がこちらの世界の一番大きな産業規模なのだ。

「産業、工業の発展は文明の発展と同じ。火薬がないから発展しなかった技術があるのとは逆方向に、あればたどるであろう発展が何故か途絶えている。これだけの研究に対する熱意と魔法があるのに、です。工業の発展は雇用の崩壊を招きがちですから、カザルナ王の方針のせいで抑制されたのかとも考えましたけど、時代が合わないしさすがにそれだけじゃ抑制しきれないと思う。それこそ積み重ねがないから途絶えたとも考えられるけど……まあ、勇者の選別のほかにも何か要因があるのかなぁと」

「和葉ちゃんはなんだと思うの？」

「いくつか思いつかないわけじゃないけど……ちょっとまだわかんないです。んで、わかるかどうかもわかんない。だから幸宏さんの方針には今のところ賛成です」

——この優しい世界の成長の軌跡は、どこか歪でとぎれとぎれだ。

そりゃあ元の世界もキレイな軌跡ではないだろうけども。

「そっか。うん。でももしそうならちょっと気が楽だ。……礼は知識そのものがほとんどないからともかく、あやめと翔太には荷が重すぎる。俺ね、こんだけ言ったけど、正直世界のこととかどうでもいいのよ。顔も知らないどっかの誰かが死のうがどうしようがどうでもいい。でもあやめと翔太は違うだろ」

あやめさんと翔太君が首をそろって傾げたのを見て、幸宏さんは微笑んでから酒を一口飲んだ。

「まじどうでもいいの。というか、どうでもよくなったから自衛隊も辞めたしこっちに来たんだよ」

ああ、なるほど。どうでもよくなったということは、それは元々幸宏さんにとってとても大切なものだったんだ。そうなる何かがあったということだ。

「そっかー。でも幸宏さん」

「うん？」

「あやめさんと翔太君には荷が重いって言った時の顔は、ザザさんが僕は部下がかわいいって言った時の顔とそっくりでしたよ」

「――ふはっ、和葉ちゃんはほんとに不意打ちで刺してくるよね。うん。でも嬉しいやそれ。ザザさんは俺の憧れだし理想だ」

うん。知ってる。大好きだよね。幸宏さんはザザさんのこと。

「ヘタレでもか」

「まあ、ヘタレは否定しないけどね」

「ザギルばかりか幸宏さんまで。エルネスも言うけど、私見たことないんですよね。それあれですか。ザザさんの貴重なヘタレシーン見逃してるんですか私」

「いや、貴重でもないっていうか、多分気づいてないの和葉ちゃんだけだよ」

「嘘です。ありえません。この私の冴えわたる観察眼がそんなこと」

「……お前その自信どっからくんだよ」

To infinity...and beyond!

「なんで!?　なんで私ついてっちゃ駄目なんですか。私はエルネスさんの弟子なのに！　っていうか、そもそもなんでエルネスさんが出なきゃいけないの！」

昨日来たザギルの雷鳴鳥が運んできたのは南方の情報だった。

ザギルにとってというか、私との契約で必要なのは勇者に関する情報なのだけど、何がどう関係してくるのかは知らないとわからないといって情報網に引っかかるものは無差別に集めている、らしい。なんで一個人であるザギルが集められるのかはさっぱりわからないけど、それは今更なのかもしれない。

そして今回引っかかったのが、オブシリスタではない別の国というか自治区と王国との国境線で発生しそうな紛争。ザギルの知らせに遅れて半日後の深夜、それを裏付けする軍の雷鳴鳥が城に到着した。

南方諸国それぞれとの国境線のうち、近年もめごとが少なかった地域で防衛線が手薄なところだったそうで。カザルナ王国は南方へは不干渉。だけど向かってくる敵は徹底的に叩きのめして国境をまたがせない。

予想されている敵方の中心勢力は魔法使い集団であること、近隣の防衛戦力から増援を出すのが難しい状態であること、装備等比較的運搬資材の少ない神兵団は一番進軍が速いことから、エルネスが大隊を率いて布陣することとなった。

通常神兵団は、王都と北方国境線の防衛が主な任務となる。南方に常駐するのは後方支援としての少数のみ。神兵の数そのものが軍や騎士に比べて少ないせいと、南方勢力に魔法使い集団はあまり現れないせいだ。

神兵団はエルネスの管轄とはいえ、直接指揮するのはその部下である神兵団長になる。職位から考えてもあやめさんの言う通りエルネスが直接出るようなものではないし、混乱する南方で出来上がったばかりの集団に対するにはあまりに過剰戦力なのだけど。

「今回はザギルの情報のおかげで、すごくいいタイミングで効率的に動けそうなのよ。私が出ることで一番早く終結させられるの」

「私も行きます」

いつものローブ姿でトランクを脇におき、クラルさんが支える書類に片手間でサインしながら、ちょっとした小旅行に行く風情で答えるエルネスに食い下がるあやめさん。

「アヤメ、あなたは研究所所長エルネスの弟子なの。神兵団総司令エルネスの弟子じゃない」

あやめさんを連れていけない理由の一番は、勇者だからだ。

外交とは戦争も含めて外交。他国との外交に勇者を利用することは許されない。あやめさんも知っているはずなのだけども、師匠であるエルネスについていきたい一心なのだろう。勇者だからとは言わない。そしてエルネスも、勇者だからとは言わず、同じ弟子でも立場が違うせいだと答えた。

「エルネス役職多いよねぇ」

「神兵含めて高位の魔法使い自体が少ないからね」

「和葉！　和葉なんでそんなっ……」

飲み込まれた残りの言葉は私の冷静さへの非難なんだと思うけど、ちょっと前なら飲み込んでなかったはず。成長、なんだろうね。すごいなぁ。

「んー、エルネス出たら一瞬で終わりなんでしょ？」

「そうね」

「じゃあ別に私らついていっても観光くらいしかできないのでは。というか護衛騎士つく分、進軍遅くなるよね」

「ふふっ、そうなるわね。まあ、魔道列車と馬車で片道五日だし、二か月もしないで帰ってくるっていうか、ある程度片付いたら私だけさっさと帰ってくるからもっと早いかも」

「でもってでもっ」

騎士たちは前線に行くものだと最初からわかっていた。見送ることも、そして私たちが成熟した後なら望めば一緒に戦線へ出られることもわかっていた。だからリトさんたちを見送れた。

でもエルネスは違う。あやめさんの中では、エルネスはずっとこの王城にいる人のはずだった。

望んでも私たちが行けないところに行く人だとは思っていなかったから。だからこれほど動揺してるんだろう。

大粒の涙をぼろぼろと拭いもしない。

「私だって手伝えます！　私だって強い！　エルネスさんは強いけど！　でも」

「そうね、あなたにはうちの優秀な神兵だって及ばないかも。でもね、師匠たるもの弟子に助けは求めない」

エルネスは慈母の微笑みであやめさんの髪と頬を撫でて、私とあやめさんの間に入るように一歩寄り添う。そしてするりとその笑みを妖艶に変えて、私たちだけに聞こえるようなとびきり甘い囁き声。

「アヤメ、いい女ってのはね、いい男だけじゃなくて、いざって時に頼れる女友達も持ってるの」

あやめさんが瞬きをして、また涙がいくつも転がり落ちる。

「私の友達は助けを呼んだら飛んできてくれるわ。ついでに私の可愛い弟子も連れてきちゃうかもしれないわね。可愛い子にはとても甘い人だから」

ゆっくりとあやめさんの目が、私とエルネスを交互に見つめた。いや、何も言ってないし。ほんとなんでこの人は知らないはずのことをいつも知っているんだろう。

幸宏さんに計算してもらったことなんて、戦支度で動き回ってた彼女が知っているわけないはずなのに。

「二日。魔動列車で休憩挟みながらになるけど、二日で行ける」

「そ。わかった。じゃあ行くわ。でもね」

いつものように自信に満ちた笑みを浮かべて、御付きの神兵が開いた扉をくぐる。……神兵さん、前に城下で呑んだ時に連れていた美青年だ。

この人は誰よりも矜持の高い人。勇者に関わる約定を守り抜く人。

本来ならこんなことを冗談でもけして口にしたりはしないし、実際には何があっても絶対に私たちを呼んだりしないだろう。

だけど、ついていきたいあやめさんや、並び立ちたい私の気持ちをも大切にしてくれている。

「この私に殲滅と完全制圧以外の勝利はありえない！」

ぞろぞろと付き従う神兵たちの先頭で風切りながら、高笑いして廊下を進んでいくエルネスを見送った。

本当にこの人ぱねぇっす。


まあ、それはそれ。これはこれ。

私たちにはザギルという情報網がある。何かあればわかるし、どこにだって行けるのだ。

勇者の約定？　ばれなきゃいいんですよばれなきゃ。

「無限の彼方へさあ行くぞ！　ザギル号！」

「どこだよ……」

「和葉ちゃんかっこいいいいい！」

「――くっこんなことでっ」

ザギルの背中に飛び乗って空高く指さしてかっこよく叫んだのに、ザギルはノリ悪いし幸宏さんは片膝ついた。礼くんは天使。

高速飛行訓練は、渋る幸宏さんを説得し、ザギルとザザさんをうまいことなだめすかして行われた。

ザザさんにはエルネスのことを言ってないけど、察してはいるのかもしれない。手強かった。まあ、エルネスのことがなくたってやりたいんだけど。

「……えーとね、和葉ちゃん、おんぶじゃなくって、ザギルに抱きかかえられたほうがいいね」

「えー」

「俺もうっかり忘れるけどね、ザギルは勇者補正の身体じゃないんだよ？　エンジンになる和葉ちゃんを抱きかかえたほうがいい。魔力計の役割もあるんだから和葉ちゃんにすぐ意思伝達できたほうがいいでしょ」

「私がザギルをおんぶとか抱っこでは？」

「それなら俺絶対手伝わねぇぞ」

「えー」

「……なんでそここだわるの」

「だって私が飛ぶのに、抱っこされてたらザギルが飛んでるみたいじゃないですか。ずるい」

「ザギルに抱っこしてもらって。はいケッテイ」

ザザさんはまだ心配そうな表情を隠さない。大丈夫なのに。同じ失敗は繰り返しませんよ。

「ユキヒロ……本当に大丈夫なんですか」

「和葉ちゃんは普段お行儀いいけど、基本的に『ばれなきゃいい』って思ってる人っすよ。隠れてやられるより見張ってたほうがマシっす」

ばれてた！

「手順と注意事項は頭に入ってるね？」

「加速はゆっくり！　Gもなくさない！　目印の雷鳴鳥より高く飛ばない！　魔力三分の一減ったら降りる！　ザギルが駄目って言ったら降りる！　翔太君が音魔法で駄目って伝えてきたら降りる！　ザギルは一応普通の身体！」

「ザギルは？」

「……こいつの魔力が三分の一減ったら降りろの合図、異常を感じたらそれに応じた防御魔法、やばいと思ったら降りろの合図」

「よし。いってみようか。まずは垂直にあがるだけだからね。どのくらいの速度だと何が起こるか、ザギルが慣れること優先」

両腕をザギルの首に回して抱きしめられれば、翔太君とあやめさんが補助用革ベルトで私とザギルをくくりつけ幸宏さんがそれを確認。準備完了だ。

幸宏さんのカウントダウン。

ザギルの両脚がふわりと地面から離れれば、重力は相殺されている。

吊り下げられた人形が、空から自らに伸びる糸を手繰り寄せられるように。

ザギルの雷鳴鳥が頭上で旋回しているその中心点目がけて重力の方向を定めて。

「………Three, Two, One, Lift off!」

「――ぅぉおおおおおお!!!!」

雷鳴鳥の高さまで上がってから降りてきたらザギルがそのまま崩れ落ちた。

「……おう兄ちゃん、お前らんとこのゆっくりってのは、あれでいいのか」

「い、いや、ごめん。和葉ちゃんのゆっくりは違ったみたいだ」

「ザギル……ごめん。こわかった？」

「――こわくないわ！」

「そっか！　よかった！」

「鬼だ、鬼がおる……」


スピードメーターもない世界では、どのくらいの速度で何が起こるかを説明しにくいため、少しずつ実体験で確認しながら対策をとっていった。私の魔力消費に合わせてではあるけども、毎日順調に飛行訓練は進んでいる。

今日はあやめさんと初めての試験飛行をしたんだけど、「マンティコアより怖かった……」って言いながらふらふらふらと訓練場を出て行った。

「まあ、慣れりゃなかなか悪くねぇな」

「でしょ？」

「ああ、訓練場の連中がゴミみてぇなのがいい」

さすがザギル。某大佐の感性。

「和葉ちゃん、和葉ちゃん、明日はぼくも飛びたい」

「そうだねぇ、幸宏さんに後で相談しよっか」

「うん！」

そんなことを話しながら棟をつなぐ渡り廊下を食堂に向かって歩いてたら、訓練場脇のほうから緊張気味の少し上ずった声。

「団長は甘いものがお好きと聞いてっ――」

団長、ザザさんは確かに甘いもの好きだよね。ベラさんがザザさんに紙包みを差し出していた。

追放されたミラルダさん以外の三人は、班解体後は特に問題を起こしてないから当然そのままいる。ザザさんに言わせれば要観察扱いで再教育中ではあるらしい。

何か話してるけど最初のその一言以外は聞こえてこない。いやまあ、勇者補正で耳をすませば聞こえるかもだけど、そんな、ねぇ？

「ほぉ……ありゃあ、城下で今流行ってる菓子だな」

「へえ、食べたことあるの？」

「おう。取引相手が寄越してきた」

「こないだの女の人？　美味しかった？」

「いや、別の女。……お前のが美味い」

「ふふーん。ザギルは私らと味覚が似てるんだね」

「和葉ちゃんのつくるのが一番おいしいもんねー」

基本私だけで作ったものは、勇者陣好みに味を合わせている。食べるのは私たちだけだしね。私の料理は勇者付の特権らしいし。

「かもな……お」

「「あ」」

ザザさんの胸に飛び込むベラさん！　衝撃的瞬間！　これなんて家政婦は見た！

ザザさんはしかめ面の仁王立ちのままでベラさんに手も触れない。

触れてないといっても、ベラさんはザザさんの肩に顔埋めている。

こっちにまで聞こえそうなほどの深いため息をついたのが肩の動きでわかって、その瞬間に目が合った。

……何もそんなこの世の終わりみたいな顔しなくても。

さすがにこれで二人が怪しいなどと誤解なんてしませんし、誰にも言いませんってば。

そんな気持ちを込めて力強く親指を立てて頷いて見せてあげてから、ザギルと礼くんを促して食堂に向かう。

ミラルダさんもそうだったけど、ベラさんもグラマラスな美人だ。背もすらりと高くてザザさんとは十五センチくらいの差で、いわゆる男女の理想の身長差ってやつ。

何歳って言ってたっけかな。十八とか十九とかあやめさんとあんまり変わらなかった気がする。

あの人は騎士だから当然一緒に隣で戦えるし、しかも並んだ姿が絵になってた。……いいなぁ。

「……ザギル、すごい大受けしてるけど、あんまり言いふらしちゃ駄目だよ？」

「くっ……ふひっ、ひっひっ、わ、わかってるって、これだろ？　これ。ふっ、お、俺も合図送っといたからよ、ふっふはははっ」

「ぼくも真似しといた！」

ザギルも礼くんもサムズアップして見せたらしい。

「なら、いいけど……いくら仲良しだからって意地悪しすぎないでね」

「お前ほんとそれやめろ」


しかしあやめさんが待っていた食堂に後から合流してきた翔太君と幸宏さんも、普通にそのシーンをすでに知っていた。お気遣い無意味でした。騎士団情報ネットワークすごい。

というか、食堂に翔太君と幸宏さんが並んで入ってきたんだけど。身長差が……？

「いやしっかし堂々としたもんだよね。訓練場から丸見えだしさ。俺ならちょっと勘弁だな……」

「というか、甘いものって和葉と張り合ってるつもりなわけそれ」

「いやいやまさかそんな中学生じゃないんだからさ」

「……ねえ、翔太君、背伸びました？」

「あ、うん。なんか袖短いし最近関節痛いんだ……」

「大学で普通にそういう女子いたよ……」

「まじか」

「なんかいらっとする……」

「あ。それ成長痛ですよ。痛いんだよね」

「まあまあ……どう考えてもザザさんが相手するわけないんだし」

「やるだけやっちまうってのもありだけどな」

「……お前と一緒にするな」

なんか遠い目をしたザザさんが昼食をトレイに載せて現れた。何故スープだけなんだ。

「お、おつかれっすね……ザザさん……」

「ほんともう疲れますというかやっぱり皆さん知ってるんですねもう……って、カズハさん？」

「ちょっとザザさんそのまま立っててください」

テーブルにトレイをおいたザザさんを座らせないまま近寄って並んでみた。

「え……ちょ、ちょっとカズハさ」

「……ザザさん、最近背伸びてないですよね」

「へ……？　さすがにこの歳では……」

向かい合って目の前には革の胸当て。というか鳩尾。自分のつむじに手を当ててザザさんのどのあたりに来るか確認した。

「……前に舞踏会で踊った時と変わんない気がする」

「僕身長計ですか……」

「そういやお前もうすぐでかくなるんだっけか？　どんくらいでかくなんだよ」

「じゅ、じゅうごせんち」

「へええええええええええ」

「くっ……」

「……和葉、来たばかりのころ医療院で身体検査したじゃない。計ってきたら？」

「！　ちょ、ちょっといってきます」

「俺もいこっと」

「くんな！　ザギルくんな！　ばーか！　誰もついてきちゃだめ！」


一ミリたりとも伸びてなかった。

……背伸び始めたのっていつだったかなぁ。

十四歳くらいの私だと思ってたけど違ったんだろうか。いやでもこの胸のサイズはやっぱりそのくらいだと思うんだけどな。

両胸においた手をじっと見つめてたら、ため息がでた。

とぼとぼと医療院から食堂へ向かう。

本当に十四歳だった時には、そんなに気にしてなかったんだ。

転校に次ぐ転校で、私本人も印象というか存在薄いから目立たなくていいくらいだったし、友達もそんなにいなかったから誰かと比べることもなかったし。

……あら？　今私誰かと比べて気にしてるんだろうか。

いや確かにさっきベラさんうらやましいなぁとは思ったけど。

ザザさんと並んで絵になってたのは、ベラさんが背高いからってだけじゃないし……。

最近ミラルダさんとかにやたら子ども扱いみたいなことされたのが、実はすごく嫌だったのかな。

そりゃ嫌だったし普通嫌だろと思うけど、自分で思ってる以上に嫌だったんだろうか。

礼くんやザギルはひょいひょい私を抱っこしたり持ち上げたりするけど、それは全然嫌じゃない。

別に子ども扱いってわけじゃないし。

なんで私こんなしょうもないことでしょんぼりしてんだろ。

「――様？」

道を塞ぐように目の前に現れたのは、茶髪のくせ毛。グレイさんだった。いつの間に。

「……あ、はい。こんにちは」

軽く首を傾げて微笑むグレイさんだけど……この人たちは私に近寄ることを許されていないはず。

廊下は前後見通す範囲に誰もいない。どっから湧いた。私そんなにぼうっとしてた？

一歩、グレイさんが私に近づく――優し気な微笑みなのに、その視線にうなじが逆立った。

「あの、カズハ様は甘いものがお好きなんですよね？　よくつくられていますし」

なんだなんだ。そのフレーズ流行ってるのか。

差し出されたのは紙包み。ついさっきベラさんがザザさんに差し出していたものと同じ。受け取ってもらえてなかったけど。

「城下で流行っているらしいんです。カズハ様は城下に下りられることはあまりないようですし、よかったらと思って」

合コンの時、小豆にすぐ手を出そうとしたのは周囲にみんながいたからだ。正確には完全に油断していた。

さすがによく知らない人と二人きりの時手渡される食べ物に手をつける気はない。

学習する女ですよ私。

なのに――知らない人のもののように、その紙包みを受け取る手があった。

小刻みに震えるその手は確かに私の身体から伸びている。

「ああ、よかった。ありがとうございます。受け取っていただいて」

ほっとまた笑顔をつくる人。それはきっと見ている誰もが人の好さそうだと思う笑顔なのだろう。

笑顔なのだろうと思う。きっと。

けれど、唇の形がわからない。

頬の形がわからない。

鼻の形がわからない。

のっぺらぼうに彫り込んだような逆三日月の両目だけが見える。

「あの、ミラルダがあんなことになってしまって、同じ砦出身だから仕方がないのですが」

言葉は届いている。何か音が言葉を形作っているのはわかる。

けれどこれは誰の声だろうか。

目の前の唇がないのっぺらぼうから出ている音なのだろうか。

「――誤解してほしくなくて。ミラルダはカズハ様のことを本当に騎士としてお守りしようと」

……誤解？

ああ、この人はそうグレイさんだ。私を迷子と間違えて抱き上げた人。

そうだ。あの時、動けなかったんだ。

手足の先が冷たい。

縫い留められたように足が動かないのに、足の裏に床の感触が感じられない。

なんで忘れてたんだろう。動けなくて、抱き上げられるがままだったんだ。

今と同じように。

思考は、動いている。私は考えている。そのはず。いつもと同じにまともに動いているはず。

ああ、でもそうだろうか。回る思考の歯車にひっかかるものを感じない。

目の前の出来事を拾い上げて、咀嚼するための歯がない。

起きていることの意味がわからない。
「——誤解はまだあるようなんですけど、自分だってカズハ様に危害を加えるつもりなど」
危害。きがい。
この目の前の人は私に危害を加えるの？
この世界の誰よりも膨大な魔力量を誇る勇者の中で、最も総魔力量の多い私を？
誰よりも速く駆けられる。誰よりも高く飛べる。誰よりも鋭く刃を振れる。誰よりも力強く敵を叩きのめすことができる私を？
「——誤解はといてみせます。初めてカズハ様とお会いした時から」
誤解。ごかい。
何が誤解なんだろう　知りもしないのに誤解なんて　そもそもこの人誰だろう
「ああ、そのなんて細くてやわらかい小さな女の子なのだろうと」
——ホソイノニヤワラカイ
醜悪な愉悦に満ちて歪む三日月
「こんなふわりとした折れそうな方をお守りできるだなんて」
アア　ホソイノニ　ヤワラカイ　フワットシテ　チイサナ
ざあっと視界を埋め尽くす砂嵐
明滅するヒカリゴケ

砂嵐は濃淡を石壁の溝に変えていく

「――カズハ様」

呼吸が喉を焼いて痛い
鼓動が心臓を刺して痛い
筋肉が骨を軋ませて痛い
血管をめぐる血が、皮膚の下から突いて痛い
私を生かす全てが痛みに変わる
伸びてくる手よりも先に　脳髄を鷲摑みにする何かが

「ぐらぁあああ！」

「カズハさん!!」

ザギルが踊り出るように視界を埋めた。

横から抱きすくめたのは、あの安心できる力強い腕。

私を引き戻してくれる手。

「てめぇこいつに何やった！」

ザギルが仰向けに倒れている人にククリ刀を突きつけている。

「カズハさん、カズハ、こっちを向いて、僕を見なさい」

ザザさんの金色の瞳が薄青の環を灯らせている。

騎士たちがつくるいくつものランタンの道のような、導いてくれる灯り。

「――どうしたんです？　二人とも」

「カズハさん」

「ザザさん、それあの技ですよね。なんで今それするの？」

気持ち良いからいいんだけど。

「おい、お前こいつに何言われた？」

「どうしたのザギル。なにもされてないよ？」

「――お前の魔力が妙に乱れたから」

ああ、感知範囲が城全部なんだっけ。チートだなぁ。本当に。

それで何かあったと思って駆けつけてくれたのか。

何もないのに。

「む。でもなんともないけどな。――今も？　だからザザさんそれしてくれてるの？　今、変？」

「……いえ。変わり、ないですね」

「……だな」

「でしょう？　何でもないもの。みんなもうご飯終わった？　食堂戻ったらいるかかな」

「ああ、いるんじゃねぇか」

「ザギルが飛び出して行ったから僕も追って来たんですけど、まだいると思いますよ」

「そっか。戻りましょう？　ザザさん、スープしかやっぱり食べてないの？」

「あ、ええ……」

「駄目ですよ。ちゃんと食べないと。なんか顔色よくないし。つるっと食べやすいものつくりましょうか」

緩められたザザさんの腕から下りると、二人は何か目配せみたいなものをして。

「くそが！」

横たわる人をザギルが蹴り上げた。

ザザさんがいつの間にかいた後ろの騎士に合図してその人を運ばせる。

うわぁ。鼻血だぶだぶでてる。回し蹴りめっちゃ決まってたもんね。

「なんでそんなに怒ってるの？　あの人何したの？」

「――俺のもんに手ぇ出そうとしやがった」

「そんな命知らずがこの城に」

「ああ、俺もびっくりだわ」

ザザさんを見上げたら、少し困ったような、でもいつもの笑顔だった。

ザザさんが文句言わないってことは、本当にあの人そんなことしたんだな。なんて恐ろしい。

食堂に戻ると、礼くんはまだお昼ご飯を食べていた。ハンバーガーとポテトフライ、ミートパイに肉じゃがと、小豆とかぼちゃのいとこ煮だ。重いラインナップだけどもっくもっくと食べ続けている。

「和葉ちゃんおかえりなさい！」

「礼くんただいまー」

「おかえりー、測ったんだろ？　どうだった？」

「……まだ慌てる時間じゃないですよ」

「お、おう――どんまい」

多分もうちょっとで伸びるもの。翔太君だって伸びてるし。

「……お前、何持ってる」

「ん？」

いつの間にか紙包みが手にあった。あれ。なんだっけこれ。

食堂に向かう間、ザギルは不機嫌そうに前だけを向いてたし、隣を歩いていたザザさんとは反対側の手にあったそれ。

「あ。それ、ザザさんがさっきもらってたやつと同じー」

「……はあ？」

いや、あやめさんそんなザギルみたいな声出さなくても。

「レイ、僕は受け取ってないですよ……でも同じ包みですね」

ふむ。ああそうか。確かもらったんだこれ。

「なんかもらいました」

「てめぇ、なんでそんなもん受け取ってんだ。寄こせ」

返事も待たないザギルに持っていかれた。

「勢いに負けてつい受け取っちゃったけど、食べないもん」

「当たり前だ馬鹿が」

袋の中を改めるザギルを横目に、幸宏さんが眉間に皺を寄せた。

「誰からもらったの？」

「んー、見覚えはあるけどよく知らない人ですね。多分騎士だと思うけど」

「……第二騎士団じゃない人？」

「……カズハさんがわからないなら他の団員かもしれませんね」

「ザザさん、どうし」

幸宏さんがザザさんの顔を見て、言葉を呑み込んだ。どうしたんだろ。

ザザさんはザギルから紙包みを受け取って自分でも改める。

「ブラウニーだよね？　それ」

礼くんがポテトフライをもぐもぐさせながら会話に入ってきた。お行儀のいい礼くんにしては珍しい。

「ブラウニーって、和菓のレシピじゃないの。なんでそんなの和菓にあげるのよ。馬鹿じゃないの」

「まあ、私のレシピといってもその店その店で色々特色出してるらしいですよ。そんなに流行ってるんですねぇ。これ」

「そうですね……レイ、知ってるんですか？」

「うん。ぼくもあげるっていわれた」

え？　いつの間に。みんながちょっと慌てた顔をした。私のログールのこともあって、みんな誰かから迂闊に食べ物をもらったりしない。そして勇者付の騎士たちは勿論、よく顔を合わせる城の人間も、私たちに食べ物を妙な形で渡そうとはしない。

「礼君、誰にもらったのさ。どうしたのそれ」

「もらってないもん。ブラウニーなら和菓ちゃんの食べるからいらないって言った」

「よし、礼偉いぞ。誰がくれるっていったんだ？」

「……うーん、ねえザザさん」

「はい？　どうしましたレイ」

「ベラさんはザザさんと仲良しになった？」

「仲良し？　そりゃ部下ですけど、仲良しにはなりませんよ？　さっきもブラウニー受け取らなかったでしょう？」

「だよね！　よかったー！」

可愛らしいもじもじから、ぱあっと笑顔に戻って水を飲み干した。幸宏さんがさっと水差しから注ぎ足す。彼は普段から水分補給に余念がない。

「礼、あんたベラにブラウニーあげるって言われたの？」

「うん。でもねぇ、ザザさんと和葉ちゃんの仲良しからじゃなきゃ食べ物もらっちゃ駄目って、前にリトさんが言ったの。だからもらわなかったんだけど、ザザさんと仲良しなら間違えたかなって思っちゃった」

なんてシンプルで子どもにもわかりやすい説明。

「合ってる！　合ってるぞ！　えらいな礼！」

「……リト、いい仕事を……」

遠隔地からリトさん褒められてる。ザザさんがセトさんを手招きして紙袋を渡した。

「カズハさん、すみません。これ、念のために調べさせますね。――何もないとは思いますが」

「あ、はい。自分で捨てるのも胸が痛むのでそのほうが助かります」

「……しかしなんだって礼に」

「私多分わかる」

口をものっすごいへの字にさせてあやめさんがお茶を一口含んだ。

「ほお？」

「……ザザさんが可愛がってる礼を手なずけようとしたのよ。でもそれでブラウニーってほんと馬鹿。オリジナルの和葉にかなうわけないじゃない。きっと自分で料理なんてできないんだわ」

「……あやめさん、あなたも」

「私はできるもん！　ばかずは！」

「あ、はい」

確かに羊羹のために小豆茹でる火加減は上手だった。火魔法も得意だもんね……。

「い、いや、アヤメ、ちょっとよくわからないんですが。なんですかそれ……」

「あー、あー、なるほどね……。ザザさん、あれっすよ。きっと和葉ちゃんに成り替わろうとしたんだってあやめは言ってるんすよ」

「大人の女の人怖い……なにその思考」

「翔太、大丈夫だ。そんな女はあんまいない」

「いるわよ。たっくさん！」

あやめさん、何か痛い目でもみたのだろうか……。

「成り替わるって……それとブラウニーがなんの」

「……坊主やら氷壁はこいつに餌付けされてるとか思ったんだろよ」

「はあ!?」

「ほっほぉ……ザザさん私に餌付けされました？」

「されてませんよ！　何言ってんですか！」

「されてないんだ」

「え？　いや、カズハさんの料理は美味しいです、よ？　し、しかし」

あ。ちょっと今の顔かわいくて面白い。

「ふふっ、ではもっと餌付けをちゃんとしなくてはですね。茶碗蒸しつくったら食べる人ー！」

全員の手があがった。いや、礼くんあなたまだ食べるの？

そしてザザさんとザギルは食べたことないのに迷わないね！


膝と足首が痛いという翔太君に幸宏さんがストレッチを教えて、私が少しマッサージをしてあげた。

夕食と温泉の後で礼くんの部屋に来ていたのだけど、翔太君はそのまま眠ってしまったし、礼くんもその横に寝っ転がっておしゃべりしてたらいつの間にか眠っていた。まあ、もともと時間的に礼くんが眠くなる時間だからこの部屋に集まったのだけど。

ザザさんと幸宏さんはいつもの蒸留酒。あやめさんはなんちゃってミモザを舐めている。私は蒸留酒を注いでもらった。

「ザギルおかえりー」

少し前からバルコニーに出ていたザギルが戻ってきて、幸宏さんはカップに酒を注ぎ足した。

「わりぃな兄ちゃん」

「なんの。雷鳴鳥だろ？」

「ああ、神官長サマ、ほんとに速攻殲滅かけたぞ。怖いねぇ」

あやめさんが大きくガッツポーズをとって、私と無言のハイタッチ。そうよね。エルネスだもの。当然だ。

「——本当にどうして軍の雷鳴鳥より早く来るんだ……お前は鳥まで腹立たしいのか」

「へっ、出来と躾がちげぇんだよ——女同士で絡んでんじゃねぇよそこ」

ソファで抱き合ってごろごろ転がってる私とあやめさんに、ザギルが呆れた顔をよこした。

「雷鳴鳥って、竜人の使い魔とか眷属って言い伝えあるんすよね？」

「ええ、僕も迷信だと思ってましたけど、こうなるとザギルが竜人の先祖返りってのも信ぴょう性あがりますね。南方では時々出てくるっていうんですけどね」

「竜人の先祖返り？」

「まあ、どいつも確信なんてねぇよ。竜人自体いたんだかどうなんだか実際はよくわかんねぇんだし。俺もそれっぽいってよく言われてたってだけだ」

モルダモーデの言葉から、ザギルが竜人の先祖返りらしいというのはもうすでにみんな聞いている。エルネスも当然食いついてたけど、ザギルはいつもどおり完全スルーしてた。

「ねえねえ、ザギル、エルネスさんいつ帰ってくるかな」

「んー、そこまでは書いてねぇけど、状況的にもういる必要なさそうだぞ。すぐ戻るんじゃねぇか」

「やった！　やった！　ザギルありがとう！」

「おう、よかったな……なんだよ」

「……ザギルが、ザギルがなんかまともっぽいことを!!」

「お前ほんっと喰らいつくすぞ」

あやめさんはご機嫌になんちゃってミモザを舐め続けている。嬉しいよね。エルネス大好きだものね。

「うふふ。エルネスさん、早く帰ってきてくれないかな」

「ほんとあやめエルネスさん好きな」

「当たり前だよ！　強くてかっこよくて綺麗で優しくて賢いなんて憧れるにきまってる！」

「なあ、おい、こないだつくったあれつくってくれあれ。ばちばちするやつ」

「確かに国の女性全ての憧れと言われていますし、神官長としては僕も尊敬してますけどね」

「規模おっきい半端ない」

「まあアレなんですよね」

「確かにアレではあるね」

ザギルに果実酒と蒸留酒を割って強い炭酸を仕込んであげる。

「もう！　すぐそうやって！　和葉、和葉ならわかるよね」

「うんうん。エルネスはかっこいい」

「だよね！　うふー」

うん。あやめさんもかわいい。

「私看護師になりたくて看護科通ってたんだぁ」

「あら。そうなんですか。ぴったりすぎますね」

「おー、あやめの回復魔法はまりすぎだなそれ」

首を傾げるザザさんに幸宏さんが軽く説明すると、ほほぉと頷いていた。

「そうはいってもまだ教養課程だったから全然知識なんてなかったんだけど、でもうれしかった。回復魔法適性あるってエルネスさんに言われて。エルネスさんだって魔力回路治療のすごい人だし。他にもいっぱい専門あるし」

「彼女も大概チートだしねぇ」

「……ねえ、和葉」

「はあい？」

「和葉さ、結婚早かったでしょう？　なんかこう他にも色々試したいとか思ったりしなかったの？」

「へ、随分すっとびましたね。私別に技能とか何もありませんし」

「だって和葉って、なんだかんだと変なことするけど頭いいじゃない。いろんなこと知ってるし」

「変なことて」

「まあ、素っ頓狂なことはするよね」

「まあ、考えてんだか考えてないんだかわかんねぇよな」

「……」

えっ、ザザさん無言て！　そこフォローはいるとこじゃないの!?

「えーと……雑学の範囲内でしょ。広く浅く聞きかじりの豆知識ですよ。年とればそれなりにのレベル」

「ああ、和葉ちゃん好奇心旺盛だよね。柔軟というか。でも年取ってってもそういうの持ち続けられるってのは案外少ないと思うけどな」

「それはありますね。どうしても頭は固くなりますから……カズハさんにはほんと動揺させられますし」

「ああ……」

「……ほめられた？」

「そう聞こえるあたりはすげぇな」

「聞いたもん。和葉、法律事務職員してたんだよね？」

「へっ？　いやそれは初耳ですよ!?」

「あれ？　幸宏さんが」

「むぅ？　話しましたっけ。というか違いますよ。法律事務所の事務といってもパートですからお茶くみとかそういうの。いわゆるパラリーガルとは違います。……まあ一瞬野望はもちましたが」

「ほらー、やっぱり何かしようとは思ったんじゃない」

「いやいや、えーっとね」

んー、そうなんだよなぁ。あやめさんくらいの年齢でやりたい仕事に明確な夢持ってるとどうしてもねぇ。生活費稼ぐのが最優先ってのはなかなかぴんとこないだろうなぁ。

「あやめさん、看護師なりたかったんでしょ？　私は同じように専業主婦になりたかったんですよ。だから短大も家政科とったんです」

「あれ？　そうなの？　でも」

「うん。私ね、そうですねぇ、今のあやめさんたちの年齢の頃は、みんなよりずっと甘ったれで愚かだったのです。だからひょいっとプロポーズ受けちゃって夢叶った！　とか思っちゃったんですよね」

「ひょいっとだったんだ」

「ええ。ほんとにひょいっと。お嬢でしたのでね、わからなかったんですよ。結婚さえすればいいなんてことはないって――ああ、こっちは結婚するとどちらかが家庭を守るのが普通ですもんね」

「そうですね。子どもがまだ幼いうちはそういう家庭が多いです。いつ襲われるかわかりませんからどっちかが子どもについてないと。まあどっちかというか誰かがってことですけど」

カザルナ王国は王自身が愛妻家で正室だけだけれど、一夫一婦制というわけではない。一夫一婦が多数派ではあるけど、一夫多妻だろうと一妻多夫だろうと、当人たちが合意して納得してればそれでいいのだ。そして家庭を守るのが女性とは限らない。確かに女性の方が多くはあるけれど、稼げる方が外に出る。実にフリーダム。種族がヒト族だけでなく獣人など多岐にわたるため、そもそもの習慣がそれぞれ違うってのもある。

ちなみにセトさんのところは、子どもはもう成人して奥さんは神兵の復職組だ。王都や豊かな地域は危険性も少ないけれども、しようと思えば復職できる環境でわざわざ子育て期間に働く必要もない。しかも成人年齢は十三歳で子育て期間が短いのも大きい。

「私たちのいた国は一夫一婦制なんですよ。で、まあ、魔物もいないし賊もほとんどないですからね。子どもが小さくても両親ともに働いてるのは珍しくないんです」

「ほほぉ」

「好きでそうしている家庭もあるし、そうせざるを得ない家庭もあるし。こちらでも貧しければ家族総出で働くでしょう?」

「……ですね」

「結婚してからわかったんです。私も働かないと、子どもどころか夫婦二人の生活も厳しいって。で、じゃあしょうがないなって。パートしか認めてもらえなかったし、でもそれならそのうち認めてもらえたらフルタイムになれて稼げるようになれるところがいい。そう思って最初そこに勤めたんですよね」

「えーっと、和葉ちゃん、そのさ、パートしか認めてもらえないとか、なんかこないだ三か月で辞めさせられたとかそういうのってさ」

「あー、パートじゃないと家のことを誰がするんだって。仕事は辞めさせられたというか、んっと、辞表勝手に出されちゃって。それからすぐに子どもできちゃいまして」

「……なにそれ」

「まあそうなりますよね。こう聞くとちょっとひどい話っぽいですもん。なんだか色々面白くなかったそうです。あんまり色々言ってたから全部は覚えてませんが、職場に男がいるのとか、嫁の方がちょっと出来の良さそうに聞こえる仕事してるとかそういうこと。ひとつひとつはね、どこのご家庭でも割とよくあるというか、ありがちな揉め事なんですけどね。総力戦できてますし」

どん引きもしますよねぇ。そりゃね。みんなしかめっ面してるし。

いや、ザギルはナッツをこちらに向けて投擲準備をしているから、ぱくっと口で受けてたつ。ナッツ美味しいです。

「その、旦那さんってどういう……？」

「短大時代、バイト先に来てたお客さんでしたね。洋食屋さんの厨房だったんですけど、小さなお店だからホールにも出てまして」

「おお。その頃から厨房してたんだ」

「料理を色々覚えたくてね。家政科でしたからそういう講義もありましたし自炊もしてたんですけど、こう、つくったもの、食べてもらいたくて」

家で一人で食べてもね。つまんないし。美味しいかどうかだってわからないもの。

「で、美味しいって、それで店に通って誘ってくれたのが夫だったんですよね。あんまりというか全くそういう経験なかったんでつい」

「え。全くって」

「ええ。全く。……まあ地味ですし」

「和葉は一見地味だけど、ちゃんと見たら綺麗な顔してるじゃない！」

「そ、そうですか？　初耳ですね……」

「えぇぇぇ……」

そんなあやめさん、ソファにそこまで埋まらなくても。実際そんなこと言われたことないし……。

「……ユキヒロ、そっちでは」

「いや、ザザさん俺に聞かないで。俺も和葉ちゃんはそこまでもてないわけないと思う、けど」

「けど？」

「えーとね……和葉ちゃん、旦那さんすごい年上なんじゃないの」

「よくわかりましたね。十歳上です」

「だろ……いるんだよ。大人しそうで目立たないもんだから同年代のガキが気づかないうちに、さくっと年上に持ってかれちゃう子って……こっちじゃ二十歳前後は立派な大人だけどさ、向こうじゃ違うから」

「ユキヒロも気づかなかったかもってことですか？」

「あー、いや、俺はそういう子にはというか……基本声かけてこない子にはかわいくても手出さないっす」

「どうして？」

「……遊び相手としてはちょっと……かわいそうだし」

「幸宏さんサイテーだった。エルネスさん正しかった」

「……流れ弾だ」

「自業自得ですよ。ユキヒロ」

「おう、大人しいってのはどいつのことだ」

「黙ってりゃ大人しそうじゃん……積極的に自分からはあんまり騒がないというか突っ込み待ちのボケというか、ちょっと話すようになってからじゃないとわかんないよ」

「……俺初対面で殺されかけたがな」

「しゃべっても大人しいじゃないですか私」

「和葉ちゃんの芸風だし」

「「ああ……」」

便利だな！　芸風くくり！

「別れようとか思わなかったの……？」

「思わなかったですねぇ。手持ちの札で勝負しなきゃだと思ってましたし」

「なんでそんなとこでも妙にギャンブラーなの！」

「まあ、それこそ愚かだったんですよ。それなりの女にはそれなりの男しかつかないもんですから」

「はあ？」

あやめさんがまたザギルっぽくて笑う。

「何言ってんの！　和葉はそんなんじゃないでしょ！」

本当にこの子はかわいい。普段ツンデレな分破壊力大きいなぁ。

この世界はどれほどのものを私に与えてくれるんだろう。

「その頃の私は今の私じゃないですもん。言ったじゃないですか。みんなよりずっと愚かで甘ったれだったって。そりゃその時その時考えてたつもりですけどね。四十五年かけてやっと今の私になったんです。今の私がそこそこましにみえるのなら、そりゃみんなより長く生きてるからってだけのことです」

「……カズハさん、あなたは少し自己評価が低すぎませんか」

「どうでしょうねぇ。でもほら、悪いことというか引くようなことばかり今並んだでしょ？　だから余計そう聞こえるんですよ。それなりに幸せだと思ってましたよ。家に帰ってきてくれる家族を持てましたから」

「いやそれは」

「その時一番欲しかったのがそれだったんです。全ては手に入らないもんです。だから欲しいものだけは手に残るように選んできたんで。……ただまあ、そうは思ってましたけど、違ったんでしょうね。結局のところ、もういいやーって思ってこっちに来たわけですし」

「そら手札少なきゃそっから選ぶしかねぇし、手札悪きゃでかい勝ちはなかなかこねぇもんだしな」

「そうそう。でも今はできることがいっぱい増えて、ご飯美味しいって食べてくれる人も私がすることを喜んでくれる人もいっぱいいて、幸せ」

ザザさんが何故嬉しいのか伝えるのが苦手と言っていたけど、私も少しそれは苦手かもしれないな。だってみんなちょっと悲しそうな顔するし。いやザギルはそうでもない。

ああ、でもやってみるとなんだかそれも妙に嬉しいかもしれない。これあれだな。かまってちゃんの心理だな。あっぶないわぁ。

したいことしかしなくていいんだもの。それなのにちゃんと受け入れてもらえるんだもの。それどころか喜んでくれる。こんな嬉しいことない。多分私は今の自分が一番好き。

なんかね、なんだかわかんないけど今のうちにちゃんと、今が幸せだと伝えておいたほうがいいなって思ったんだ。

ああ、エルネスも早く帰ってこないかな。

「愚かなのは夫の方ですよ。レイやショウタの時も思いましたが、この分だとアヤメとユキヒロもそうなんでしょう。たとえ返せたとしても返しません。みなさんはもうこちらのものです。ざまぁみろですね」

ふん、と鼻を鳴らしてカップを呷るザザさん。あ、やだ見たことない顔かっこいい。

にっこにこでおかわり注いであげちゃうぞ。

「……ザザさん、嬉しいっすけど、そこはみなさんじゃな「それで合ってますユキヒロ」あ、はい」

「なあおい、ばちばちするやつ……名前なんてんだこれ」

（ねえ、ザザさんてさ）

(言ってやるなあやめ……)

「はいはい。特に名前はないけど。じゃあザギルパンチで」

「おお。なんかかっけぇな」

ザギルは何気に礼くんとツボが似ている。おかわりをつくってあげると一口飲んで満足げだ。

「……俺考えたんだけどよ」

「うん?」

「ってこたぁ、お前ほっとんどやったことねぇんじゃねぇの。だから二十三年やんなくても」

「お前そんなこと考えてたのか!」

「もうそれ忘れてよ!」

「他んとこはあんまわかんなかったからよ。とりあえずわかるとこ計算してみたわけよ」

「ああ……そうだね。むしろ興味ないことを聞いてたのが凄いかもしれない」

「まあな。こいつ自分がコケにされても怒んねぇし、だからつけこまれたって話だろ。怒んねぇ時点でもうわっけわかんねぇけど今更だろがよ」

「なんだろうな。間違ってないけどそうまとめるあたりがすごくザギルだな……」

「和葉はザギルと足して二で割ったくらいがちょうどいいのかもね……」

「足されるのはちょっと不服です」

「お。なんだお前、二十三年物の分際で喧嘩売ってんのか? 買うぞコラ俺上手いかんな?」

「何言ってんだお前は! 殺すぞ!」

「だからそこ戻らないでってば！」

数日後の堂々たるエルネスの凱旋時には、幸宏さんとあやめさんの成長率が十になっていて、あっという間に制御できるようになってしまっていた。元々制御上手ですしね。不貞腐れてませんよ大丈夫ですよ。

ほんとずるい。

「……ふふっ、これが雷鳴鳥の速度の世界……この私の足を震わせるなど」

私が操作するところのザギル号に搭乗し、高速飛行して帰還すると同時に崩れ落ちたエルネス。

今はもう王都周辺の街や村までの上空を数度旋回するくらいは楽にできる。馬車で数時間の距離程度。それ以上遠くに行っては駄目だと言われているので試していない。

遠征から帰ってきて、盛大なあやめさんのハグを受けてからの一声は「で！　今飛べる!?　私も飛びたいんだけど！」で。

うん。試す前にエルネス出発だったし、飛行訓練の状況は雷鳴鳥で伝達してたからね。我慢してたらしいんだよね。多分すごく我慢してたんだろう……。もしかして速攻の殲滅は早くこれを試したかったからってのもあるのかもしれない。

最初のうちこそ悲鳴をあげていたけれど、後半にはザギルの真似をして防御魔法を展開させていたエルネスはさすがの一言だ。

「ザギル、あなたさっきの防御魔法それぞれの展開理由、教えなさい」

「兄ちゃんに聞け。つか、まずその腰立ってからじゃねぇか」

「ユキヒロ。ちょっと抱き上げることを許すわ。部屋に行くわよ」

「え、あ、はい」

「エルネスさん凛々しい……」

「アヤメ、ちょっと欲目激しすぎませんか」

エルネスを姫抱っこした幸宏さんを先頭にエルネスの応接室へと向かうことにする。ザギルは何故か私を子ども抱っこのまま下ろしてくれない。

「ねえ、ザザさん、さっき飛んでた時にね」

「はい」

「王都から出るうちの馬車見えたの。あれ、ベラさんたちが乗ってるんですよね？」

ベラさんと残り二人ともゲランド砦へ帰されることになったと聞いていた。いくら新人教育と言っても、ザザさんの隊に配属するにはあまりに未熟すぎるとのことらしい。ちょうどゲランドでは再教育が行われているし、そちらで一緒に鍛え直せと。

「ええ」

「なんで護送馬車なんです？　あれ犯罪者用ですよね」

「……ちょうどいい空きがなかったんですよ。よくあることです」

「そうな――っいぎゃあああああ！　ちょっなんで首」

「目の前にあったかっ、っうぉっ」

ザザさんはいつも通りの笑顔で、意味なく私の首を舐めるザギルに裏拳飛ばしてた。

騎士の移動に護送馬車を使うのがよくあることなわけない。空いてる馬車がないだなんてそんなことあるはずがない。陛下は臣下の労働環境に心砕いているのだから。

「カズハさん？」

護送馬車が遠ざかっていったのは確かにゲランド砦のある方角だ。ついそちらに目を向けた私を覗き込むザザさんのハシバミ色だっていつも通り。

色々と。そう、色々とひっかかることがないわけじゃない。

いまだザギルなしでは制御もままならない私の力とか、すっかりなりを潜めたモルダモーデや魔族の動向とか、それはもう色々だ。予定より伸びない私の身長とか！

だからもう去った人のことを考える隙間など残っていない。変わらない笑顔を向けてくれる人たちのことだけ考えたい。

「今夜はエルネスの凱旋祝いですからね。何をつくろうかと思いまして」

「肉がいい。肉」

姫抱っこされたままずっと先を行くエルネスが、幸宏さんの肩越しに音がしそうなほどの勢いで振り向いた。耳良すぎない!?

「トーフがいいわ！　トーフ！　美容にいいってアヤメが！」

「イソフラボンですからね！　コラーゲンもいいと思います！」

すかさずメモをエルネスに差し出すあやめさん、弟子スキルがさらに上がっている。

「ぼくお肉の団子入れたい！」

「肉肉肉」

礼くんが駆け戻ってきて私たちの周りをぐるぐる回りだした。湯豆腐もいいけど、男子たちに肉は欠かせないだろう。わかってるわかってる。ザギルうるさい。スパルナはまだあったかな。九条ネギのように太いネギはあった。冷え冷えの地下倉庫には越冬させた白菜もどきもあったはず。

「じゃあお鍋にしましょうか」

「やったー！」

「俺、鍋奉行やらせたらちょっとしたもんだよ」

「じゃあ僕幸宏さんの隣に座ろっと」

「肉団子を白い生地に包んだアレも美味しかったですよね」

水餃子のことですかねザザさん。もうなんでも入れちゃおうね！　なんでもね！

みんなで笑ってつつくお鍋は何入ってたって美味しいんだから！

【書き下ろし閑話】騎士団長の初めての

魔動列車の開通予定など噂も立たない内陸の田舎である生まれ故郷は、深い森と険しい岩山に囲まれて魔物の発生率も多い。

あらゆる種族の中でも身体能力や魔力量の控えめなヒト族ばかりでは、発展どころか生存も厳しいと言われていた土地だ。そんな環境で育つ僕の一族には、王都にまで武名をとどろかせる者が少なくない。といっても、僕に言わせてもらえば戦闘狂なだけだ。領地から出る者があまりいないからそのあたりは知られていないけれど、あいつらときたら大抵のことはナイフ投げか腕相撲で決めるからな。

それでもうちは領主一族でもある。領地経営を筋肉だけでは回せないから、兄弟姉妹は全員きっちり教育を受けているし、僕だって人並みに書類仕事はさばける。が。

「ねぇねぇ、ザザさん。女の子って何が好きだと思う?」

「またざっくりとした質問ですね」

いつもなら元気よく執務室の扉を開けて飛び込んでくるレイが、珍しくもじもじと顔を覗かせた。

手にした書類を置くと、隣のセトが横目で牽制してくる。ちょっとだろ! ちょっとだけ休憩してもいいだろ！　できるとしたいは別物なんだ！

レイは僕よりも高い背を少し丸めて、応接用ソファに腰かけた。同郷のカズハさんたちはレイの外見年齢を二十代半ばから三十歳くらいだと言うが、僕から見ればせいぜいが二十歳そこそこだ。末の弟が確か三十歳になるはずだが、あれは毛のないグリーンボウと変わらない。その弟が十歳の頃はすでに小憎らしかったものだが、レイの仕草や表情は実年齢相応の十歳、いやもう少し幼いか。

「で、どうしてまたそんなことを？」

なんだかんだとセトだってレイがかわいいし、書類仕事は好きじゃない。いそいそと紅茶の準備をしはじめた。

「えっとねぇ、ミレナがね」

ミレナ第三王女殿下はレイの二歳年上で十二歳だったたか。最近ルディ王子殿下も交えてよく遊んでいると聞くが。

「甲斐性のある男の人が好きって」

「んんんっ!?」

「甲斐性ってお金持ちのことでしょう？　ぼく、お小遣いいっぱいもらってるけど、ミレナはそうなんだけどそうじゃないっていうの。『わたくしをよろこばせてくれないと意味がないのよ』って。こっちではそうなんでしょ？」

「「あー……」」

「そういえばルディは和葉ちゃんにお花あげたりとかしてるなって思って。でも」

「でも？」

「和葉ちゃん、ルディにもらったお花はお茶にしたりおひたしにしたりしてるから、なんかちょっと違う気がする……」

「そ、そうですか……」

何をやってるんだあの人は。というかルディ殿下の花は食用だったか？　狙ってたとしたら殿下もなかなかやるな……。

「ま、まあ、うん。ヒト族は婚約や婚姻が早めですしね。王族は特にですし……しっかり、してますよ、ね」

エルフ族の血を引いているセトは言葉を濁している。確かに他種族に比べそういう傾向はあるんだが、いやー、これどう答えれば。

「うーん。レイはミレナ殿下と結婚したいほど好きなんですか？」

「えっ!?　ミレナはかわいいけど！　でもケッコンって大人がするんだよ!?　かわいいけど！　かわいいんだけど！」

頬を染めてくねくねと体をよじるレイは、その外見とそぐわないのに微笑ましい。もうどうしたって僕らには素直で朗らかな少年にしか見えなくなっている。カズハさんがことあるごとに私の天使だと叫ぶのも仕方がない。

「ねえ、ザザさんがぼくくらいの時はどうしてたの？」

この国の成人年齢は十三歳だ。仮成人でひよっこ扱いではあるが、田舎でもそれは変わらない。

地方や種族ごとに成人の儀は違い、僕の故郷でのそれは狩りの解禁だった。人里に比較的近い狩場へ、その年十三歳になる子どもたちだけで放り込まれる。そしてそれまでに叩き込まれた狩猟の技を実践するのだ。子どもたちにはわからないようひっそりと隠れて大人たちが見守っていることは、大人になってからわかること。

十歳と言えば、ただ単純に狩りの上手い大人に憧れて無邪気に鍛錬という名の遊びに没頭している頃だ。少なくとも僕はそうだったし、よく遊ぶ仲間たちもそうだった。そこに男女の区別などなく誰の目端が利くか、身のこなしが軽やかなのか、力は強いか足は速いかとか。意識するのはそういうことばかりだったと思う。それでも女子は若干生温い目つきで僕らを眺めていることが少しずつ増えていっていたかもしれない。だからレイの質問に十歳の僕なら答えられないのだけれど。

「ザザ！　あの子見た？」

「あの子って？」

半年後に十三の年を控えた夏。外の人間と結婚した者が子を連れて戻ってくることはそれなりにあるが、田舎ゆえに領外の人間が移り住むことはあまりない。だから大商人の縁者だという一家が、王都から販路を求めてやってきたのはちょっとした騒ぎになった。

護りの硬い都会で裕福な家に生まれた娘はさほど鍛錬をする必要もないらしく、いつだってつやつやと磨かれた黒髪と桃色の爪は、田舎の少年たちを浮足立たせるに充分なものだった。それはもう初めて異性という生き物を見たかのような勢いだ。

大体にして領の男どもは庇護欲をそそるタイプに弱い。うちの母をはじめ周囲にはどう考えても正反対の女性ばかりで、子どもの頃は意味がわからなかったものだけれど。

「ねえ、あなたが領主様の息子のザザ？」

だからだろうか。初対面なのに少しばかりつんとした態度で声をかけられても、悪い気はしなかった覚えがある。最初だけは。

常にメイドを後ろに控えさせて日傘の下にいる彼女――名前はなんといったか。そう、テラだ。テラは抜けるような白い肌で、鍛錬の途中に広場の隅に目を向けるたびに目が合って細い指を振ってきた。鍛錬が終われば差し出されるタオルで汗をぬぐわれるにまかせた。

ふわりと香るいい匂いに心臓が少しはねたのは認める。

けれど、これが兄や親せきの男たちが言う唯一、なのかと考えてもぴんとこなかったのも正直なところだ。

まわりの大人の男たちは大抵、十三の成人前後に自分の唯一を決めている。だからきっと僕もそうなるのかもしれないと思いつつも、どうも話に聞くような息苦しさや高揚とは違う気がしてならなかった。

「ザザ、もうすぐ成人の儀なんでしょう？　こっちでは最初の獲物を好きな子にあげるんだって聞いたの」

「あ、うん。別に決まってるわけじゃないけど」

決まっているわけでもないし、好きな子がいなければ親に渡して夕飯になるだけのこと。それでも僕の獲物はテラのものになるのが当然だと思っているようだった。その頃にはもう僕は彼女の一番のお気に入りなのだと周りは認識していたし。

「楽しみ！」

にこにこと笑うテラに、嫌だとは言えなかった。

鼻の奥にきんと冷たい空気が刺してくる晴れた雪の朝。

同じ年の子どもたちが一斉に指定された狩場へと駆けだした。数人で組むことも許される。集団行動できることもまた戦う上で必要な技能だし、得意不得意を補いあう関係を築けることは大切なことだ。

それでも高い能力を持った子どもはやはり腕試しを存分にしたいもの。僕もそのうちの一人だった。

テラはひとつ年上だったから、成人の儀には参加しない。もともとこの地の人間でもないのだから訓練もしていないし。

使い慣れた剣の柄を二度握りなおして感触を確認して、黄色い声援を背に受けながら森に飛び込んだ。だから確かにその時、テラは森の手前の広場にいた。

この地の者は子どもであっても、いや子どもだからこそ森の怖さを叩き込まれている。生き残るために当然のことだ。だからまさか彼女がぱっと見可愛らしく見えないこともない角兎を追って森に足を踏み入れるなんて、周囲の大人の誰も思っていなかっただろう。

「ザザ！」

目の周りを真っ赤に泣き腫らして茂みから飛び出してきたテラに、グレートスパイダーかと剣を振り下ろしかけた。

いつも綺麗に結われていた黒髪を振り乱し、分厚いコートの下から覗くひらひらなスカートのすそはカギ裂きだらけだ。そりゃ魔物かと思うだろう。こっちは狩りにきてそれを探してるんだから。

「な、なんで」

理由を話すことなど取り乱したテラにできるわけもなく、ぎゃんぎゃんと泣きわめく声がそこら中に響く。

本当なら近場に大人の監視があったはずだった。だけど他の子どもより頭ひとつ抜けて優秀だとされていた僕からは、その目の外れていた時間があったのだと後から知ることになる。

とりとめのない言葉の切れ端をつなぎ合わせれば、追った角兎は当然すぐに見失い、これまた当然のことながら帰る道も見失ってさまよっていたと。

正気なのか。手ぶらじゃないか。なんだこれ。これ、僕が連れて帰らなきゃいけないのか？　僕ひとりで？　背後を任せることもできないような子を？

血の気がひく感覚は一瞬だけ。この地の男として、己より弱い者は守り通さなくてはならないと腹をくくった。

「やだやだやだ！　怖いもん！」

手を塞がないでくれと何度伝えても、僕の左手を摑んで離さないテラ。緊張は無駄に高まるけれど、騒がれるよりましだと諦めた。

夏であれば日差しを遮る密集した葉で薄暗い森だけれど、葉も落ちて素通りする光を真っ白な雪が反射して明るい。

見通しがよい代わりに魔物や獣も白い冬毛となっているから、気配は音で探ることになる。

獲物を探して若干森の奥まで来ていたが、それでも自分の手に負えるであろう範囲からは外れていない。大人たちが日常で雪を踏み均した小道にいるのだから、森を抜けるのにそう時間はかからないはず。ぐずぐずと泣き言や洟をすする音を無理やり意識から追い出して、ひたすら周囲の音を拾いながら足を進める。おっそ！　足おっそい！　ああ、かかとの高いブーツだからか。仕方なく一歩ごとに二度踏みつけて雪を固めた。

「……ねえ、怒ってるの？　何か言ってよザザ」

「怒ってない。でも静かにして。危ないから」

「怒ってないなら優しくしてくれてもいいでしょ！」

突然の金切り声があがるのと、頭上から影を落として角兎が飛びかかってきたのは同時だった。

ふわふわとした白い毛皮と丸っこい体で油断を誘うけれど、角兎は用心深い肉食の魔物だ。獲物をおびき寄せて不意打ちを狙う。

遠近感覚を狂わせる雪景色の中で、テラは大きさを誤認したのだろう。そうでなきゃ追いかけるわけがない。

両足で立ち上がれば僕とさほど変わらない背丈で、むき出しになった前足の爪や牙の太さは僕の手首ほどもある。

「きゃあ！」

テラを突き飛ばし、腰をかがめて剣で薙ぐ。空中で身をよじり躱す白い毛皮に火球を叩き込んだ。

弾ける火花とちりちり焦げる匂い。

毎日積み上げた練習通りに、目前で開かれた柔い腹に剣を突き立て、ひねり、切り払う。

ざあっと降り注いだ赤黒い体液は、冷えた頬に熱く感じた。

耳の中は太鼓のように鼓動の音が響いていて、そのくせ直前まで感じていた恐怖心がすっかり消えていた。

あるのは練習通りにできたというわずかな安堵と、生きた肉を突き破る感触が意外に軽かった肩透かし感。

弾む息を整えつつ四つ数えながら周囲の静寂を確認し、最後に大きくひとつ深呼吸。

「……要る？」

足元に落ちた角兎の首を摑んで持ち上げる。これが僕の初めての獲物。

「いやあああああああ！」

振り返ってテラに聞いたのと、金切り声の悲鳴も同時だった。

「――その後すぐに戦闘の気配と悲鳴に気づいた大人たちが駆けつけて来たんですけどね。まあ、その子は王都に帰るまでの数年、僕に近寄ってくることはなかったです」

「えぇー……」

同情めきながらも聞きたかったのはこれじゃない感を露わにしたレイと、腹を抱えこんだセトの後頭部。

「で、角兎っていうのは兎の味なんですか？　肉食なら臭みありそうですね」

「角兎の香草焼きは母の得意料理でしたので、美味しくいただきましたよ」

「なるほど香草」

途中からおやつの時間を知らせに来たカズハさんも同席していたが、話のきっかけを気にもせずに兎の味だけに興味を向けた。

思えばテラと同じ黒髪ではあるが、カズハさんの方がずっと深みのある黒に思える。

こんな話になった経緯を伝えれば、うんうんと頷いて異文化コミュニケーションの失敗ですねと端的にまとめた。失敗て。

「じゃあ礼くん、お菓子つくってあげたら？　んー、パブロワとかどうだろ。メレンゲと生クリームと果物でつくるかわいいお菓子」

「かわいい……だったらミレナよろこぶかな。ぼくでもつくれる？　和葉ちゃん手伝ってくれる？」

「簡単だからそばで教えてあげる。礼くん一人でつくれるよ」

「……それは甲斐性になる？」

「――くっ、それはもう！　美味しい食べ物の確保が大切なのは全ての生物に共通なんだから！」

さりげなくわき腹を押さえながら、彼女はレイと一緒に部屋を出て行った。

美味しい食べ物の確保……。

「なあ、セト。やっぱり幼い頃の僕も間違ってはいなかったんじゃ」

「……カズハさんが相手ならあるいは？　というか団長の紳士風はやっぱり後天性のものだったんですね」

だからその風ってやめろ。風って。

机に戻ろうと立ち上がると、扉がまた開いてカズハさんが顔を出した。

「今度角兎の見つけ方と香草焼きのレシピ教えてくださいね！」

獲り方を聞かないあたりがカズハさんで、不意に湧きあがる息苦しさと高揚に居心地の悪さを覚えた。

「よろこんで」

なのに勝手に顔はほころぶのだから、たまったもんじゃない。

にやつくセトから視線を外して、書類仕事を再開させた。うるさい。お前も再開させろ。

あとがき

きっとこの二巻をお手にされているということは一巻をお持ちの方でございましょう。いつもごひいきありがとうございます！　豆田麦です。

普段は小説家になろうという投稿サイトでお話を書き散らしております。

一巻はおかげさまでたくさんお買い上げいただけまして！　出ました！　二巻！　しろ46先生万歳なのは定番です。このあとがき書いてる時点で表紙と口絵をもらってうっとりしてました。好き。

二巻はザギルがかなり出張ってくるターンですのでね、ザギルをお好きな方には垂涎の裏表紙や口絵でありましたでしょう！　わかります！

さて、今回もちょうどよい区切りがなくて、この紙価格高騰の中、分厚い一冊となりました。おっかなびっくりで、こ、ここまでならいける？　と提案したところよりもう少し踏み込んだところまでで区切ってくれた担当編集Tさんに感謝です。

今回の掲載分、実は書いたのってもう五年は前になるんですよね。一巻の書籍作業中も校正さんに、今はあやめは成人だと突っ込まれたときにはひどい衝撃をくらったものです……。当時は成人年齢二十歳だったんですけど、今違うんですよね！

そういう時代の流れとか、当時は気にしなかったけど今は気になるようになった表現とか、色々と修正を加えています。なのでかなり読みやすくなったのではないかと思います！

だけど相変わらずあとがきに何を書いていいのかわかりません。

近況でいいでしょうか。

先日東京を襲撃しました。取材とか打ち合わせとかなんかそんな感じで。創作仲間数人を巻き込んでとても贅沢に食い倒れました。

おなかいっぱいなのよ苦しいのよ夜ご飯はなしにしようかしらなんておすましてたら、創作仲間のただのぎょー先生が小腹を満たすのにちょうどいい立ち食い寿司があるって言いだしまして。おすましどころじゃなくまた食い倒れ続行したり。お寿司美味しかったです。次の日はレンコンでした。これも美味しかった。あとおしゃれにエッグベネディクトでモーニングとかもかましました。美味しかった。

北海道も美食の地ですが、東京も美味しいものが色々いっぱいあっていいですね！　また行きたいです！

そして三巻にこの美味しさを加筆したい！　と流れるように意気込みを語ります。

ぜひ続刊の応援を編集部あてとかにいただけたら！　よき流れかなと思います！　はい。ありがとうございます！

ではでは、本書をお買い上げくださった皆様、しろ46先生、担当編集T様、小説家になろうで応援し続けてくださった皆様、書籍化に携わってくださった方々に感謝を。

今後ともよろしくどうぞごひいきに。

どうか三巻でお会いできますように。

転生したら最愛の家族に
もう一度出会えました
前世のチートで
美味しいごはんをつくります
I make delicious meal for
my beloved family
あやさくら
Illustration CONACO
EARTH STAR
LUNA

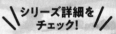

EARTH STAR LUNA
転生しました、サラナ・キンジェです。ごきげんよう。
～婚約破棄されたので田舎で気ままに暮らしたいと思います～
サラナ・キンジェです。ごきげんよう。
まゆらん
illust. 匈歌ハトリ

EARTH STAR
LUNA

給食のおばちゃん異世界を行く ②

発行 ―――― 2023年11月1日　初版第1刷発行

著者 ―――― 豆田 麦

イラストレーター ―――― しろ46

装丁デザイン ―――― 山上陽一（ARTEN）

発行者 ―――― 幕内和博

編集 ―――― 筒井さやか

発行所 ―――― 株式会社アース・スター エンターテイメント
〒141-0021　東京都品川区上大崎3-1-1
目黒セントラルスクエア　7F
TEL：03-5561-7630
FAX：03-5561-7632

印刷・製本 ―――― 図書印刷株式会社

ISBN 978-4-8030-1854-7